별안간 아씨

일러두기

1. 이것은 소설이다.
사건과 주인공이 가상의 사건, 가상의 인물이므로, 거론된 인물들의 행적 역시 소설의 상상력으로 빚은 허구다.

2. 본 편의 날짜는 모두 음력이다.

3. 척관법은 현대의 환산법에 따랐으나 일부 차이가 나는 것도 있다.

별안간 아씨

1

서자영 장편소설

고즈넉

별안간 아씨 1

초판 2쇄 발행 2015년 8월 10일

지은이 서자영
펴낸이 윤승일
펴낸곳 고즈넉

출판등록 2011년 3월 30일 제319-2011-17호
주소 서울시 동작구 등용로 37, 106동 201호
대표전화 02-6269-8166 **팩스** 02-6166-9199
이메일 realfan2@naver.com

ISBN 978-89-6885-005-9 04810
978-89-6885-007-3 (전2권)

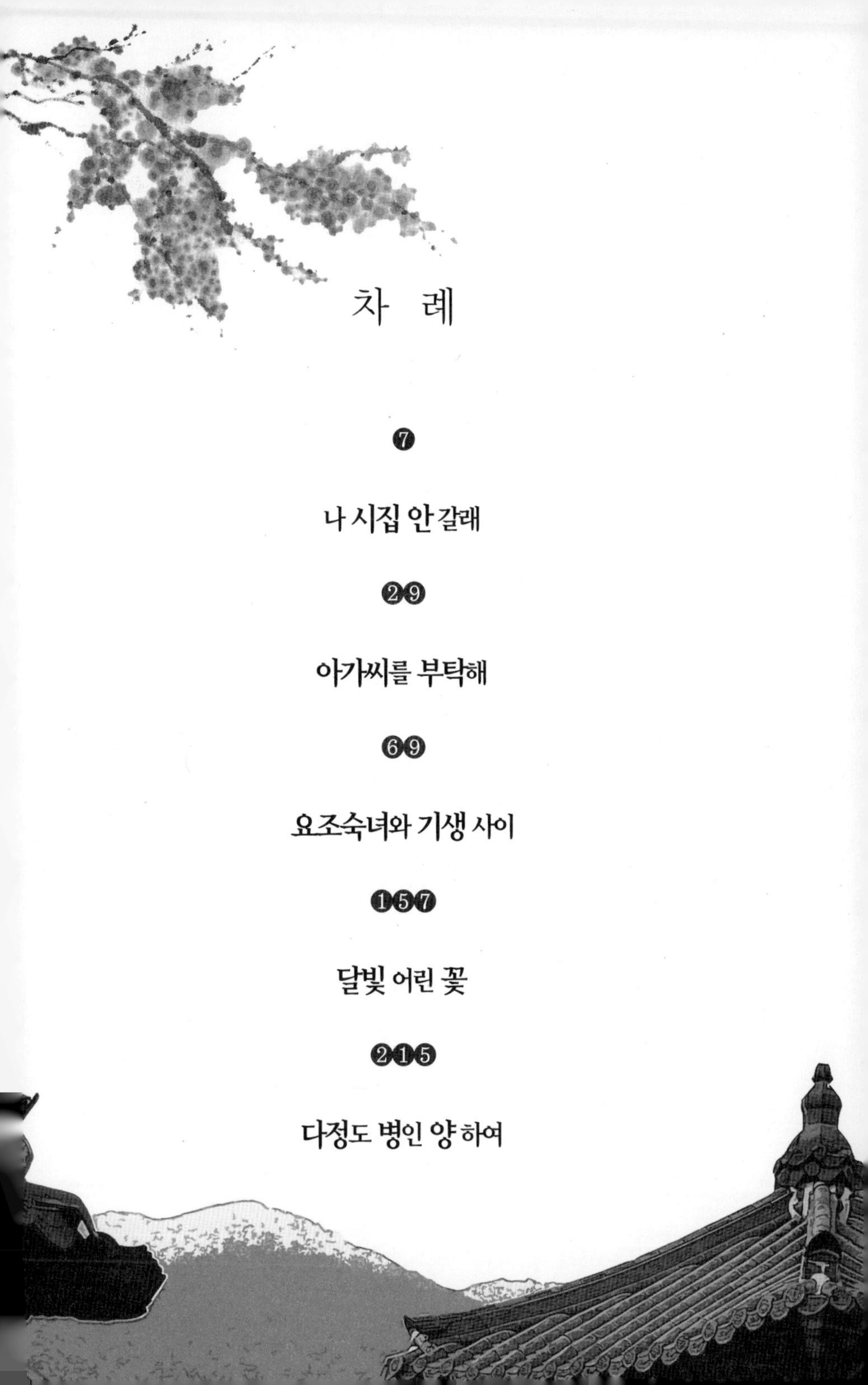

차 례

나 시집 안 갈래

경복궁과 창덕궁 사이에 자리 잡고 북악과 응봉을 잇는 산줄기의 남사면에 위치해, 예로부터 권문세가들의 주거지로 자리매김해 온 곳이 바로 북촌이다. 북촌에 산다는 것은 곧 세도가라는 말과 같았다.

치영의 집은 그 북촌에서도 가장 좋은 곳에 자리하고 있었다.

현재는 건강상의 이유로 물러나 있긴 했으나 강치영은 일인지하 만인지상인 영의정까지 올랐던 인물이었다. 뿐만 아니라 치영의 가문은 대대로 의정부에서 삼정승 육판서를 거쳐 왔던 세도가였다.

치영에 비견되는 세도가인 현 좌의정 최만섭과 다른 점이라면 치영은 여우같은 정치력이 아니라 대쪽 같은 올곧음과 정파를 초월한 능력으로 승부했다는 것이다. 치영은 털어도 먼지 하나 안 나오는 청백리로 유명했는데 그것은 전라도 만석꾼 집안인 외가의 경제력이 뒤를 받쳐주었기에 가능했다.

든든한 경제력을 바탕으로 치영은 벼슬길에서 언제나 제 소신을 지킬 수 있었다. 누구든 공정하게 대하며 모든 사람과 적당한 거리를 두었기에 모두가 치영을 존경했다.

깨끗한 정치 경력을 자랑하는 그에게도 유일한 흠이 있었는데, 기생에게서 아들을 봤다는 것이다. 사대부가 첩을 두는 게 흉이 아닌 시대이긴 하나 그래도 일인일처가 덕목이며 그것을 지키는 사내가 추앙받았다. 특히 덕망이 높은 선비일수록 첩을 두지 않은 것이 자랑이었으니 치영에게 있어 서자의 존재는 충분히 옥의 티가 될 만했다. 중년이 넘은 치영이 여우같은 기생 월향의 유혹에 넘어가 얻은 아들 강형수는 호사가들의 입에 오르내리며 그의 말년에 긴 그늘을 드리우고 있었다.

게다가 강형수는 일신이 지닌 재능이 지나쳐 비극적인 존재였다. 세 살에 가르쳐 주지 않았음에도 스스로 천자문을 모두 뗐고, 다섯 살에 시를 지었다. 치영이 형수의 재능을 아껴 적서 차별 없이 학문을 가르치기 시작하자 단번에 서가의 책을 모두 읽어냈다. 정실부인의 자식으로 태어났으면 능히 율곡 선생의 뒤를 이었을 거라며, 형수를 아는 이는 모두 그의 신분이 아깝다고 혀를 찼다.

형수의 영특함에 대한 소문이 퍼져나갈수록 정실부인이 그를 경계하는 정도도 깊어갔다. 처음에 형수는 큰어머니의 변화를 실감나게 느끼지 못했다. 그러나 제 큰형이 과거에서 낙방한 날, 분기탱천한 큰어머니에게 뺨을 맞은 이후 그는 제 처지를 자각했다.

그날 이후 형수는 더 이상 아버지와 어머니를 아버지와 어머니라 부르지 않았다. 치영과 큰어머니를 깍듯이 '마님' 이라고 부르기 시작하면서 본격적으로 엇나가기 시작했다.

거지들과 어울렸다. 술판에서 살았다. 천하의 잡놈처럼 생활했다. 그렇게 삼 년을 바닥에서 굴렀다. 그 사이 제 형이 과거에 급제했다.

형수는 치영에게 다시 생모인 월향이 행수로 있는 옥루각으로 보내 달라 요청했다. 치영은 반대했다. 그러자 개차반인 채 몇 년의 시간을 더 보냈다. 완강하게 반대만 하던 치영이 결국 두 손을 들었다. 치영은 차마 더 이상 아들이 망가지는 꼴을 볼 수 없어 울며 겨자 먹기로 허락한 것이다.

그렇게 형수는 다 자라고 난 뒤 세 살에 떠난 옥루각으로 다시 돌아왔다.

그나마 옥루각에 온 뒤로는 월향의 보살핌 덕분에 의관은 정제했다. 허나 월향이 주는 온갖 사치품들과 좋은 옷들은 마다했다. 눈처럼 흰 도포만을 사시사철 입고 다녔다. 의관은 겨우 정제되었으나 행동거지는 그대로였다. 여전히 거지들과 어울려 다니며 별 생각 없이 인생을 막 사는 한량. 딱 그만큼이었다.

혹자는 형수를 풍운아라고 했다. 혹자는 팔자 좋은 미친놈이라고 했다. 혹자는 천재라서 미쳐버린 거라고 했다. 육척 장신에 관옥 같은 인물을 가졌고, 조선에서 제일 똑똑하다 다들 입을 모았다.

허나 서얼은, 서얼이었다. 그것이 형수의 현실이었다. 모두가 그의 기행을 보고 현실에 적응하지 못해 미쳐버린 것이라 했다. 그러나 그 똑똑한 이가 미친 짓을 할 수밖에 없는 조선의 현실을 비관하는 이는 아무도 없었다. 다들 명망 높은 아비의 이름이 형수 때문에 흠집이 나는 것을 안타까워할 뿐이었다.

반쯤 얼어붙은 물길 옆으로 나란히 난 길을 따라 걸어가는 형수의 발걸음은 그 집에 가까워질수록 점점 더 느려졌다. 밤새 내린 눈 덕분에 이른 아침에는 깨끗한 한지마냥 새하얗던 길이, 낮이 되면서 햇볕에 녹고 지나가는 사람들의 발걸음에 질척해져 어느새 얼룩덜룩하니 온통 진창이었다. 그리고 그 길을 지나는 형수의 마음 역시 그렇게 엉망으로 심란하기 짝이 없었다.

겉으로 보기에는 허허실실 속없는 사람 마냥 웃고 있었지만 실상 그의 속은 딱 도살장 끌려가는 소의 심정이었다. 지나가는 과객조차 부러워하는 고대광실 기와집이었으나 그에겐 바라보기만 해도 괴로워 시선조차 돌리고 싶은 감옥소 같은 곳일 뿐이었다.

그럼에도 매 절기마다 형수는 내키지 않는 걸음으로 이곳에 와야 했다. 아비, 아니 강치영 대감마님과의 약조였다.

달포에 두 번 얼굴을 비추는 것이 형수를 집에서 내보낼 때 치영이 내건 조건이었다. 사내대장부로 한 번 입 밖에 내뱉은 그 약조 때문에 형수는 오늘도 제 키를 훌쩍 넘는 대문 앞에 서서 긴 한숨을 내쉬어야 했다.

하필 꼭 이런 날은 집 앞에 나와 길 가는 계집을 희롱하는 게 하루의 주요 일과인 개똥이조차 없었다. 먼지 한 톨 없는 날에도 집 앞

길가를 쓴다는 핑계로 밖에 나와 농땡이를 부리기 일쑤인 녀석이, 정작 치워야 할 눈이 잔뜩 쌓여 있는 이 날씨에는 코빼기도 보이지 않는 것이다. 날이 추워 안에서 꾸물거리고 있는 게 분명했다.

이리 오너라, 하는 건 도저히 내키지 않아 형수가 헛기침을 하며 두어 걸음 뒤로 물러섰다. 느릿느릿 동네를 한 바퀴 돌고 오면 제 아비에게 등 떠밀린 개똥이가 비를 가지고 나와 있지 않을까. 그때도 없으면 이리 오너라를 해보기로 결심했다.

대문에서 물러선 형수가 막 담장을 돌려는 순간, 삐걱거리는 소리와 함께 문이 열리더니 한 덩어리로 뒤엉킨 사람들이 쏟아져 나왔다.

"이것들이 진짜 마님 아심 어쩔라고 안에서 소란들이여! 소란이!"

호기심이 생긴 형수가 삐죽이 고개를 내밀었다. 두 여자와 한 남자였다.

남자는 서 있었고, 두 여자는 한 덩어리가 된 채 바닥에 주저앉아 있었다. 자세히 보니, 서서 버럭버럭 고함을 지르는 이는 덕이 아범이고 그 밑에 주저앉은 두 여자는 덕이 어멈과 덕이였다.

덕이네는 대를 이어 강씨 집안을 모셔온 솔거노비였다. 덕이 아범은 영리하고 눈치가 빨라 오래전부터 치영의 시중을 들고 있었고, 덕이 어멈은 손재주가 좋아 침방 어멈으로 안채의 신뢰를 듬뿍 받고 있었다.

"안 그려도 몸도 안 좋으신디, 이렇게 시끄럽게 하면 되겠냐 말이여. 머리통들이 있음 생각을 좀 혀봐."

"이년이 말 같지도 않은 소리를 헌께 그러는 거잖어요. 우물에 빠져 죽겠다는디, 내가 미친년마냥 지랄병을 안 하게 생겼소?"

덕이 어멈의 말에 덕이 아범의 눈이 휘둥그레졌다.

"이게 뭔 소리냐? 우물엔 왜 빠져 죽어?"

"시집 안 간다요. 시집 보내믄 우물에 확 빠져 죽는다요."

덕이 어멈이 퉁명스럽게 쏘아붙이며 자리에서 일어나 옷에 묻은 눈과 흙먼지를 탈탈 털었다. 그러는 동안에도 바닥에 주저앉은 덕이는 뒤로 나자빠진 그 자세 그대로 조금의 미동도 없었다.

"아야, 너 뭔 소리냐. 왜 시집을 안 가? 이미 어르신이 다 그러기로 약조한 것을 네가 어째 그러냐?"

"난 시집 안 가요, 아버지. 억지로 시집 보내믄 난 확 우물에 빠져 죽든가 혀 깨물고 죽어버릴 텡게 맘대로 해보쇼."

계집은 찢어질 듯이 고함을 지르며 악다구니를 썼다. 딸의 기세에 덕이 아범이 주춤하며 뒤로 물러섰다.

벽에 붙어 서서 엿듣던 형수 역시 바락바락 질러대는 고함 소리에 놀라 움찔했다. 악을 쓰는 덕이를 보던 형수가 고개를 절레절레 저었다. 덕이라는 이름 값 못하는 저놈의 성질머리는 나이가 들수록 더 심해질 뿐 절대 죽진 않는구나 싶었다.

덕이는 치영의 집안에 있는 노비들 중 가장 개 같은 성질머리로 유명했다. 건드리면 상대에게 받은 것의 곱절은 돌려주는 왈패에 왈가닥일 뿐 아니라 누가 때리기라도 하면 때린 사람이 지칠 때까지 일어나는 참 쓸데없는 오뚝이 정신까지 가지고 있었다.

독종에 근성 하나는 누구랑 겨뤄도 지지 않을 정도로 끝내주는데,

그게 다 지랄 맞은 성질머리로 향했다는 게 문제였다. 그럼에도 불구하고 아직까지 멍석말이 당하지 않고 사는 건 기가 막히게 눈치 빠르고 일손이 좋기 때문이었다.

“와, 와 시집을 안 간다는 것이냐? 어무이 곁에서 떨어지기 싫어 그러냐?”

“시집 가믄 뭐 한다요? 가서 나 겉은 애 새끼나 낳고 주인 집 재산이나 불려주겄지. 딸이믄 그 아가 도련님 손탈까 봐 전전긍긍하고 아들이믄 어디서 주차이지나 않을까 걱정하믄서 살것지. 종들 팔자라는 게 뭐 다 그런 거 아니것소? 누구 좋으라고 시집을 가고 아를 낳아요? 누구 재산밖에 안 될 놈의 팔잔디! 소 돼지보다도 못한 게 종인디! 나는 안 하요. 그건 나로 족허지 내 새끼들꺼정 그렇게는 안 만들고 싶소. 나는 안 갈 거요, 시집. 집에서 기르는 개만도 못한 취급 받는 인생은 나 혼자 살다 끝내고 싶소. 나겉은 년이 자식 낳는 건 죄요. 태어나는 생떼 겉은 목숨들헌티 죄 짓는 거란 말이요!”

덕이의 한 맺힌 고함소리를 하릴없이 듣던 덕이 아범의 표정이 돌덩이처럼 딱딱하게 굳었다.

등을 돌린 채 서 있던 덕이 어멈이 치마로 눈물을 훔치며 코를 팽 풀었다. 담장에 등을 기댄 형수가 그런 덕이를 보며 기운 없이 부스스 웃었다.

“그려서 어쩔 것이냐. 네년 말대로 종년은 재산이라 혼인도 제 맘대루 할 수 있는 것이 아닌디. 니 혼처는 이미 마님이 정했응게, 아무리 싫다 헌들 가야 헌단 말이다.”

그래도 어쩔 수 없다는 아버지의 말에 서러움이 북받친 덕이가 신경질적으로 고함을 지르며 울기 시작했다. 다섯 살배기 아이마냥 두 발을 구르며 떼까지 쓰자 오래 걸리겠다 싶었던지 더 못 기다리고 형수가 천천히 대문 쪽을 향해 걸었다.

"덕이네 나왔는가."

마치 방금 이곳에 와서 아무것도 모르는 사람처럼 밝은 표정으로 덕이 아범에게 인사를 건넸다. 갑자기 나타난 형수를 보고 깜짝 놀란 세 사람이 혼비백산해 우왕좌왕하다 얼른 두 손을 앞에 모으고 나란히 선 뒤 고개를 숙여 인사했다.

"작은되련님 오셨습니까요."

"그래. 온 가족이 어디 마실이라도 다녀오는 모양이네."

소매로 벅벅, 엉망인 얼굴을 닦아내는 덕이를 모른 척하며 형수가 그네들을 스쳐 안으로 들어갔다.

솟을대문을 지나 마당으로 들어서자 방금 전까지 웃는 낯으로 인사를 한 사람이라곤 믿을 수 없을 정도로 순식간에 형수의 얼굴이 서늘하게 굳었다. 덕이 아범이 황급히 그의 뒤를 따라 들어와 사랑채로 안내했다.

"대감마님, 작은되련님 오셨습니다요."

낮은 기침소리와 함께 방문이 열렸다. 댓돌에 신을 벗고 방으로 들어선 형수가 절을 한 뒤 무릎을 꿇고 치영의 맞은편에 단정히 앉았다. 아버지가 말없이 그런 아들을 바라보았다.

이 년 전 병환으로 벼슬에서 물러난 이후 하루가 다르게 치영의 건강은 나빠지고 있었다. 볼 때마다 늘어가는 흰 머리와 꺼지는 양볼의 깊은 그림자를 애써 외면하며 형수가 고개를 숙였다. 당당했던 풍채는 온데간데없고 입고 있는 옷이 헐렁해진 게 눈에 뜨일 정도로 몸이 줄어 있었다.

"마님, 소인 문후 여쭙습니다. 그간 무탈하셨습니까?"

모두가 작은도련님이라고 부르며 깍듯하게 대했다. 치영이 모두에게 적서 차별 없이 아들로 대하라 단단히 일렀다. 본인 역시 아들로 길렀다. 그래서 처음 형수가 자신을 '대감마님' 이라 불렀을 땐 혼을 냈다. 그 다음엔 그 어린 마음을 달랬다. 그러나 지금은 내버려둘 뿐이다. 어떻게 해도 꺾지 않을 그 고집을 누구보다 잘 알아서, 세상에 상처 받아 꽁꽁 싸맨 그 속내가 손에 잡힐 듯이 생생해서 그저 지켜볼 수밖에 없었다. 모든 것을 해주고 싶으나, 아무것도 해줄 것이 없는 자신의 아들을 바라보는 두 눈엔 안타까운 애정이 가득했다.

"그래, 무탈하였느냐?"

"네."

"안 그래도 엊그저께 너를 부르려다 오늘 네가 오는 날인 것을 알고 기다렸다."

평소와 달리 어딘가 들떠 있는 치영의 태도에 형수가 의아한 시선을 던졌다.

"혼담이 들어왔다."

전혀 예상치 못했던 말이라 형수의 두 눈이 커졌다.

거의 감정을 드러내지 않는 아들이 오랜만에 보여주는 이채로운 표정에 자기도 모르게 신이 난 치영은 빠르게 말을 이었다.

"저기 남산골 이진사의 막내딸이다. 한미한 집안이긴 하나 양반이고, 아버지가 진사시까지는 합격해 학식 역시 어느 정도 갖추었다 들었다. 막내딸 역시 형편이 어려워 혼기를 놓치긴 했으나……."

"벼슬자리라도…… 약조하셨습니까?"

웃음기를 머금은 건조한 말투. 치영이 움찔하며 아들의 눈치를 살폈다.

"무슨 소릴 하는 게냐."

"그런 거래가 아니라면 한미하긴 하나 양반 가문에서 어찌 서얼에게 딸을 내준단 말입니까?"

따지는 것도 화내는 것도 아닌, 너무나 당연하다는 무심한 태도였다. 모든 것을 다 알고 있다는 것처럼 나오는 그 태도에 치영이 말려들어갔다.

"네가, 네가 학식이 높아……."

"학식이 아무리 높다 한들, 벼슬을 할 리 만무하며 신분조차 미천한 서얼입니다. 반가의 딸이 어찌 저 같은 사내에게 시집을 온단 말입니까? 진정한 선비가 그럴 리가 없지요. 분명 무언가 원하는 게 있으니 받아들인 것 아니겠습니까."

형수가 은은하게 미소를 띤 얼굴로 치영을 바라보았다. 그제야 치영은 이것이 화를 내는 것임을, 그 어느 때보다 아들이 강하게 화를 내고 있는 것임을 깨달았다.

감정적으로 화내는 대신, 아들은 제가 느끼는 짜증스러움과 좌절감을 어린아이에게 가르치듯 차근차근 설득시키고 있었다. 그리고 그 설득의 끝은 거절이었다. 하지 않겠다, 라고 직접적으로 말하는 대신 하지 마라, 라고 치영이 말해주기를 그는 원하고 있었다.

형수는 여느 날처럼 지극히 평안해 보였으나 치영은 꿈쩍도 않는 막막한 벽이 떠올라 오히려 숨이 막혔다. 조금의 틈도, 조금의 감정도 보이지 않는다. 제 속내는 조금도 드러내지 않는다. 여전히 치영은 형수에게 철저한 타인이었다. 아비일 수 없었다. 감히 아비 노릇 같은 건 하지 말라고 형수는 말하고 있었다.

치영은 지난 일 년 간 매파를 시켜 형수에게 어울릴 만한 좋은 혼처를 찾았다. 혼인을 해서 부인이 생기고 자식이 생기면 갈 곳 없이 흔들리는 저 마음을 좀 잡을 수 있지 않을까 기대했기 때문이다.

재산 넉넉한 중인 집안보단 청아한 선비 집안에서 자란 조용하고 참한 규수가 형수의 짝으로 더 맞는 것 같아 부러 그런 집안만을 골라 매파를 보냈다. 딸만 내준다면 벼슬자리보다 더한 것도 약조해줄 수 있었으나 냉수를 마시고도 이를 쑤시는 선비들은 서얼에게 딸을 내어줄 수 없다며 단칼에 혼담을 거절하기 일쑤였다.

그러나 다행히 이진사는 생계에 찌들어 막내딸의 혼인을 포기한 지 오래라, 혼담이 들어왔다는 것만으로도 반가워했다. 게다가 병으로 벼슬자리에서 물러나긴 했으나 치영의 가문은 여전히 손꼽히는 세도가인지라 그런 집안과 사돈 맺는 것을 이진사는 매우 감격스러워했다.

형수의 기행이 어떻게 고약하다는 풍문을 주워들었음에도 영특하다는 또 한 편의 소문으로 앞의 것을 덮어버렸다. 명석한 데다 서책을 많이 읽었으니 혼인하면 정신 차릴 것이라 생각한 것이다. 치영은 치영대로 나이가 있긴 해도 동리 사람들이 모두 입을 모아 칭찬할 정도로 참한 처녀라는 매파의 말에 매우 흡족했다. 모든 것이 딱 안성맞춤이라 치영은 이것이 인연인가보다 했다.

"혼인…… 하고 싶지 않은 게냐?"

쥐어짜듯 어렵게 내뱉은 아버지의 질문에 형수는 답하지 않았다. 그저 종이에 그린 웃는 낯을 얼굴에 붙여놓은 것처럼 침묵을 지키다 가만히 고개를 숙였을 뿐이다. 그러나 그것이 그 어떤 말보다 확실한 대답이라는 것을 아버지는 알 수 있었다.

형수가 혼인에 전혀 뜻이 없으리라곤 생각하지 못했다. 그저 제 처지 때문에 어쩔 수 없이 혼인을 미루고 있는 줄 알았다. 천하의 한량이라는 저잣거리 풍문과 달리 실상은 계집을 전혀 가까이 하지 않는다는 것은 월향에게 이미 들어 알고 있었다.

"어이하여 혼인을 하고 싶지 않은 것이냐?"

그것을 꼭 말로 설명해줘야 한다는 사실이 형수는 기막혔다. 어디서부터 어떻게 말해야 하는 건지 감도 잡히지 않았다. 바로 그 순간, 덕이가 떠올랐다. 혼인하지 않겠다며 눈을 부릅뜨고 고함지르던 덕이처럼 자신도 그리 소리칠 수 있다면 속이 시원할 것 같았다. 자신도 모르게 비실비실, 입가로 살아 있는 웃음이 샜다.

치영이 의아하다 싶었는지 아들의 얼굴을 유심히 살폈다. 형수가 헛기침한 뒤 제 앞에 놓인 찻잔을 들어 입술을 축였다.

"아까 들어오는 길에 덕이를 보았습니다. 길바닥에 주저앉아 혼인해 노비자식을 낳을 바에야 그런 건 아예 하지 않겠다고 하더이다."

질문과 전혀 맞지 않는, 뜬금없는 대답이었으나 치영은 형수가 말하고자 하는 바를 정확하게 알아챘다. 아비는 차마 더 이상 아들을 보지 못하고 먼 곳으로 시선을 옮겼다.

치영의 씁쓸해보이는 얼굴에 그림자가 지는 걸 보면서 형수는 자신이 위기에서 벗어났음을 알았다. 덕이를 팔아서, 덕이 덕분에 큰소리 내지 않고 상황을 모면할 수 있었다.

그리 생각하자 문득, 덕이에게 미안해졌다. 그 아이 역시 도와주고 싶었다. 아니, 더 솔직히 말하자면 자신에게 혼인을 권한 치영에 대한 반항심에 긁힌 제 속만큼이나 아버지의 속을 상하게 하고 싶었다. 삐죽하게 모난 마음이 애꿎게 덕이에 대한 측은지심으로 튀었다.

"부탁이 하나 있는데, 들어주시겠습니까?"

좀처럼 부탁하는 일이 없던 아들의 부탁이라는 단어가 치영의 귀를 잡아끌었다. 획 고개가 돌아갔다. 여전히 아비의 두 눈이 짙게 가라앉아 있었다.

"덕이를 제게 주십시오."

치영의 미간이 깊게 패였다.

"형수야."

"덕이가 혼인할 바에야 우물물에 빠져 죽겠다 했습니다. 생목숨을 죽일 수야 없지 않습니까."

혼담으로 시작한 얘기가 어쩌다 여종을 달라는 얘기까지 온 걸까. 그걸 태연히 대답하는 아들의 태도에 치영의 말문이 막혔다.

"뭐 살려서 뜻이 맞으면 데리고 살 수도 있겠지요."

빙글거리는 말투까지 얹히니 꼭 아들이 아비를 가지고 논다는 기분이 들었다. 제 멋대로 굴면서, 제가 할 수 있는 한 가장 엇나가는 태도로 그동안 아비의 속을 뒤집고 있었다. 혼인하라는 말에 상처 입었으니 노비와 하겠다고 말하는 건 형수 식의 분풀이였다. 세상에 버림 받은 상처를 세상에 복수할 방법이 없음에 자신을 망가뜨리는 것으로 풀어낸 것이 형수의 기행이었다.

자신도 주체할 수 없는 화를 스스로에게 풀고 있다는 것을 알아챈 뒤 치영은 형수를 제 생모에게 보낼 수밖에 없었다. 더 이상 데리고 있다가는 아들이 기어이 세상에서 사라지고 말 것만 같은 불길한 생각이 들었던 것이다. 그나마 월향에게 간 뒤론 조금 나아진 것 같아 이제 완전히 맘을 잡게 하고 싶은 욕심에 혼인을 생각한 것인데, 단단히 잘못한 모양이다. 못돼 처먹은 고질병이 다시 도진 것을 보면 말이다.

대놓고 제게 분풀이하는 거라는 걸 뻔히 알고 있음에도 불구하고 호통의 말이 목구멍에 걸려서 나오지 않는 것은, 제 자식의 아픈 속이 제 속보다 더 아픈 부모이기 때문이다. 치영은 그저 두 눈을 질끈 감는 것으로 제 대답을 대신했다.

"만약 같이 살게 된다면 참으로 어울리는 짝 아닙니까. 노비를 낳기 싫은 노비계집이라니 그년도 보통 년이 아닐 겝니다. 저보다 더한 꼴통일 테니 아마 혼인하면 원앙과 같은 한 쌍이 될 것입니다, 하하."

공허하고 텅 빈 형수의 웃음소리가 방안을 쓸쓸하게 울렸다. 내리감긴 치영의 두 눈자위가 어지러이 흔들렸다. 창밖으로 진눈깨비가 흩날리고 있었다.

위에서 내려다보는 우물은 끝이 보이지 않을 정도로 깊었다.

아무리 가뭄이 들어도 물이 마른 적이 없는 우물이라고 했다. 아마 빠지면, 죽은 시체를 누가 건지지 않는 한 절대로 위로 올라올 수 없을 것이다. 어쩌면 떨어지는 동안 너무 놀라 정신을 잃을지도 모른다. 덕이는 시커먼 우물 속을 들여다보며 크게 숨을 몰아쉬었다. 심장이 두근거렸다.

혼인할 바에야 죽겠다는 것은 결코 거짓도 협박도 아니었다. 진심이었다. 그러나 그러한 진심 따위는 노비가 가질 수 없는, 가져선 안 되는 것이었다. 덕이가 아무리 죽겠다고 해도 덕이 부모님은 덕이에게 그래도 혼인은 해야 할 거라며 무심하게 말해놓고는 각자의 일터로 바쁘게 돌아갈 뿐이었다. 그리고 홀로 남은 덕이 앞에는 빨랫감이 산처럼 쌓여 있었다. 제 앉은키보다 훨씬 더 높이 쌓인 빨래를 보는 순간 갑자기 기가 턱 막히면서 모든 것이 다 허무해졌다.

태어나서 기억이 시작되는 순간부터 일을 했다. 그렇게 죽도록 징

글징글하게 일을 했는데, 이제 또 저처럼 일을 할 식솔을 낳으러 시집을 가란다. 싫어도 가야 한단다. 양반네처럼 가문을 잇기 위해서도 아니고 농사짓는 농군들처럼 일손이 필요해서도 아니다. 양반의 재산인 노비의 혼인은 빨래를 하고 나무를 베어올 일꾼을 더 만들기 위해서 해야 하는 것이었다. 쌓여 있는 빨랫감이 그 어느 때보다 덕이의 처지를 절실하게 깨닫게 했다. 그래서 높게 쳐들었던 방망이를 내던지고 덕이는 곧장 우물로 달려갔다.

우물을 부여잡은 덕이의 손이 부들부들 떨렸다. 크게 심호흡을 한 덕이가 눈을 질끈 감으며 머리를 숙였다. 허리가 반절로 꺾이면서 시커먼 우물이 덕이의 절반을 삼켰다. 마지막으로 땅을 발로 차며 발을 뗐다. 몸이 공중에 붕 떴다. 고꾸라진 덕이의 몸이 우물 속으로 빨려 들어갔다. 이제 손만 놓으면 끝이다. 덕이가 막 손에 힘을 빼려는 순간, 누군가가 덕이의 허리를 잡아채 우물에서 끌어올렸다.

"그년 성질도 급하구나."

땅에 털썩 주저앉은 덕이가 헉헉거리며 숨을 고르면서 눈을 끔뻑였다. 피가 급작스럽게 머리끝까지 쏠렸다가 다시 내려온 까닭에 두 눈이 흐릿하고 귀가 멍했다.

한참 동안 눈을 끔뻑이고 나서야 덕이는 제 앞에 있는 이가 작은 도련님이라는 것을 알고 소스라치게 놀랐다. 죽으려는 시도조차 죽을죄가 되어 경을 치는 게, 제 맘대로 죽지도 못하는 게 노비의 팔자였다. 잠시 어쩔 줄 몰라 하던 덕이의 표정이 곧 뻔뻔해졌다. 어차피 이리 죽으나 저리 죽으나 죽을 목숨이다. 죽기로 작정한 목숨인데,

마지막까지 구차하게 빌고 싶지 않았다.

"왜요? 왜 말리십니까요? 저 같은 년은 맘대로 죽지도 못합니까요? 도련님더러 송장 치우라고 할 것도 아닌데 뭐 땀시 죽는 것도 말립니까요?"

눈을 매섭게 치켜뜨고 대드는 기세에 형수가 주춤하며 뒤로 물러섰다.

계집애 성질머리가 이 모양 이 꼴인데 덕이 어멈은 혹시나 누가 탐낼까 부러 못생겨 보이게 하려고 덕이한테 숯칠을 하곤 했다. 눈을 희번덕거리며 대드는 그 딸을 보면서 형수는 덕이 어멈이 정말 쓸데없는 짓을 했구나 속으로 혀를 찼다.

꽃단장을 하고 있어도 저런 성질이라면 사내는 백 리 밖으로 도망갈 것이다. 그런 덕이가 손 탈 것을 염려했다니 역시나 고슴도치도 제 새끼는 함함한 모양이라 생각하며 형수가 고개를 절레절레 저었다. 형수 눈에 덕이는 그저 시커먼 얼굴로 눈을 부라리는 드센 계집애일 뿐이었다. 저 계집애의 어디에 미색이 숨어 있다는 건지 아무리 봐도 모를 노릇이었다. 제 부모 눈에만 보이는 미색인 모양이다.

"알았다, 알았다. 미안하다. 내 미처 네 진심을 몰라봤으니 참으로 미안하구나. 그럼 하던 일 계속하여라."

형수의 과장되게 거드는 태도가 농지거리처럼 보였는지 덕이의 눈이 더 매서워졌다. 그러거나 말거나 태연하게 형수는 자리를 비켜주며 얼른 가서 뛰어들라는 듯 손으로 친절히 우물을 가리키기까지 했다.

"어서 빠지래두. 걱정마라. 이번엔 절대 안 말릴 테니."

"거기 왜 서 계십니까요?"

"구경하려구. 너 사람이 우물에 빠지는 걸 구경하기 쉬운 줄 아느냐? 일생에 한 번도 하기 어려운 구경인데, 이런 기회에 해봐야지. 어서 빠져보거라. 보고 싶으니."

사람이 죽겠다는데 태평스럽기가 이를 데 없는 형수의 말에 오기가 생긴 덕이가 씩씩거리며 다시 우물가로 다가갔다. 그러나 막상 시커먼 물속을 내려다보자 다시 빠질 용기는 나지 않았다. 아까 눈이 뒤집혀 달려들었던 기세가 꺾여버린 것이다. 그러나 눈을 반짝이며 기다리는 형수를 보자 자존심이 상해 도저히 못하겠다는 말이 나오지 않았다.

"근데 너, 그거 아느냐?"

시커먼 우물 속을 바라보며 침만 꼴딱꼴딱 삼키고 있는 덕이의 눈앞으로 불쑥, 형수의 얼굴이 들이밀어졌다. 흠칫, 우물 속에서 튀어나온 얼굴을 본 것처럼 뒷걸음질 치는 덕이가 재밌었던지 형수가 피실 웃고 말았다.

"우물에 빠진다고 해서 바로 죽는 게 아니다. 실은 물에 빠져 죽는 것보다 얼어 죽을 가능성이 더 높지. 너 빨래 해봐서 알지 않느냐, 이 겨울에 저 우물물이 얼마나 차가운지. 우물에 빠지면 덜덜덜덜 떨다가 사지가 시퍼렇게 얼어서 죽는단다. 불에 타 죽는 것과 얼어 죽는 것이 죽는 것 중 가장 괴롭게 죽는 방법이라는 말도 있지. 그래서 지옥도도 팔열팔한 지옥이 있는 것 아니겠느냐."

어린아이에게 옛날이야기를 들려주듯 조곤조곤한 말투였으나 내용은 살벌하기 짝이 없었다. 덕이는 이야기를 들은 것만으로도 이미 몸에 오한이 서렸다.

"어서 안 빠지고 뭐 하느냐. 안 빠질 것이냐?"

진퇴양난이었다. 그 순간 왈칵 서러움이 솟았다. 저도 모르게 눈물이 찔끔 난 덕이가 거친 손으로 제 얼굴을 벅벅 문댔다. 형수가 그녀의 눈앞으로 흰 손수건을 내밀었다.

덕이가 놀라서 바라보자, 형수는 여전히 그림 같은 미소를 짓고 있었다.

"혼인을 하기 싫어 죽으려는 것 아니냐? 그렇지?"

"어찌 아십니까요?"

덕이가 놀라 눈을 동그랗게 떴다.

"혼인을 안 해도 된다 하면, 죽지 않을 것이냐?"

덕이가 힘차게 고개를 끄덕였다.

형수가 손수건으로 땟물이 줄줄 흐르는 덕이의 얼굴을 닦아주었다. 닦아놓으니 아까보단 볼 만했다. 엉겁결에 남자에게 제 얼굴을 맡긴 덕이는 귀신에게 홀린 기분이었다.

"따라오너라."

"네?"

"나를 따라오면 혼인하지 않아도 된다. 혼인하지 않고 살게 해주마."

도무지 믿을 수 없는 말을 뱉어놓고 형수가 성큼성큼 걷기 시작했다.

무슨 말인가 몰라 멍청히 서 있던 덕이가 뒤늦게 번뜩 정신을 차리고 종종걸음으로 형수의 뒤를 쫓아갔다. 마님께 데려가나 보다 짐작했던 덕이는 형수가 안채나 사랑채가 아닌 대문으로 향하자 그 자리에 우뚝 멈춰 섰다.

따라오는 발걸음 소리가 들리지 않는 것을 이상하게 여긴 형수가 돌아보자 차마 대문을 넘지 못하고 덕이가 발을 동동 구르며 애처롭게 보고 있었다. 그 모습이 형수에게 쓴웃음을 짓게 했다.

규율이라 했다. 법도라 했다. 고작 인간이 만든 것인데 마치 태어날 때부터 하늘이 정해진 것 마냥 굴었다. 그래서 고작 발을 떼 대문을 넘는 일을 저렇게 망설이게 된다. 우습게도 이젠 사람이 만든 문을, 사람이 넘을 수 없는 세상이 되었다. 바깥세상과 쉽게 오가기 위해 만든 문이 어느새 족쇄가 되어 사람의 다리를 옭아매고 있었다.

"빨리 안 오면 두고 갈 것이다!"

고함소리가 나고서야 망설이던 덕이가 성큼 대문을 넘어 잰 걸음으로 형수에게 다가왔다. 저 왈가닥이 고분고분 따르는 걸 보니 형수는 썩 마음에 들었다.

"대체 어디로 가는 겁니까요?"

"얼어 죽을 우물물은 아닐 것이니 걱정 말고 따라오너라."

돌아선 형수가 앞장서서 성큼성큼 걷기 시작했다. 잠시 후 급하게 종종거리는 발걸음이 뒤를 따라왔다. 앞서 걷던 형수의 입가로 저도 모르게 봄바람 같은 미소가 새어나왔다.

아가씨를 부탁해

다시 또 대리청정의 하교가 내려졌다.

1775년, 즉위 오십일 년째 되는 해인 올해만 벌써 네 번째 내려진 명이었다. 이번 해가 지나기 전에 일의 매듭을 짓고 싶은 듯 여든이 넘은 왕의 결심은 그 어느 때보다 단호했다.

"만약 이 하교를 따르지 않을라치면 대소 공사를 정원에 머물러 두라. 전위하는 하교를 내리겠다."

늙은 왕의 말 속에는 물러서지 않겠다는 분명한 의지가 서려 있었다. 추상같은 어명에 이전까지 가볍게 들썩거렸던 문무백관들이 조용히 부복했다.

왕의 대리청정 명은 지금껏 여러 번 있어 왔다. 대리청정은 왕이 휘두를 수 있는 가장 강력한 칼자루였다. 그 칼에 맞지 않기 위해 대신들은 눈치 빠르게 왕의 심중을 헤아려야 했다.

이번은 다른 때와는 분명 달랐다. 올해 들어 내리는 대리청정의 하교에는 허물어져가는 육체를 간신히 붙잡고 버틴 늙은 할아비의 애틋한 간절함만이 있을 뿐이었다. 왕은 진심으로 손자가 자신의 사직을 이어주길 바라고 있었다.

왕은 더 늦기 전에, 손자를 반석 위에 세우고 싶어 했다. 허나 세손이 왕위에 오르는 것을 두려워하는 신하들은 대리청정의 하교를 내리는 왕의 심중을 헤아리기보다는 자신들의 명운을 걸고 대리청정을 막기 위해 나섰다. 사도세자 때 그러했듯 어떻게든 이것을 구실로 삼아 세손의 입지를 좁게 만들고 싶어 하는 이들이 많았다. 그러나 수십 년 노회한 그들을 상대해온 왕은 한 수 앞서 있었다.

나흘 전, 서명선의 상소로 인해 세손의 대리청정에 반발했던 이들이 파직당했다. 서명선은 세손과 왕 사이를 이간질하려던 이들을 고발했고, 왕은 기다렸다는 듯이 그 상소에 적힌 이들에게 벌을 내렸다.

그리고 그들의 이름을 적은 먹이 종이에서 채 마르지도 않은 시기에 다시 왕은 대리청정의 명을 내리고 있었다. 늘 그랬듯이 산이 나서서 고사했으나 늙은 할아비를 생각하지 않는다는 호통만 들었다.

"나의 근력이 버틸 방도가 없는데, 어찌하여 어린 손자는 이 늙은 이의 고충을 생각지 아니하느냐? 내 뜻을 받들어 행하는 것이 진정한 효라는 것을 정녕 모른단 말이냐!"

"신은 아직 어리고 학식이 넓지 못하여 문침과 시선하는 일도 제대로 하지 못하오니 명을 거두어주시옵소서."

"나의 형님이신 선왕께옵서 보위에 오르셨을 때가 스물세 살이었다. 네 나이 이미 스물네 살로 결코 어리다 할 수 없으니 이만 물러가라."

여러 번의 실랑이 끝에 결국은 매번 물러지곤 했던 대리청정의 명이었다. 허나 이번만큼은 왕이 끝내 물러서지 않아 왕의 뜻대로 대리청정이 시행되었다. 산이 이제 왕을 대신해 국사를 책임지고 수행하게 된 것이다. 십여 년을 숨죽이며 살아야 했던 어린 세손의 손에 드디어 칼자루가 쥐어졌다.

새로운 왕의 시대가 시작되려 하고 있었다. 기존의 관습을 비웃고, 권력을 쥔 자들의 고지식함을 비판한 다른 한편, 그 누구보다 성실하고 반듯한, 왕조의 젊은 왕이 움츠려 있었던 몸을 이제 막 펴며 자신의 세상을 만들기 위한 움직임을 시작하려 하고 있었다.

후원에 나와 잠시 머리를 식히던 산의 곁으로 국영이 다가왔다.

낭청 홍국영은 강직하고 사려 깊은 성품을 가졌을 뿐 아니라 산의 심중을 잘 헤아려 현재 그의 최측근인 인물이었다. 국영을 시기하는 무리들은 그의 곱상한 외모가 산을 홀렸다고 했다. 국영과 대조적인 산의 사내다운, 선 굵은 얼굴이 그러한 말도 안 되는 풍문을 부채질하기도 했다. 둘은 그저 웃어넘길 뿐이었다.

"고뿔이라도 드시면 어쩌시려고 나와 계시옵니까? 날이 춥사옵니다."

"눈 밟는 소리가 좋지 않으냐. 꽉 막혀 있던 머리가 맑아지는 느낌이다."

바드득거리는 소리가 지나는 자리마다 하얀 발자국이 났다. 산이 해사하게 웃으며 국영을 돌아보았다. 짙은 눈썹 아래 두 눈이 깊었다. 곧게 뻗은 콧대와 칼로 깎은 듯한 턱 선이 그를 더 위엄 있게 보이게 했다.

어린 시절 다소 유약했던 외모는 커가면서 점점 사내다워졌다. 목숨을 위협하는 수많은 위기 속에서 살아남기 위해 수련을 게을리 하지 않은 탓이었다. 왕(영조)은 산이 죽은 사도세자와 달리 신체가 날렵한 것을 좋아했다. 왕이 좋아했기에, 대신들은 세손의 무술 수련을 탐탁지않게 여겼음에도 대놓고 반대의 뜻을 피력하지는 못했다.

국영이 산에게 은밀한 시선을 던졌다. 산이 손을 들어 주변을 물리자 국영이 고개를 숙이며 바싹 다가서 낮은 목소리로 속삭였다.

"저하, 최대관의 삼년상이 달포 뒤면 끝난다 하더이다."

그 말이 무슨 비장한 때를 가리키기라도 하는 것처럼 산의 눈이 날카롭게 빛났다.

국영이 말하는 최대관은, 노론의 수장이자 현재 최고 실세인 좌의정 최만섭의 장남으로 사간원의 정언인 최규식이었다. 예에 어긋나는 걸 본 적이 없을 만큼 성품이 곧고 학식이 높아 정계를 이끌어갈 차세대 주역으로 평가받는 자였다.

"벌써 그리 되었더냐?"

"네, 좌의정은 좀 더 빨리 혼례를 치르고 싶어 하나 최대관이 삼년상을 반드시 끝내겠다고 고집을 부리고 있다 들었습니다."

산이 그 인물을 머리에 떠올리며 가볍게 웃었다. 규식은 충분히 그럴 위인이었다. 좋은 집안에서 훌륭한 교육을 받으며 성장한 까닭에 성품이 반듯하고 너그럽지만 딱 그만큼 고지식하며 꽉 막힌 사내였다. 제가 아는 세계가 전부이며 그 세계를 벗어난 것은 모두 도가 아니라 생각하는 강박증적인 면이 있어 융통성이라곤 눈을 씻고 찾아봐도 찾을 수가 없었다.

"그자는 그럴 만도 하지. 좌의정은 이번 혼례만큼은 제대로 치르겠다 벼르고 있겠지?"

"예, 삼간택을 하듯 한양 바닥에 있는 처녀들을 샅샅이 다 뒤져서라도 대단한 며느리를 보겠다 벌써부터 큰소리치고 있다 합니다. 벌써 몇몇 집에서는 은근히 매파를 보냈다 들었습니다."

산이 그럴 줄 알았다는 듯 고개를 끄덕였다.

좌의정 최만섭은 권력의 중심에서 단 한 번도 벗어나본 적 없으면서 정작 그 자신을 중심에 드러내본 적도 없는 노련한 정치가였다. 그런 자가 아들의 혼인이라는 큰 사건을 쉬이 놓칠 리 없었다. 특히 초혼이 실패한 만큼 재혼은 더더욱 요란뻑적지근하게 치러 자신의 세를 과시하려 할 것이다. 만섭은 아직 기반이 위태로운 산에게 그 화려한 혼인이 대단히 위협적인 행사가 될 것이라는 걸 누구보다 잘 알고 있는 자였다.

"어찌하시겠습니까? 정녕 생각하신 대로 하시렵니까?"

국영의 말투에는 걱정이 물씬 묻어나왔다. 산의 고요한 시선이 국영에게 가 닿았다.

"그들의 회합이 오늘이라 하지 않았느냐?"

"네, 오늘 옥루각에서 회합이 있다 하더이다."

"함께 가자꾸나."

국영이 당혹스런 눈으로 산을 보았다.

"저하, 금일 잠행을 하시는 건 위험하지 않겠사옵니까? 보는 눈이 많사오니 소신이 대신 다녀와 말씀을 아뢰는 것이……."

"내가 그를 직접 봐야 그를 알 수 있지 않겠느냐!"

고저 없이 내뱉는 말이 단호했다. 그러나 여전히 국영의 두 눈은 그런 산을 말리고 있었다.

"나는 사람이 필요하다. 지금 내 곁에는 그대 말고는 아무도 없다. 나는 사람이 더 많이 필요해."

하얀 입김이 공기 중으로 퍼져나갔다. 다시 눈 위에 깊은 발자국이 났다. 국영이 한 몸처럼 산의 뒤를 따랐다.

"조정엔 온통 당색을 가진 자들뿐이다. 할바마마께서는 탕평책을 쓰셨으나 그것은 엄목포작이었을 뿐, 오히려 당쟁을 더 심화시켰다. 내가 보위에 오른다 하여도 그 세력들을 뿌리 뽑기 어려울 것이다. 유일한 방법은, 당색이 없는 자들을 많이 뽑아 그들과 겨룰 수 있는 힘을 주는 것이다. 과연 그 강형수라는 자가 그들과 겨룰 만한 자인지, 겨룰 수 있는 자인지, 내가 직접 봐야 하지 않겠느냐."

길게 토해낸 분노 서린 말을 듣고서야 국영은 수긍하듯 고개를 숙였다.

"신이 마마의 깊은 뜻을 다 헤아리지 못하였나이다."

"나를 둘러싼 이들이 가진 헛된 믿음을 깰 수 있을 만큼 그가 대단한 그릇인지, 그저 헛소문은 아닌지, 내 두 눈으로 그를 직접 볼 것이다. 그래야 내가 그에게 일을 맡겨도 될지, 안 될지 정할 수 있지 않겠느냐. 그가 내 뜻을 실현시켜줄 수 있는 인물인가, 오늘 제대로 확인해볼 것이다."

"예."

국영이 고개를 숙이며 뒤로 물러섰다.

산이 얼굴을 들어 먼 산을 바라보았다.

아비가 죽었다. 종묘사직을 위해서라 했다. 대의라 했다. 열한 살의 어린 산은 이해할 수 없었다. 제게서 아버지를 빼앗아가고, 할아버지로 하여금 자식인 아버지를 죽게 만드는 것이 어찌 대의란 말인가. 천륜을 거스르는 대의 같은 것이 어찌 있을 수 있단 말인가. 아무리 생각을 하고 또 해보아도 어린 산은 도저히 납득할 수 없었다.

머리가 굵어진 후에야 알았다. 아비가 꿈꾸는 세상이 그들과 달랐기에, 아비는 그토록 모진 길을 갈 수 밖에 없었다는 것을. 천륜을 거스르는 대의 같은 건 애초에 없었다. 그저 인간이 만든 잔인하고 무서우며 섬뜩한 욕망만이 그곳에 있을 뿐이었다.

아비를 죽임으로써 그들은 그들의 세상을 지켜냈다. 그들은 자신들이 움켜쥔 것을 조금도 내놓으려 하지 않았으며, 그 어떤 변화도 원치 않았다. 세상은 오로지 그들을 중심으로, 그들을 위해서만 움직여야 했다. 그렇지 않을 경우, 종묘사직을 이을 세자도 죽일 수 있는 것이 그들이었다. 그들의 대의였다.

그들의 세상이 모순으로 가득 차 있다는 것을 비웃어줄 이가 필요했다. 잘못되어 있다고 말해줄 이가 필요했다. 산을 대신해 그래줄 이가 필요했다. 산이 만들어가고 싶은 세상에는 그들이 믿는 대의와 명분을 믿지 않는 이들이 필요했다. 그들에 맞서 산이 만드는 세상을 지지해줄 세력이 절실했다. 만약 그 세력을 만들지 못한다면, 산의 미래 역시 보장할 수 없었다.

세자도 죽인 이들이다. 그들의 뜻에 반하는 세손을 없애는 일 따위야 식은 죽 먹기일 것이다. 그래서 그자를 만나야 했다. 과연 소문만큼이나 뛰어난 자인지 제 눈으로 직접 보고 싶었다. 그들을 비웃고, 그들의 머리 위에서 놀 수 있을 만큼 재주가 좋은 자가 맞는지, 헛소문은 아닌지 확인해야만 했다.

아비와 같은 길을 가지 않을 것이다. 긴 세월 숨죽인 끝에 이제야 손에 쥔 칼자루를 그리 쉽게 넘겨주지 않을 것이다. 살아남아 억울하게 죽은 아비의 몫까지 해내야 했다. 그것이 자신에게 주어진 과업이었다.

형수가 웬 계집아이를 데려왔단 소문에 낮잠을 자던 옥루각의 기생들이 몽땅 다 마당으로 몰려나왔다.

덕이를 빙 둘러싼 기생들은 아래위로 훑어보며 저들끼리 믿기지 않는다는 시선을 주고받았다. 허허실실 농은 잘 던지지만 결정적인 선은 단 한 번도 넘은 적 없는 형수였다. 그런 형수가 데려온 여자라기에 뭐 얼마나 대단한 계집이 왔나 싶어 다들 한걸음에 달려 나왔다. 그런데 뚱한 얼굴로 마당에 서 있는 덕이는 그네들이 보기에 너무나 볼품없었다.

삐쭉하니 쭉정이처럼 비쩍 마른 몸매나 볼품없이 껑충하니 큰 키, 시커멓고 꼬질꼬질한 얼굴에 퀭하니 큰 눈은 하나도 어울리지 않는 조합이었다.

거기에다 불퉁하게 나온 입매나 보통 아닌 성깔머리가 깃든 눈매는 딱 봐도 사내가 좋아하지 않을 꼬락서니였다. 우르르 덕이 가까이 몰려들었던 기생들이 하나둘씩 고개를 갸웃거리며 뒤로 물러섰다.

"도련님 취향이 저랬나?"

"기가 막힌다. 채홍이도 마다하시더니 이게 뭔 일이래?"

"아무리 때 빼고 광낸다 한들 은근짜도 안 될 것 같은데."

"어디서 저런 걸 데려왔대?"

"아니, 진짜 저년이 맞긴 한 거야?"

"뭐라고 씨부리쌌는 거요?"

기생들의 수군거림은 결국 덕이의 성질머리를 건드렸다. 덕이의 이마에 푸른 핏줄이 도드라졌다.

"허이고, 밥 처먹고 허는 짓이라고는 사내들 앞에서 궁둥짝 흔드는 것밖에 없는 년들이 쓸데없이 남의 일에 왜 그리 관심이 많은

가 모르겄네. 남이사 여기 왜 왔던지 뭔 상관이라고 함부로 지껄여 댄대."

"아니, 뭐, 뭐 이런 년이 다 있어?"

"이런 년 여기 있네. 여기 있어. 이런 년 여기 있으니 다 봤음 이제 들어가쇼. 뭔 구경났소? 내가 눈이 하나요, 코가 두 개요. 사람 세워놓고 볼 게 뭐 있소? 그 시간에 잠이나 처 디비 자쇼. 모든 계집이 지들처럼 사내에 환장했는 줄 아나보네."

"야!"

덕이의 대거리에 있는 대로 열이 뻗친 기생들이 팔을 걷어붙이며 뭐라 한마디 쏘아붙이려는 순간 안채의 문이 열리더니 순이네가 나왔다.

"뭣 헌다고 거 몰려 있냐?"

"순이네, 얜 누구유?"

"정말 도련님이 데려오신 애가 맞어요?"

"뭐하는 애예요?"

얼굴이 붉으락푸르락해진 기생들이 우르르 순이네에게 몰려갔다. 순이네는 귀찮다는 듯 손을 휘휘 저었다.

"얼른 들어가! 여서 더 시끄럽게 해서 행수 어르신께 호통을 들어야 정신을 차릴라냐."

행수 어르신 나온다는 말에 기생들이 덕이를 째려보며 종종걸음으로 저희들 처소로 향했다. 가면서도 삼삼오오 모여 덕이를 흘끔흘끔 노려보거나 속닥거리기를 멈추지 않았다.

그네들이 모두 사라지고 나서야 순이네가 다가갔다.

"어머니가 침모라고?"

"네? 네."

"어머니께 바느질은 배웠냐? 할 줄 아냐?"

"네, 엄니만은 못혀도 할 줄은 압니다요."

"글은?"

"아부지가 대감마님 심부름을 하셔서 어깨 너머로 언문이랑 한자 몇 자 배웠습니다요."

"되련님이 눈치가 빠르고 영리하다더니 참말이었구나. 안 그래도 일손이 부족했는데 잘됐다. 따라오거라."

앞장서서 걷는 순이네 뒤를 덕이가 바쁘게 쫓아갔다. 흘끗 덕이가 뒤를 돌아보는 순간 방문이 열리더니 형수가 방에서 나왔다.

덕이가 얼른 고개를 돌리고는 순이네 뒤에 더 바싹 붙었다.

월향이 형수를 뒤따라 방에서 나왔다. 신을 찾아 신던 형수가 고개를 들자 순이네를 졸레졸레 쫓아가는 덕이의 뒷모습이 보였다. 뒤에 선 월향은 이 상황이 영 마뜩찮은지 미간을 잔뜩 찌푸렸다.

"네가 부탁해서 받아주긴 한다만……."

"왜요? 어머니도 제가 저 계집에게 다른 마음이라도 있어 데려온 것은 아닐까 걱정되십니까? 그리 장가가라고 하시더니 며느리가 노비인 건 싫으신가 봅니다."

넉살좋게 내뱉는 말이라도 뼈가 숨어 있어서인지 월향이 더 이상 말을 잇지 못하고 입을 꾹 다물었다.

"이따 저녁에 후원에서 회합이 있을 것이니, 술상이나 거하게 차려주십시오."

휘적휘적 걸어가는 아들의 뒷모습을 보며 월향이 긴 한숨을 내쉬었다.

"지나침은 모자람만 못하다더니……."

언제나 월향을 안타깝게 바라보던 제 아비가 떠올랐다. 어린 시절 부모를 속 썩게 했던 그 업보를 자식에게서 받을 줄은 몰랐다. 형수의 흰 도포에 월향의 눈이 시렸다.

국영이 등불을 들었다. 조심스러운 시기라 이번 잠행에는 조내관조차 따르지 못하게 했다. 등불이 내뿜는 빛에 반사된 흰 눈이 별처럼 반짝거렸다. 그 빛을 따라 걷다보니 어느새 옥루각 앞이었다.

육조거리 가운데 크게 자리한 옥루각은 명실상부한 한양 최고의 기방이었다. 특히 형수의 생모인 월향이 행수가 된 뒤, 그녀의 뛰어난 장사수단이 더해져 더 커지고 더 유명해졌다. 젊은 시절 뭇 남자들의 시선을 단번에 빼앗는 뛰어난 외모로 난다 긴다 하는 사내들을 모두 치마폭에 감싸 안았던 월향은, 나이가 든 뒤에는 특유의 재주로 사내들을 옥루각으로 끌어당기고 있었다. 참으로 대단한 여인이었다.

"조용히 들어가자."

막 사람을 부르려는 걸 말리며 산이 대문을 손으로 밀었다.

어느 술손님이 문을 제대로 닫지 않은 것인지, 옥루각의 솟을대문이 비스듬히 열려 있었다. 산이 성큼 열린 대문 안으로 들어서자 국영이 황급히 뒤따랐다. 온 사방에 등불이 켜져 있는 옥루각 안은 꼭 대낮같았다. 안쪽에서 풍악소리와 계집의 웃음소리, 사내의 희롱소리가 새어나오고 있었다.

월향 이전에 행수였던 매창이 청나라 사신을 잘 접대한 공으로 하사받은 오십 칸짜리 집이었다. 달 월(月)자 모양으로 지은 집은 대문을 지나온 손님들에게 쉬이 제 속내를 보여주지 않았다. 안마당의 양옆에는 문간채가 있었고, 그 앞은 화방벽으로 막혀 있었다. 잠시 손님들이 헛기침을 하며 안마당을 서성이면 중문에서 기생이 나와 그 손님을 모시고 안으로 들어갔다.

중문을 지나면 비로소 술청이 넓게 펼쳐져 있었다. 그 술청 뒤로는 기생들의 처소가 자리했다. 집 안의 가장 깊숙한 곳에는 월향이 머무는 안채가 있었고, 그 안채의 왼쪽으로 형수가 머무르는 사랑채가, 안채의 오른편에는 지금은 쓰지 않는 별당이 자리하고 있었다.

"회합은 후원에서 열린다고 하였습니다."

"이제부터 어투를 고치게. 자네와 나는 막역한 지기 아닌가."

국영이 그래야 한다는 걸 알면서도 쑥스럽게 웃으며 고개를 숙였다. 몇 번 이곳에 와본 적이 있었던 그는 중문이 열리기를 기다리지 않고 곧장 문간채 옆에 난 쪽문으로 산을 안내했다. 그 쪽문을 지나 좀 더 안으로 들어가면 연못이 있는 후원이었다.

연못 위에 누각을 지어놓은 후원은 옥루각에서 가장 귀한 이들을 위한 장소였다. 아무에게나 쉬이 허락하지 않는 곳이었으나 월향은 제 아들인 형수에게는 언제나 그곳만을 내어주곤 했다. 옥루각 가장 안쪽에 있는 은밀한 곳이라 사람들의 눈을 피하기 쉬웠다. 아들이 그 누구의 눈치도 보지 않고 편히 쉬기를 바라는 어미의 마음으로 제가 가진 것 중 가장 좋은 것을 내어주는 것이다.

어깨를 나란히 한 국영과 산이 막 후원 입구에 들어섰을 때였다.

"왜 이러십니까! 지는 기생이 아니라니까요!"

"네 이년, 기방에서 일하면 다 그년이 그년이지 네년은 뭐가 다르단 말이냐?"

한 몸으로 뒤엉킨 남녀가 두 사람 앞으로 튀어나왔다.

산이 황급히 뒤로 돌며 모선을 펼쳐 얼굴을 가렸다. 국영이 재빨리 산의 앞을 막아 선 뒤 두어 걸음 움직여 그늘진 어둠 속으로 몸을 숨겼다.

의복이 다 풀어헤쳐진 젊은 도령은 웬 계집애를 껴안으려 하고 있었고, 계집애는 그 품에서 벗어나려 애를 써댔다. 계집애는 제 말대로 기생이 아닌 듯 남루한 차림새였다. 아마 이곳에서 허드렛일을 하는 계집종인 듯했다. 그 계집애를 억지로 껴안으려는 젊은 도령은 술에 거나하게 취해 눈도 제대로 뜨지 못한 채 몸을 비틀거렸다. 그 와중에도 도령의 한 손은 우악스럽게 계집애의 팔목을 틀어쥐고 있었다.

"놓으십시오! 이거 놓으라구요!"

"이년이 좋으면서 어디서 앙탈이냐. 네 이년, 나 같은 양반이 네년을 품어주는 은혜를 내리면 감사히 여기며 냉큼 안길 것이지!"

"개소리 허고 자빠졌네! 이거 놓으라고!"

걸걸한 욕설을 내뱉으며 계집애가 도령의 손을 앙팡지게 물었다. 양반이 고함소리를 내며 떨어졌다.

"이년이! 감히 양반의 몸에 상처를 입혀!"

양반이 계집애를 후려갈길 것처럼 손을 높이 쳐들었다.

"그만하시지요!"

이러다 일이 커질 것 같아 보다 못한 국영이 나서려는 순간, 어디선가 한 사내가 나타나 도령의 손목을 붙잡았다.

새로이 나타난 낯선 사내를 유심히 보던 국영이 안도의 한숨을 내쉬었다.

"저자가 강형수입니다."

국영이 산에게 속삭였다. 뒤돌아서 있던 산이 소리가 난 쪽으로 고개를 돌렸다. 모선 위로 드러난 그의 눈이 재빠르게 형수를 훑었다.

한눈에 봐도 훤칠한 키의 허언장부다. 단단하고 너른 어깨는 그가 단순히 책상 앞에서 서책만 읽는 사내가 아님을 말해주고 있었다. 도령의 손목을 붙잡은 형수가 가볍게 상대를 반대편으로 밀쳐내며 사이를 벌렸다. 도령의 몸이 비틀거리며 휘청거렸다.

형수의 뒤에 몸을 숨긴 덕이가 씨근덕거렸다. 형수가 덕이를 눈으로 훑고는 별일 없는지 확인하고 살짝 밀어냈다.

"들어가보아라."

"네 이놈!"

덕이를 행랑채로 들여보내려는 순간, 잠시 균형을 잃고 비틀거리던 도령이 몸을 일으키더니 매섭게 형수의 뺨을 내리쳤다.

철썩, 제법 큰 소리와 함께 형수의 고개가 꺾였다. 헉, 하며 덕이가 놀라 뒷걸음질치다 다시 형수에게 다가갔다. 도저히 안 되겠던지 국영이 나서려는데 산이 다시 그의 소매를 잡았다.

"좀 더 두고 보자."

국영이 밖으로 한 발을 내디뎠다가 다시 어둠 속으로 스며들었다.

형수가 붉게 부풀어 오른 제 뺨을 감싸며 술 취한 상대를 빤히 노려보았다.

"네 이놈! 감히 얼자 주제에 어찌 양반의 일에 나선단 말이냐. 이놈! 경을 칠 것이다. 저 계집과 너를 가만두지 않겠다!"

몸을 제대로 가누지도 못해 비틀거리면서도 도령은 안쪽에 들으란 듯이 바락바락 소리를 질러댔다. 형수가 저도 모르게 두 주먹을 불끈 쥐었다. 몸을 살짝만 휘돌려 주먹을 뻗기만 해도 도령은 바닥으로 나가떨어지겠지만 옥루각 안에서 그런 일을 벌일 수는 없었다.

국영은 도령의 일행이라도 있어 고함 소리를 듣고 달려온다면 큰 싸움이 날 것 같아 초조해졌다. 그때 산이 내내 붙들고 있던 소매를 놓으며 툭 그를 떠밀었다. 기다렸다는 듯이 국영이 취한 도령을 부르며 다가갔다.

"어이, 여기서 이리 행패를 부리면 쓰는가."

"이건 또 누구야."

국영이 재빨리 도령의 목 뒤로 손을 쑥 내밀어 급소를 정확하게 눌렀다. 곧 스르륵, 눈이 감기더니 도령이 픽하고 그의 품으로 쓰러졌다.

도령이 칼침이라도 맞은 것처럼 그 자리에서 엎어지자 형수와 덕이가 순간 당황했다.

"내가 좀 늦었네."

국영의 얼굴이 달빛에 드러나고서야 그를 알아챈 형수가 허리를 깊게 숙여 인사했다.

"안 그래도 기다리다 하도 안 오시어 어찌 된 일인가 나와 보았다가 그만 이런 흉한 꼴을 보이고 말았습니다."

"아닐세. 자네가 잘못한 게 무어 있다고. 아, 그리고 여긴 전에 말했던 내 벗이네."

국영이 산을 손으로 가리켰다.

어느새 나타난 산이 모선을 접으며 자연스럽게 고개를 숙여 인사했다. 형수도 공손히 맞절했다.

"초면에 실례가 많았습니다."

"아닙니다. 제 탓입니다. 제가 늑장을 부리다가 늦어 첫 만남에 이리 결례를 범하고 말았습니다."

두 사람 사이에 짧은 인사가 끝나자 국영이 제 품에 늘어진 도령을 가리켰다.

"이 사람 어서 방으로 옮겨 눕히게. 내일 아침까지는 일어나지 못할 걸세. 일어나도 아마 오늘 밤 일은 기억도 못할 거고."

형수의 시선이 무심하게 정신을 잃은 도령에게 가 닿았다가 없는 사람처럼 외면했다.

"사람을 부르겠으니 바닥에 그냥 두십시오."

"그럴까."

"너는 안에 들어가서 얼른 홍이를 데려 오거라. 홍이에게 이분을 방으로 뫼시라 일러라"

"네."

덕이가 안으로 뛰어 들어갔다. 국영이 팔의 힘을 풀자 도령은 바닥으로 미끄러져 내려가 눈 속에 고개를 처박고 털썩 엎어졌다. 형수가 그제야 아무 일도 없던 것처럼 웃으며 둘을 안내했다.

"후원의 누각에 자리를 마련해두었습니다. 이리로 오시지요."

국영과 산이 그를 뒤따라갔다. 지나가면서 산이 정신을 잃은 도령의 손을 꾹 밟았다.

약조한 시간보다 많이 늦은 까닭에 회합은 파장 직전이었다.

모인 이들은 모두 열 명 남짓이었는데, 그들 중 상당수는 이미 얼큰하게 술에 취해 있어 국영이 산을 대충 소개했음에도 다들 괘념치 않았다. 적당히 인사를 나눈 뒤, 상석을 내어주는 형수의 배려를 애써 물리며 두 사람은 상의 끝 쪽에 앉았다.

형수는 자리에 앉은 후부터 무언가 다른 생각에 빠진 듯 말이 없었다.

"아니, 자네 뺨이 왜 이런가?"

아까 젊은 도령에게 제대로 얻어맞은 탓에 형수의 뺨은 시간이 지날수록 점점 부풀어 오르고 있었다. 삼삼오오 머리를 맞댄 채 제각기 다른 이야기를 하던 이들의 시선이 일제히 그를 향했다.

형수가 익살맞게 웃으며 제 앞에 놓인 빈 잔에 술을 채운 뒤 단숨에 들이켰다.

"약관도 채 되지 않았을 법한 어린 도련님에게 제대로 얻어맞았다네."

"그게 무슨 말인가? 자네가 맞았다고? 어이해서?"

"기생도 아닌 계집을 술에 취해 희롱하려 하기에 말렸더니 어디 감히 서얼 주제에 양반의 몸에 손을 대느냐며 화를 내더군."

여기저기서 욕설이 섞인 탄식이 새어나왔다. 잠깐 기막혀하던 이들의 감정은 곧 분노로 변했다. 다들 제 분을 이기지 못해 격앙된 목소리로 현실을 개탄하기 시작했다.

"그런 반도패덕한 자가 있나!"

"한창 학문에 힘써야 할 나이에 벌써부터 이런 곳을 들락거리며 정신을 잃을 정도로 술에 취하다니, 한심한 노릇이로고."

"그래도 그자는 후에 제 아비의 덕으로 벼슬엔 나갈 걸세."

"듣자하니 과장에서 대리시험이 치러지기도 한다더군. 말세가 아닌가."

"모리배들만 조정에 모여 있으니 민생에는 관심이 있을 턱이 있겠나."

"자신들이 학문을 닦지 않는 것은 부끄러워하지 않고, 우리 같은 이들이 배우는 것은 두려워하니 우스운 일 아닌가."

여기저기서 원망과 탄식이 쏟아졌다.

국영의 눈치를 살피던 형수가 부러 크게 헛기침을 했다.

"이보게들, 오늘 회합엔 우리만 있는 게 아닐세. 손님이 와 계시지 않은가."

뒤늦게 이 자리에 조정의 잘 나가는 관료가 있다는 것을 떠올리자 다들 표정이 삽시간에 딱딱하게 굳었다. 아직 칠서의 옥을 잊지 않은 이들이 많았다.

광해군 시절, 벼슬길이 막혀 불만을 품은 일곱 명의 서얼들이 있었다. 그들은 강변칠우라 스스로를 칭하며 무륜당을 만들었다. 당을 만들어 한 짓이라고는 도적질이 전부였다. 그러나 거기에 정치적인 이해관계가 끼어들면서 순식간에 도적떼는 역모의 무리가 되었다.

무륜당을 이용해 영창대군 쪽을 쓸어버리고 싶었던 이들이 서얼들을 고신해 도적질로 모은 자금으로 영창대군을 옹립하려 했다는 자백을 받아냈다. 가벼운 도적질이 결국 계축옥사로 이어졌다. 조작된 사건이었으나 많은 이들의 머릿속에 칠서의 옥은 '서얼들의 역모' 로 남았다. 때문에 그 후 오랫동안 서얼들의 회합을 사람들은 의심스런 눈길로 바라보며 경계했다. 벼슬길에 나가지 못하는 것도 서러운데, 하지도 않은 일로 인해 역당의 무리라는 오해까지 받은 채 서얼들은 긴 세월 서러운 시간을 보내야 했다. 그러나 감히 누구에게 그 억울함을 털어놓을 수도 없었다.

이용하고 속여먹던 것을 까맣게 잊고, 서얼들끼리 모인다고 하면 무조건 위험하다 경멸하는 양반네들 때문에 이 자리를 만들기까지 얼마나 어려웠는지 모른다. 그런데 경솔하게도 세손의 최측근이라는 홍국영 앞에서 자신들의 속내를 보이고 만 것이다.

"하하하, 이 사람들, 왜 이리 긴장하고 그러는가. 나만큼 자네들 맘을 잘 아는 이가 어디 있다고. 걱정 마시게. 이제 곧 자네들의 세상이 될 것 아닌가."

무심코 한 말이었는지는 몰라도 그 순간 회합에 모인 이들은 속으로 뜨끔했다. 서로 교환하는 시선들에는 예상 못한 데서 맞닥뜨린 불안감마저 오고갔다. 형수가 일부러 침묵을 깼다.

"저희들 세상이라니요?

"이 사람 모른 척하기는. 세손마마가 대리청정을 받아들이실 정도로 전하의 용태가 위중한 것은 모두가 다 아는 사실 아닌가. 이제 곧 세손마마께서 즉위하실 터. 그럼 곧 자네들 세상이 열리지 않겠는가? 젊고 새로운 인재들을 그 어느 때보다 간절히 원하시는 세손마마께서 자네들을 모른 척할 리 없을 터."

그런 의미였나……. 그제야 국영을 바라보는 이들의 눈빛에 안도감이 서렸다. 거기에 부풀어진 기대감마저 차올랐다. 그러나 형수의 입에서는 피식, 김새는 소리가 빠져나왔다. 산이 그런 형수를 놓치지 않고 바라보았다.

"허허, 그럴 리가요."

형수가 완곡하게 그럴 리 없다는 생각을 드러냈다. 그냥 덕담으로 받고 넘어가도 될 말을 걸고넘어지자 국영이 흘깃 산의 눈치를 살폈다. 다행히 산의 표정엔 별 다른 변화가 없었다. 오히려 다른 이들이 국영과 형수를 번갈아보며 불안한 기색을 숨기지 못했다.

"왜? 자네는 그리 생각하지 않는가?"

"세손마마께서 즉위하신다 한들 어찌 저희 같은 자들에게 기회가 오겠습니까."

"그게 무슨 뜻인가?"

"저희 같은 자들은 위험한 자들 아닙니까. 저희처럼 제대로 된 가정에서 바른 교육을 받지 못한 자들이 어찌 조정에 나가 나라를 위해 일할 수 있겠습니까. 국운에 해롭습니다."

정곡을 찌르는 말인지라 좌중에서 씁쓸한 웃음소리가 터져 나왔다. 나와는 상관없다는 무심한 말투였지만 명백한 비아냥거림이었고, 힐난이었다.

그의 말은 실제 서얼들의 출사를 반대하는 많은 이들이 내세우는 근거였다. 부정적인 기운을 가진 자들이 국정을 돌볼 경우, 나라의 운세가 쇠한다는 것이다.

형수는 그들의 주장을 제 주장인 양 태연하게 말하면서 조소한 것이다. 씁쓸한 웃음소리는 이내 가벼운 탄식과 무거운 원망으로 변했다.

분위기가 격정으로 요동쳤지만 그 속에서 형수만은 아주 평안해 보였다. 모두의 마음을 심란하게 해놓고선 정작 본인은 부처처럼 고요한 얼굴을 하고 있는 것이다.

"형수."

"아까 나리께서 들어오실 때 보셨던 그 도령과 실랑이 하던 계집 말입니다. 사실 그 계집이 저희 본가에 있던 덕이라는 노비 아이입니다. 오늘 제가 이곳으로 데려왔습니다."

갑자기 여종이라니, 무슨 이야기를 하려는지 짐작조차 할 수 없어 국영은 다시 불안한 마음으로 들끓었다. 오늘 이 자리에서 형수가 내뱉는 말 하나하나가 시험받고 있다는 걸 알 리 없으니 그의 마음은 더 조마조마해졌다. 앞에 놓인 잔을 들어 입술을 축인 형수가 천천히 이야기를 시작했다.

"노비가 혼인을 해봤자 노비밖에 더 낳고, 주인집 재산 불려주는 노릇 밖에 더하겠냐며 혼인을 할 바에야 우물물에 빠져죽겠다고 하더군요. 주제 파악을 아주 잘하는 영특한 아이이지 않습니까?"

허허허허, 형수가 아주 유쾌하다는 듯 웃음마저 터뜨렸다. 개탄스런 현실이 남 일이 아니었던 이들의 입가에도 다들 쓴웃음이 물렸다.

"여보게."

"세손마마께서 저희에게 기회를 준다면, 그건 노론들의 세력을 견제하기 위해서겠지요. 그런데 세손마마가 그리 치사하신 분일 리 없지 않습니까. 설마 본인의 세력이 없다고 저희를 방패막이로 쓰실 정도로 소견이 좁으신 분은 아니리라 저는 그리 믿고 있습니다."

나긋나긋하게 말하고 있었지만 말 곳곳에 숨어 있는 생각의 송곳이 튀어나오자 국영은 순간순간 흠칫거렸다. 그의 등이 식은땀으로 흠뻑 젖었다. 이제 낯이 화끈거려 제 옆에 앉은 산을 돌아다볼 엄두도 나지 않았다.

그러나 국영의 예상과는 달리 산은 오히려 눈을 반짝거리며 호기심과 흥미로움이 가득 찬 눈길로 그를 주시하고 있었다. 심지어 국영의 뒤로 절반쯤 숨기고 있던 몸을 앞으로 빼내 귀를 기울이기까지 했다.

"자네 어찌 그리 나쁘게만 생각하는가? 마마께서 자네들의 재능을 높이 사 순수한 호의로 부르려는 것일 수도 있지 않겠나."

"설마요. 마마는 삼정승과 견주어도 뒤지지 않을 정도로 학문이 깊으신 분 아니십니까?"

"그렇지."

오히려 서두로 좋은 말을 끄집어내니 대체 이번엔 또 무슨 불길한 말이 나올까 싶어 더 불안했다. 국영의 뒷목이 다시 긴장감으로 뻣뻣해졌다.

"그러니 더더욱 마마는 저희를 쓰실 리가 없지요. 잡서조차 지독하게 경계하실 정도로 반듯한 분이시며 원리원칙에서 어긋나는 것을 용납하지 못하는 분이십니다. 사서삼경을 마르고 닳도록 외우신 마마시라면 옛 선인들이 모두 신분의 귀천을 말하고 있는 것을 누구보다 잘 아실 것이온데 어찌 저희를 중하게 쓰시겠습니까."

"자네는 하나만 알고 둘은 모르는군. 조선의 천재도 어쩔 수 없네, 그려. 마마께서는 학문이 깊으시기에 선인들이 말씀하신 신분의 귀천이 자네들을 가리키는 것이 아니라는 것을 알고 계시지 않겠나."

형수가 고개를 주억거리며 웃었다.

그리고 더 말이 없자 이 정도에서 그치고 물러서준다는 신호로 받아들인 국영은 안도의 한숨을 몰아쉬었다. 그러나 다시 시작된 발언은 전혀 예상치 못한 것이었다.

"그럼 나리, 나리께서 아까 그 노비 계집애를 데려가 양녀로 삼으시겠습니까?"

"뭐, 뭐라? 양녀로 삼으라고? 노비 계집애를? 왜?"

"양녀로 삼으셔서 양반가에 시집 좀 보내주십시오. 저 아이 노비를 낳기 싫어 혼인하기 싫다는 아이입니다. 양반가 정실부인이 되면 아이를 낳겠다 할 것입니다. 나리가 말씀하신 대로 신분의 귀천이 없다면, 저 계집애가 정경부인이 못 될 건 또 무엇이겠습니까."

순진하기 짝이 없는 얼굴에서 나온 말이라 이건 놀리는 건지, 진심으로 그리 믿는 건지 헷갈릴 정도였다. 국영이 슬슬 끓어오르는 표정으로 형수를 노려보았다.

뒤에 앉아 있던 산이 갑자기 웃음을 터뜨렸다. 조용히 듣기만 하던 낯선 이의 웃음소리에 형수의 시선이 돌아갔다.

"그럼 그대는, 저 노비 계집애가 요조숙녀도 될 수 있다고 믿는 것이오?"

"설마 어찌 제가 그리 불충한 생각을 하겠습니까. 경을 칠 일이지요. 제 생각이 아니라 홍낭청 나리께서 그렇다 하시니 권해드린 거지요."

"아니, 내가 언제 그리 말했다고."

억울한 혐의를 뒤집어쓴 것처럼 국영의 입이 자신도 모르게 딱 벌어졌다.

형수가 눈을 동그랗게 뜨고 고개를 갸웃거렸다.

"신분에 귀천이 없다고 나리께서 그리 말씀하시지 않으셨습니까. 그래서 전 저 불쌍한 아이를 좀 부탁한 것일 뿐인데, 혹시 제가 잘못한 것입니까."

눈 뜨고 코 베인다는 게 이런 것이구나 싶었다. 이 문제가 어디서부터 어떻게 꼬였는지 거슬러 올라가도 좀체 찾을 수가 없는 국영은 꿀 먹은 벙어리가 되고 말았다. 입에 침이 바싹 마르고 혀가 목구멍 안으로 말려들어갔다. 그저 허참, 허참, 마른 숨 섞인 기침을 할 뿐이었다.

"그대는 그럼 신분의 귀천을 믿는 게요, 믿지 않는 게요?"

에둘러 갈 수 없게 직접적이고 노골적으로 산이 묻자 형수가 잠깐 멈칫했다. 산의 두 눈이 조금의 틈도 놓치지 않겠다는 듯 형수에게서 떨어질 줄 몰랐다.

"저는……."

신중하게 단어를 고르는 듯, 형수는 한참이 지난 뒤에야 말을 이었다. 꽤 긴 침묵이었음에도 산은 재촉하지 않고 끈기 있게 기다렸다.

"저는 다만, 기생과 요조숙녀가 배우는 학문이 크게 다르지 않다는 것은 압니다. 시경에서 말하기를 요조숙녀란 군자의 마음을 헤아릴 줄 알며, 거문고와 비파를 잘 켜는 여자라 하였습니다. 어찌 보면 기생을 가리키는 문장 아닙니까? 시를 짓고, 군자의 마음을 헤아리며, 명석하여 대화 상대도 되고 거문고와 비파는 물론이거니와 소리 역시 명창이라 시름을 잊게 해주는 여인, 기생 아닙니까. 천한 노비 계집이 공부를 열심히 하면 기생이 될 수 있지요. 그럼 좋은 집안에서 반듯하게 공부를 하면 요조숙녀가 되지 않겠습니까."

답이 되었냐는 듯 형수가 그윽하게 웃었다.

뒤에 아무것도 없는 것처럼 순진해 보이는 미소였으나 산은 그 뒤에 아주 많은 것이 숨겨져 있음을 간파했다. 그는 속마음이 비쳐 내는 표정을 안에서 한 번 더 걸러 겉으로는 늘 웃음과 미소로만 조합해내는 능력을 가지고 있었고, 그것으로 모든 위험 상황을 피해가고 있었다. 게다가 능숙한 언변으로 치고 빠지는 순간을 정확하게 알고 있는데다 수위를 제 맘대로 조절해 상대를 꼼짝 못하게 만들 줄도 알았다. 그러면서도 본능적으로 균형 감각이 뛰어난 자였다. 전쟁터에서 오랫동안 단련해 생존방식이 몸에 익어버린 장수처럼 그의 처세는 나이에 어울리지 않게 노련했다.

산은 그가 썩 맘에 들었다. 자신을 절제할 줄 아는 정치가인 동시에 위험한 혁명가. 이 어울리지 않는 조합이 그에게는 한데 뒤엉켜 엎치락뒤치락했다. 위험 앞에서 지독하게 몸을 사렸으나 동시에 그 위험을 즐기며 외줄타기를 하는 과감성 역시 내재되어 있었다. 바람 앞에서 유연하게 휘어졌으나, 심지는 대나무보다 더 꼿꼿할 것이다. 쉽게 손 안에 잡히지 않을 자였으나, 옆에 둔다면 그 누구랑 비교할 수 없을 정도로 든든할 사내였다.

산은 그가 탐이 났다. 국영이 말해주었던 그에 대한 정보들이 새삼 머릿속에서 다시 떠오르기 시작했다.

비운의 천재. 그렇게 불린다고 했다. 단려한 외모 덕분에 흠모하는 여인들이 많아 풍운아라는 소문 역시 자자하다고 했다. 혹자는 그 모든 게 거짓이라고도 했다. 그에 대해서 떠드는 이들은 많았으나 모두 단편적인 사실들뿐 하나로 모아지는 것은 없었다. 그러나 모두가 입을 모아 내리는 결론은 동일했다. 지나치게 영리한 만큼 충분히 위험한 자라는 것이었다.

아무리 형수가 감추려 애를 써도 그의 뛰어남은 가려지지 않았고 많은 이들의 경계 역시 사라지지 않았다. 그네들이 단순히 과거의 기억에 사로잡혀 한 말이 아님을, 산은 만나보고서야 비로소 알 수 있었다. 그는 길들여지기 어려운 적토마였다. 해맑게 웃는 낯을 보며 산은 과연 자신이 그를 길들일 수 있을 것인가, 잠시 생각에 잠겼다.

국영이 조심스럽게 산의 눈치를 살폈다. 심기가 불편하지 않았을까 염려하는 태도였다. 산은 괜찮다는 듯 신호를 주었다가 국영의 귓가에 조용히 속삭였다.

"저자와 따로 만나야겠으니 회합을 이만 마무리하고 자리를 마련하라."

국영이 고개를 끄덕인 뒤 주위를 둘러보았다. 형수 옆자리 몇몇 인물만이 그와 이야기를 나누고 있을 뿐 이미 대부분 술에 얼큰하게 취해 몸을 제대로 가누지 못하고 있었다. 분위기를 살핀 후 보란 듯이 다소 과장되게 웃었다.

"허허, 이 사람들 다들 취했네 그려. 그러고 보니 이제 곧 인정일세. 오늘은 이만 이 자리를 파하고 다음을 기약하는 게 어떻겠는가?"

형수가 파장을 유도하는 게 의도적이라는 냄새를 맡았는지 국영을 빤히 응시했다. 그가 눈을 두어 번 찡긋거렸다. 눈치 빠른 그가 자리에서 일어서며 주변을 추슬렀다.

"그래, 오늘은 이만하고 다음에 보지. 너무 늦었네. 다들 취했고."

먼저 자리에서 일어서자 몸을 앞뒤로 흔들던 이들이 눈을 게슴츠레하게 뜬 채 두리번거리다 힘겹게 자리에서 몸을 일으켰다. 한두 명이 일어나기 시작하자 곧 다른 이들이 따라 자리에서 일어났다.

"그렇군. 너무 늦었네."

"다음에 또 보지."

"에구, 나리. 얘기를 길게 못해서 서운합니다."

"무에 그러나. 또 보면 되지. 언제든지 연락만 주시게."

"또 오실 거지요?"

"그럼 그럼. 다음에 또 봅세."

국영이 아쉬운 얼굴로 회합에 왔던 모든 이들과 작별 인사를 나누기 시작했다. 산이 그의 곁에 서서 함께 인사를 건넸다. 국영의 막역한 친구겠거니 생각한 이들이 별 거부감 없이 산에게도 인사를 나누었다. 어쩐지 사람들을 배웅하면서도 형수의 눈길은 산과 국영을 놓치지 않았다. 특히 산에게는 예사롭지 않은 시선이 꽤 오래 머물렀다.

썰물 빠지듯 모두가 사라진 후원은 휑했다. 이제 누각에 남은 이는 국영과 산 그리고 형수뿐이었다.

"자리를 옮기시겠습니까?"

국영이 어쩌시겠냐고 허락을 받으려는 듯 산을 바라보자 그는 고개를 저었다.

이렇게 셋이 남고서야 형수는 국영과 산이 친구 사이가 아닐지도 모른다는 직감이 들었다. 아까와는 달라진 산의 묘한 분위기를 알아차린 것이다. 그래서 불안해졌다.

"어서 예를 갖추시게."

국영의 시선도 엄격해졌다.

"세손저하이시네. 예를 갖추지 못하겠는가?"

선뜻 그 말을 이해하지 못한 형수가 얼어붙은 듯이 자리에 서서 둘을 번갈아보았다. 여전히 꼿꼿이 선 채였지만 일렁이는 두 눈은 당황스러운 제 속내를 오롯이 내보이고 있었다.

오늘 만난 이후 처음으로 드러내는 그의 살아 있는 감정에 산이 만족스러운 미소를 지었다. 그 미소가 아무나 지을 수 없는 지고함을 가지고 있음을 알아차리고서야 비로소 형수는 제 앞에 놓인 현실을 자각했다.

"마마."

황급히 형수가 예를 갖추었다. 산이 자연스럽게 형수의 곁을 지나 상석에 앉았다. 국영이 그 오른편에 단정히 자리했다.

"가까이 오라."

낮고 따뜻한 음성에 형수가 무릎걸음으로 가까이 다가갔다. 산이 제 앞에 단정한 자세로 꿇어앉은 그를 다시 한 번 찬찬히 바라보았다.

형수는 두 손으로 공손하게 바닥을 짚고 고개를 숙인 채 시선을 아래로 떨어뜨렸다. 굳게 다문 입매에서 사내다운 호기가 드러났다. 그림처럼 앉아 있는 그를 찬찬히 보던 산의 입가에 다시 흐뭇한 미소가 걸렸다.

"내가 이곳에 왜 왔는지 알겠느냐?"

"모르겠습니다. 소인이 어찌 마마의 깊은 뜻을 헤아릴 수 있겠사옵니까."

"내가 너를…… 왜 보고자 했는지도 모르겠느냐?"

"모르겠사옵니다."

"너는 정녕 내가 벼슬을 내린다고 해도 나를 믿고 벼슬길에 출사하지 않겠느냐?"

형수는 침묵했다. 유들유들하고 임기응변에 능한 사내이긴 하나, 거짓을 내뱉을 만큼 경박한 자는 아니었다. 산은 의외로 형수의 그 긴 침묵이 맘에 들었다. 마치 말없이 대화하는 듯한 두 사람 사이에서 초조한 것은 국영이었다.

"나는 너를 믿고 일을 하나 맡겨볼까 해서 여기까지 걸음 하였는데, 너는 나를 믿지 못하니 이 일을 어쩌면 좋을꼬."

혼잣말 같은 넋두리에 형수의 몸이 움찔했다. 산은 그 순간을 놓치지 않았다.

"고개를 들라."

형수가 몸을 일으켰다.

"나를 보라."

형수가 고개를 들었다.

"말해보라. 내가 어찌해야겠느냐? 나를 믿지 못하는 자를 믿고, 내가 일을 맡겨도 되겠느냐?"

산과 눈이 마주쳤다. 쉬이 읽히지 않는 깊은 시선이었다.

"소인은 저하가 명하시는 바를, 제가 할 수 있는 한 최선을 다해 해낼 것이옵니다. 그게 제가 저하께 드리는 답이옵니다."

끝까지 믿는다고 하진 않는다. 다만 네가 시키면 열심히 해보겠노라 답한다. 온갖 미사어구로 충성을 맹세하는 능구렁이 대신들의 말보다 훨씬 믿음직하게 느껴졌다. 그것은 아마 저자가 최소한 거짓을 말하는 자는 아니라는 믿음 때문일 것이다.

산이 만족스러운 미소를 지으며 고개를 끄덕였다.

"원래는 네게, 기생 하나를 양갓집 규수처럼 꾸며보라 할 작정이었다. 그런데 방금 생각이 바뀌었다."

국영이 설마, 하는 불안한 표정을 지었다.

"네가 말한 그 노비 계집을…… 요조숙녀로 만들어라. 그래서 좌의정 최만섭과 그의 아들 최규식을 속여 혼사를 치르게 하라."

"마마."

국영이 무작정 말리고 봐야겠다는 기세로 다급하게 아뢰었다.

"무리입니다. 기생도 아니고 노비 계집이라니요. 아까 보셨지 않습니까? 극악하기가 이루 말로 다 할 수 없는 계집이던데, 그 계집으로 어찌 뱀 같은 좌의정을 속인단 말입니까."

"그런 계집이니 속았을 때 충격이 더 크지 않겠나. 그런 계집에게 속으면, 더더욱 내 제안을 받아들일 수밖에 없을 걸세. 생각해보니 기생은 너무 약해. 계집종쯤 되어야 좌의정이 암말도 못할 게야."

"허나, 마마."

"더 자세히 말씀해주십시오. 어인 연유로 좌의정 대감을 속여야 합니까?"

안달이 난 국영의 말허리를 자르며 형수가 침착하게 질문했다.

놀라움에 멍해 있던 것도 잠시, 어느새 형수는 평소대로 돌아와 있었다.

"너희들에게 벼슬길을 열어주고 싶다. 허나 아직 나는 그러한 힘이 없다. 성균관 같은 곳을 만들어 너희들을 한곳으로 모으려 하니 나를 도와라. 그럼 너희와 내가, 원하는 것을 얻게 될 것이다."

전혀 예상치 못한 대답인 듯 형수가 황망한 얼굴로 산을 바라보다 고개를 갸웃거렸다.

"그것이, 그것이 대체 최규식과 무슨……."

"너도 알고 있을 터이지만 최만섭은 현 노론의 수장이다. 그의 뜻이 곧 노론의 뜻이며, 이 조선의 뜻이 되곤 하지. 그는 아주 보수적이며 가장 많은 것을 쥐고 있지만 제가 쥔 것을 조금도 나누거나 놓으려고 하지 않는 자다. 그래서 신분은 하늘이 낸 것이며 애초에 제 분수가 정해져 있다고 주장해. 그런 자들 앞에서 서얼에게 벼슬길을 열어주잔 말은 통하지 않아. 내가 아무리 너희들의 출사를 원한다 한들, 그들의 반대에 막혀 내 뜻은 이룰 수가 없는 형편이다."

산이 잠시 말을 멈추었다. 세 사람 사이엔 산의 한마디 한마디로 묵직하게 내려앉은 긴장된 침묵이 감돌았다. 그러는 동안에도 형수의 자세는 한 치의 흐트러짐도 없이 꼿꼿했다. 어지간히 학문 깊은 선비에게서도 찾아보기 어려운 자태였다. 이자가 아까 그토록 비아냥거리고 헐렁하게 보이던 그자와 동일인물인지, 산은 본인의 눈으로 봤음에도 헷갈릴 지경이었다. 속으로 혀를 내두르며 산이 말을 이었다.

"최규식은 삼 년 전에 상처했다. 고지식하게 예를 따르는 자라 아버지가 탐탁지 않아 함에도 삼 년간 심상을 치르고 있는 중이라 들었다. 그런데 그것이 얼마 뒤면 끝나지. 아들의 재혼은 왕실의 혼인만큼 제대로 하겠다고 좌의정이 벌써부터 이를 갈고 있다 들었다. 네가 노비계집을 요조숙녀로 만들어 혼담을 넣어라. 그래서 좌상과 규식이 그 계집을 택하게 만들어라."

"그것이 서얼허통과 무슨 상관이 있습니까?"

"생각해보거라. 만약 그들이 천한 노비 계집이 양반집 규수인 줄 알고 혼인을 한다면 어찌 되겠느냐. 규식이 노비인 줄 모른 채 요조숙녀로 알고 그 계집애를 사랑하게 된다면 말이다. 그 자체가 자신이 믿어온 신념을 스스로 부정하는 일이 아니겠느냐? 뿐이냐, 신분은 하늘이 내는 거라 철석 같이 믿는 그 아비가, 제 손으로 노비 계집을 며느리로 뽑았다는 소문이라도 나보거라. 그 망신을 어쩔 것이냐. 아마 그들은 망신을 당하지 않기 위해서라도 내가 내미는 손을 잡을 수밖에 없을 것이다. 네가 완벽하게 함정을 만들어 그들이 빠지는 줄도 모른 채 빠지게 해야 한다. 스스로는 절대 올라올 수 없는 함정이어야 한다. 우리가 내미는 손을 잡아야만 그 함정에서 올라올 수 있을 정도로 아주 깊은 수렁을 파야 할 것이야. 이제 내 말이 무슨 뜻인지 알겠느냐?"

서늘한 한겨울 칼바람이 산과 형수의 목덜미를 스치고 지나가며 나무에 걸려 있던 등불 하나를 꺼트렸다. 순식간에 그들 사이에 어둠이 내려앉았다. 가타부타 대답 없이 형수는 침묵 속에 잠겨 있었다.

"나는 너희들에게 다른 양반네들과 똑같이 벼슬을 내려 조선을 위해 일하게 하려 한다. 그러나 이미 권력을 가진 자들은 그것을 내놓으려 하지 않는다. 그 권력을 내놓게 해야만, 너희들의 벼슬길을 열어줄 수 있다."

빈 술잔을 내려놓으며 산이 말을 마쳤다. 힘이 넘치고 느긋하고 조용한 말투와 달리 고개 숙인 동그란 형수의 뒤통수를 내려다보는 시선은 그 어느 때보다 초조했다.

평온해 보이는 겉모습과 달리 엎드린 형수의 등 뒤로도 연신 땀이 배어 나왔다. 이미 발을 빼기엔 늦었다는 것을 직감했다. 세손은 제가 가진 패를 모두 보여줬다. 이제 자신에게 선택사항은 없었다. 일단 싫으나 좋으나 이 제안을 받아들여야 했다. 그리고 이 일에서 제가 얻을 수 있는 이득을 찾아 취하는 것이 최선일 것이다. 형수가 크게 심호흡한 뒤 입을 열었다.

"하겠나이다. 저 아이를…… 요조숙녀로 만들겠습니다."

산의 입가에 잠깐 다행이다 싶은 미소가 떠올랐다가 금세 사라졌다.

"네 정녕 자신 있느냐?"

무겁고 엄한 목소리였다.

"결코 쉽지 않을 것이다. 노비 계집이 기생이 될 수 있을지는 모르나, 노비 계집이 요조숙녀가 되기는 매우 어려울 것이다. 네 생각과 달리 기생과 요조숙녀는 전혀 다르다. 자태가 다르고, 학문이 다르고, 보고 자란 환경이 다르다. 기생은 사내에게 교태를 부려야 하나, 요조숙녀는 그 행실을 안으로 숨겨 사내에게 자신을 드러내지 않아야 한다. 기생은 사내를 유혹하나, 요조숙녀는 사내의 시선조차 닿아서는 안 된다. 내방에서 은밀히 남녀가 정분을 나눌 때 그 모습은 비슷할지 모르나, 그것만을 가지고 요조숙녀와 기생이 같다고 할 수는 없을 것이다. 배움이 비슷하다 해서 사람이 비슷해지는 것은 아니란 말이다. 네 정녕 자신 있느냐? 저 왈패 같은 계집을 요조숙녀로 만들 수 있겠느냔 말이다."

"할 수 있습니다. 해내 보이겠습니다."

"시간이 넉넉지 않다. 하염없이 저 아이가 완성될 때까지 기다려줄 수 있지 않으니. 길어야 백 일, 그보다 더 짧아질 수도 있다."

"명심하겠나이다."

신중한 자에게서 나온 단호한 대답이었다. 그제야 비로소 산이 활짝 웃었다. 그만큼 국영의 한숨도 깊었다.

"한 가지 걱정인 것은……."

형수가 산의 눈치를 흘깃 살폈다.

"의혼이 오가려면 호적이 필요합니다. 좌상은 아들의 혼인을 헛되이 할 사람이 아닙니다."

"저 아이의 호적은 내가 알아서 할 것이니 네가 걱정할 것 없다."

"또 하나, 신은 사내라 계집에게 여인의 자태는 가르칠 수 없습니다. 제 어미에게 도움을 청해도 되겠습니까?"

"그리해라. 월향이면 한때 조선 팔도를 호령한 최고의 기생이었으니 계집과 사내의 일에 대해선 누구보다 잘 알 터. 네게 큰 도움이 되겠구나."

호탕하게 웃으며 자리에서 일어서자 국영과 형수가 황급히 따라 일어났다.

"길게 나올 필요 없다."

손을 저어 형수를 물리친 산이 쪽문을 향했다.

그의 곁을 지나며 국영이 격려하듯 어깨를 두어 번 두드렸다.

"살펴 가시옵소서."

형수가 뒤에서 공손히 고개를 숙였다. 쪽문이 닫히는 소리가 들리고 나서야, 다리에 힘이 풀린 형수는 털썩 자리에 주저앉았다.

옥루각을 빠져나온 산이 걸음을 재촉했다.

"경첨을 챙겨왔사오니 걸음을 늦추셔도 되옵니다."

우뚝 자리에 멈춘 산이 저 멀리 어둠에 묻힌 도성을 바라보며 중얼거리듯 말했다.

"만약 중간에 일이 틀어진다면, 이것은 시대를 잘못 타고난 한 천재의 미친 짓으로 기록될 것이다. 우리는 모르는 일이다."

국영이 대답대신 고개를 깊이 숙였다. 천천히, 두 사람이 보폭을 맞추어 걷기 시작했다.

요조숙녀와 기생 사이

막 안채에서 월향의 잠자리를 봐주고 나오던 순이네는 마당에 우두커니 서 있는 형수를 보고 흠칫 놀랐다. 이미 옥루각을 환히 밝히던 불이 모두 꺼진 새벽녘이었다. 이 시각에 그가 깨어 있는 것을 본 적 없는 까닭에 순이네는 순간 헛것을 봤나 싶었다.

"어머니 안에 계신가?"

그러나 어둠을 헤치고 들려오는 낭랑한 목소리는 형수의 것이 분명했다. 순이네가 얼떨떨한 얼굴로 고개를 끄덕였다. 안으로 들어가려는 모양인지 형수가 댓돌에 올라섰다. 신을 벗고 마루에 올라서면서 순이네를 불렀다.

"가서 덕이를 불러오게."

"지금요? 이 밤에 말입니까?"

"급한 일이네. 지금 당장 불러오게. 아, 자네도 덕이와 함께 들어오고."

무에 그리 급한지 득달같이 할 말을 내뱉고는 어느새 문 앞에서 월향을 부르고 있었다.

묘하게 들뜬 것이 평소에 볼 수 없던 모습이라 순이네는 여간 의아스럽지 않았다. 꺼졌던 안방의 불이 다시 켜지고 형수가 얼른 방문을 열고 들어가는 것까지 순식간이었다. 순이네는 이거 보통 사단이 난 게 아니구나 싶어 내심 불안해졌다.

"대체 무슨 일이래, 이 야밤에."

겨드랑이 사이에 두 손을 끼워 넣은 순이네가 종종걸음으로 행랑채로 향했다. 다행히 아직 잠들지 않은 모양인지 행랑채 구석 칸에 마련해준 덕이 방에 불이 환하게 밝혀져 있었다.

"아야, 덕아, 자냐?"

제 이름 부르는 소리를 들었던지 두 눈에 졸음이 가득한 덕이가 고개를 내밀었다. 빼끔히 열리는 방문 사이로 깔려 있는 이불이 엿보였다. 자려고 막 누웠다가 일어난 모양이었다.

"무슨 일이대요? 아즉 할 일이 더 있대요? 여는 뭐 잠도 안 재우고 일을 시킨대요?"

"이년 말하는 싸가지 보소. 누가 너 일 시킨대냐? 안채에서 부르신다."

"안채요? 왜요?"

"내가 아냐. 되련님이 좀 오라신다."

무슨 일이길래…… 잠깐 고개를 갸우뚱하던 덕이가 갑자기 무슨 생각이 떠오른 것인지 삽시간에 허옇게 질렸다.

"아야, 너 뭔 생각을 하기에 얼굴이 허여멀건해지냐?"

"그것이, 그러니까, 제가 여기 온 게, 그, 혹시, 되련님이, 혹시……."

엉뚱한 상상으로 더듬거리는 덕이를 보니 순이네는 기가 찼다. 아까 기생년들이 모여서 수군거릴 때도 어이가 없었는데, 여기 헛물켜는 계집이 또 있다 싶었다.

"허참, 니가 뭔 생각을 허는지 정확히는 모르겠다만, 우리 되련님이 허고 많은 고운 계집한테도 눈을 안 돌리신 분인데 널 데리고 뭔 생각을 하시겄냐."

"천하의 한량이라던디……."

"그거야 속 모리는 사람들이 씨불이는 거고, 우리 되련님 그런 분 아니다. 아마 따로 시킬 게 있거나 이를 말이 있어 부르시는 것이겠지. 아니 그리고 사내가 계집헌테 맘이 있으면 어둠을 틈타 몰래 니 방에 들어올 일이지 제 어미가 있는 안채로 부르것냐고. 생각하는 것 하고는."

하기는 그렇겠구나, 일리 있는 말이라 무안해진 덕이가 뒷머리를 긁적이며 자리에서 일어났다.

"얼른 따라와. 추워 죽겄다."

"네."

종종거리며 순이네가 앞장섰다. 그 뒤를 덕이가 한 몸처럼 바싹 따라 붙었다.

종종 속상한 일이 있거나 기막히는 일이 생기면 순이네는 '콧구멍이 두 개니 살지' 라고 중얼거리곤 했다. 그 말이 이렇게 와닿는 순간이 제게 올 줄 몰랐다. 월향은 앞에 앉은 아들을 보면서 정말 콧구멍이 두 개니 지금 숨을 쉬고 있는 것이라고 탄식했다. 코가 막히고 기가 막힌데, 콧구멍이 두 개인 덕분에 뒤로 넘어가지 않고 이리 앉아 있는 모양이라고 말이다.

"어머니."

"말도 안 되는 소리다."

단호하게 싹둑 자르고 마는 월향의 대답에 형수의 미간이 찌푸려졌다.

월향은 좀체 속이 가라앉질 않는지 장죽에 불을 붙였다. 타닥거리며 타는 소리와 함께 흰 담배 연기가 방안에 퍼졌다.

"왜 말이 안 된다고 하십니까? 백 일이면 기생을 만들기에 충분한 시간이지 않습니까? 그럼 요조숙녀를 만들기에도 부족하지 않습니다."

"너는 기생이 그저 사내 곁에서 술 따르는 계집으로 보이느냐? 네 어미를 그런 여자로 지금껏 봤더냐?"

어머니에게 이렇게 날이 선 말투를 듣는 게 오랜만이라 형수의 입이 한 일자로 굳게 다물렸다.

"십 오세가 되어 기적에 오르면 장악원에 소속된다. 그때부터 본격적으로 배우기 시작하는 게 무려 십여 가지다. 글씨, 그림, 춤, 노래, 악기연주는 물론이거니와 시 짓기, 책 읽기, 대화법, 식사예절과 평소 생활습관까지 모두 배워 각각의 것이 일정 수준에 도달해야 기생이라 할 수 있다. 기본 가르침을 받은 후로도 홀로 끊임없이 노력해야만 일패기생이 될 수 있어. 그런데 이 모든 것을 백 일 안에 끝내란 말이냐? 백 일이면 제대로 된 기생을 만드는 것도 불가능해. 그런데 기생도 아닌 요조숙녀를 만들라고? 말 같지도 않은 소리!"

"완벽한 기생을 만들어 달라는 게 아닙니다. 눈속임을 할 수 있을 정도면 됩니다. 미색만 갖추면……."

"못한다."

"어머니께서는 자태와 행동가지만 가르쳐주시면 됩니다. 나머지는 제가 다 알아서 할 것입니다."

"못한다 하질 않았느냐!"

지금껏 아들의 청이라면 그 무엇도 거절한 적 없는 월향이었지만, 이번엔 달랐다. 절대로 허락하지 않겠다는 기세가 돌아앉는 등 뒤에서 마구 뿜어져 나왔다.

형수는 어쩔 수 없다고 마음먹으며 무릎걸음으로 엉금엉금 어머니 곁으로 다가갔다. 돌아선 등짝이 오늘따라 답답한 벽처럼 느껴졌다. 그의 고개가 천 근 무게를 매단 것처럼 푹 떨어졌다.

"어머니, 하셔야 합니다. 반드시 해야 합니다. 아니면 저는 죽은 목숨입니다."

"뭐라? 죽은 목숨? 그게 뭐라고 네 목숨을 운운하는 게냐? 고작 이런 일로 어미를 겁박할 참이냐!"

형수 쪽으로 몸을 돌려 앉으며 월향이 왈칵 역정을 냈다.

형수가 목소리를 낮추고 자초지종을 털어놓았다.

"제가 감히 세손저하께 약조를 드렸습니다. 노비를 요조숙녀로 만들 수 있다고 큰소리를 쳤습니다. 노비 계집을 요조숙녀로 만든 뒤 좌의정 대감댁에 시집보내 보겠노라 호언장담하였습니다. 감히 세손마마와 한 약속입니다. 약조를 지키지 못하면 어찌 될지 모릅니다."

월향이 손에 들고 있던 장죽을 놓치는 바람에 상을 타고 바닥으로 굴러 떨어졌다. 얼마나 놀랐는지 한동안 아무런 대꾸를 못했다. 참았던 숨이 푸 터져 나오고서야 정신이 돌아왔다. 형수 코앞으로 바짝 몸을 당겼다.

"세손, 세손저하라니? 네가 그분을 언제 어찌 뵈었다는 것이냐?"

"아까 회합 때 오시었습니다."

"잠행을 하신 게냐?"

"네."

월향이 지끈거리는 이마를 짚고는 설레설레 고개를 돌렸다. 지나치게 잘난 아들이 언젠가 어떤 식으로든 사고를 치지 않을까 늘 노심초사했다. 그런데 사고도 이런 대형 사고를 칠 줄이야. 세손마마와 약조라니! 두근거리다 말 가슴이 터질 것처럼 답답해지자 월향은 연거푸 심호흡을 해야만 했다.

"해내면?"

느닷없이 어머니의 입이 열렸다.

막 폭발할 것 같던 어머니가 내뱉은 한마디가 칼날처럼 섬뜩했다. 무엇보다 그 의중을 짐작할 수 없어 형수는 바로 대답을 못하고 뜸을 들였다.

"해내면? 해내면 무엇을 주겠다 하시더냐?"

아들을 돌아보는 월향의 시선이 베일 듯이 날카로웠다.

"아무것도 없이…… 네게 그런 것을 해내라 하셨을 리 없다. 네가 아무 조건 없이 이런 일을 해내겠다 하였을 리도 없다. 말하여라. 거래 조건이 무엇이더냐?"

망설이던 형수가 비장하게 고개를 들었다. 월향과 눈이 마주쳤다. 팽팽한 두 눈빛이 한 치의 양보도 없이 허공에서 쨍하고 부딪쳤다.

"벼슬길을 열어주겠다 하시더이다. 허나 저는, 기대하지 않습니다."

"기대하지도 않으면서 왜 이 일은 꼭 해내려 하느냐? 바라지도 않으면서 왜 해보겠다 약조드렸더냐?"

형수가 더 이상은 말하지 않겠다는 듯 입을 굳게 다물었다. 허허, 월향의 공허한 웃음소리가 방안을 울렸다.

"다른 속셈이 있기 때문이겠지."

움찔, 무릎에 얌전히 놓인 형수의 두 손이 미세하게 떨렸다. 아들의 긴장을 보고도 못 본 체하며 바닥에 떨어진 장죽을 집어들었다.

"자식을 죽게 만들 순 없으니…… 네 부탁을 들어주마. 혹시 아느냐, 이 일이 성사되면 네가 헛꿈을 꾸는 대신 현실에 발붙이게 될지."

월향이 길게 장죽을 빨며 아들을 보았다. 어머니의 시선을 피해 고개를 외로 꼰 형수의 그림자가 길게 바닥에 내렸다.

"행수 어르신, 덕이 데려왔습니다요."

"같이 들어오시게."

덕이와 순이네가 나란히 들어와 월향과 형수의 앞에 섰다.

"늦은 시각에 다시 불러서 미안하네."

"아닙니다요. 이 야심한 밤에 무슨 일이십니까?"

"저 아이, 어떻던가?"

선뜻 월향의 말을 이해하지 못한 순이네가 눈을 끔뻑거렸다. 사람을 앞에 세워놓고 노골적으로 어떠냐고 묻다니, 월향의 평소 성정으로는 이해할 수 없는 처사였다. 그래서 순이네는 순간, 그녀가 하는 질문을 제가 잘못 이해한 줄 알고 대체 무슨 말일까 열심히 생각에 생각을 거듭했다.

"어떻던가? 일손이 야무지던가? 글은 좀 알던가?"

재차 월향이 묻고 나서야 순이네는 그 의중을 비교적 정확하게 짐작할 수 있었다. 덕이 한 번, 월향 한 번씩 본 순이네가 대답했다.

"예, 손끝이 야무질 뿐 아니라 몸이 가볍고 날랩니다. 말귀도 잘 알아듣고 영리해 두 번 말할 필요가 없었습니다. 글자도 제법 알 뿐 아니라 제 어미한테 제대로 배운 모양인지 시켜봤더니 바느질과 수 놓는 솜씨도 썩 괜찮았습니다."

"자네 좋은 말만 하는구먼."

월향이 의미심장한 미소를 지었다.

"그리 좋기만 하진 않을 텐데. 성질머리는 어떠하던가?"

멀쩡한 사람을 세워두고 하는 짓이 영 못마땅한 덕이가 아까부터 입을 삐죽거렸다.

"이미 이 말만 해도 입을 삐죽이는 꼬락서니를 보아하니, 안 봐도 성질 머리가 어떨지 알겠구먼. 말할 필요 없네."

월향의 말에 덕이가 팩하니 고개를 쳐들었다.

"네 이름이 덕이라고 했느냐?"

"네."

시큰둥한 말투였다.

"가까이 와보아라."

덕이가 어느 만큼 가까이 가야 되나 싶어 머뭇거리자 순이네가 부드럽게 그녀의 등을 한 발치 앞으로 밀었다.

그 바람에 덕이가 주춤거리며 두어 발 앞으로 나왔다. 불빛 아래 낡은 버선코와 해진 치맛자락이 보이더니 이내 노란 빛에 덕이의 모습이 비췄다. 월향이 눈에 힘을 주고 꼼꼼히 그녀를 살폈다.

"돌아보아라."

"네?"

"한 바퀴 돌아보라 하였다."

대체 이걸 왜 시키는 건지, 하나도 마음에 들지 않는 덕이의 속이 부글부글 끓었다. 그러나 딱히 싫다고 두 발을 구르기도 애매한 상황이었다. 내키지 않았지만 원하면 해준다는 심정으로 느리게 한 바퀴를 돌았다.

단 한순간도 놓치지 않겠다는 듯 월향의 날카로운 시선이 덕이의 뒤태를 좇았다. 빙 돌아 다시 제자리로 돌아온 덕이와 월향의 눈이 마주쳤다. 행수의 눈빛이 제법 매서웠음에도 불구하고 덕이는 피하는 기색이 없었다. 주춤거리며 뒤로 물러서지도 않았다. 모든 게 마음에 안 든다는 뚱한 얼굴을 한 채 그저 가만히 서 있을 뿐이었다.

"가까이 와서 앉아보아라."

킁, 심사가 뒤틀렸다는 티를 팍팍 내며 덕이가 콧바람을 뿜었다. 인상을 잔뜩 찌푸리고 순이네와 형수까지 휘둘러보았다. 그러나 모두 아무 말 없이 빤히 자신을 바라보기만 하자 이게 뭔가 싶었다. 불퉁하게 부어터진 얼굴로 터덜터덜 두어 걸음 앞으로 나오더니 철퍼덕 자리에 엎어졌다.

"바로 앉아라."

두 손을 바닥에 대고 머리를 찧을 듯이 팍 숙인 덕이를 보며 월향이 허탈하게 웃었다. 덕이는 혼란에 빠졌다. '바로' 앉는다는 것이 무슨 의미인지 알 수 없었기 때문이다. 언제나 마님 앞에서는 이렇게 무릎을 꿇고 두 손으로 바닥을 짚으며 고개를 숙였다. 이것 외에 어떻게 앉는지 가르쳐준 이가 없었다. 웃기만 하고 가르쳐주지 않는 월향이 얄미웠다. 이 상황이 짜증스러워졌다. 덕이가 뭐라 한마디 하려는 찰나, 순이네가 곁으로 다가왔다.

"그것이 아니라, 이렇게. 무릎을 세우고 두 손은 이렇게 하고 앉으라는 것이다."

순이네가 덕이의 자세를 바로잡아주었다. 무릎 한쪽을 세우고 다른 한쪽은 내려앉은 뒤 양손을 바닥에 가볍게 댄 아가씨 자세였다. 난생 처음 잡아보는 자세가 낯설고 불편했다. 자세를 교정하는 내내 월향은 눈을 떼지 않고 뚫어져라 덕이를 보고 있었다.

"어떻습니까?"

다짜고짜 묻는 말에 순이네와 덕이가 동시에 고개를 들어 형수를 보았다.

"자태는 나쁘지 않구나. 그런데 속이 어떨지는 모를 일이지. 겉이야 어지간한 박색이 아니고서야 꾸미면 어느 정도 만들 수 있지만 속은 단기간에 바꾸기 어려운 법이니 말이다."

모를 대화에 눈을 도르륵도르륵 굴리며 혼란스러워하던 덕이가 갑자기 우는 소리를 내며 바닥에 엎드렸다.

"저는, 기생은 안 할 겁니다요. 기생 하려고 여기 온 거 아닙니다요. 시집 안 가도 된다기에 되련님 따라 온 거지 기생할라고 온 거 아니여요. 기생 안 합니다요. 절대 안 해요. 집에 갈래요. 기생 할 바에야 집에 가겠습니다."

월향이 어이가 없다는 듯 혀를 차며 웃었다. 형수의 입가에도 건득거리는 웃음이 실실 기어나왔다.

"이놈이나, 저년이나, 천하에 만만한 게 기생인가 보구나. 기생은 뭐 아무나 되는 줄 아느냐? 네 년은 시켜달라고 나서도 안 시켜줄 것이니 걱정 말거라. 쓸데없는 소리는."

기생이 아니라는 말에 덕이가 쭈뼛거리며 고개를 들더니 불안한 시선으로 행수와 도련님을 번갈아보았다가 뒤에 앉은 순이네 쪽으로 고개를 돌렸다.

순이네가 대답을 갈구하는 덕이의 시선을 차마 마주하지 못하고 눈을 피했다. 월향의 태도가 영판 없이 어린 기생을 선뵈는 태도라 순이네 역시 덕이를 기생 시킬 모양이라 생각했기 때문이다.

"기생이 아니라 너는…… 요조숙녀로 만들 것이다."

"네?"

난데없는 말에 순이네와 덕이가 놀라 동시에 고함을 질렀다.

"순이네, 밖에 사람이 없나 살펴보고 오시게."

월향의 이런 조심성이 지금 이 자리에서 나올 정도라면……. 순이네가 재빨리 밖으로 나갔다가 돌아왔다. 그 사이 덕이는 혼이 빠진 얼굴로 멍하니 앉아 있었다. 순이네는 덕이에게 보통 큰일이 생긴 게 아닌 것 같아 갑자기 측은해지기까지 했다.

"개미 새끼 한 마리 없습니다요."

"문을 닫고 이리 가까이 오시게."

순이네도 엉금엉금 기어 월향 가까이 다가갔다. 속삭이는 소리만으로도 서로의 이야기를 알아들을 수 있게, 네 사람이 서로에게 가까이 다가와 앉았다.

월향이 형수에게 먼저 설명하라는 듯 눈짓했다.

형수가 고개를 한 번 끄덕하더니 덕이를 향해 돌아앉았다.

"너, 너 같은 처지의 노비 자식을 낳기 싫어 시집가기 싫다고 하였지?"

안 그래도 놀란 덕이가 이번엔 웬 뜬금없는 소리냐며 눈으로 물었다. 형수가 의뭉스레 웃으며 말을 이었다.

"그래서 너를 노비 대신 세도 높은 양반가에 시집을 보낼까 하는데, 어떠하냐?"

"싫습니다요."

말이 채 끝나기도 전에 냉큼 나오는 단호한 거절에 이번에 놀란 것은 형수였다.

그 와중에도 덕이를 꼼꼼히 살피던 월향이 저절로 튀어나오는 웃음을 참지 못하고 실없이 허허거렸다.

"양반도 싫다? 어찌해서?"

"양반이면 뭐합니까? 첩년인데요."

워낙 단호하게 나오니 어디서부터 시작해야 할지 몰라 형수가 별수없이 어머니 눈치를 보았다. 월향의 흥미로운 시선은 덕이에게서 떨어질 줄 몰랐다.

"첩년이라니, 누가 너더러 첩 자리로 가라더냐? 너 같은 년을, 누가 첩으로 받아주기나 한다더냐? 다소곳한 맛이라곤 조금도 없으니 첩으로 가면 첫날 소박맞을 것이다."

놀리는 게 분명한 말투였다. 발끈한 덕이가 원망을 뿜어내며 월향을 노려보았다. 그 뜨거운 눈빛도 태연히 받아치며 월향이 살포시 미소 지었다.

무엇인가, 굉장히 재밌는 놀잇감을 발견한 사람처럼 즐거워 보이는 게 평소답지 않아 순이네는 의아했다.

"정실부인 자리다."

"네가 앞으로 정경부인이 될 수도 있다는 말이다."

월향과 형수의 입에서 연이어 정경부인이라는 말이 나오자 순이네의 눈이 튀어나올 듯이 커졌다. 그러나 덕이는 대체 두 사람이 무슨 이야기를 하는지 이해할 수 없다는 표정이었다. 요조숙녀, 정경부인……. 그 말들을 곱씹던 덕이가 갑자기 버럭 성질을 내며 자리에서 일어섰다.

순이네가 얼른 덕이를 다시 끌어다 앉혔다. 순이네의 손길마저 뿌리치며 덕이가 역정을 냈다.

"사람 불러다 놓고 놀리는 거 아닙니다요. 종년이라 해서 아무렇게나 막할 작정이십니까요? 작은되련님 그리 안 봤는데 참으로 실망입니다. 행수 어르신도 참말로 점잖은 분인 줄 알았는데 지가 사람 잘못 봤네요."

"놀리는 게 아니다."

태평하기 짝이 없는 도련님의 대답에 순간 덕이의 눈에서 불꽃이 번쩍 튀었다. 형수에게 다가들더니 덕이가 울컥 제 속의 서러움을 토해냈다.

"놀리는 게 아니믄 이게 뭡니까요? 천한 종년이 어떻게 양반네 정실부인이 된단 말입니까? 제가 바보 천치처럼 보입니까요? 어디 모자라 보여요? 왜요, 죽겠다는 년 데려다놓으니까 온갖 짓거리를 다 해도 될 것 같습니까? 지가 고양이가 가지고 노는 쥐새끼입니까요? 이리저리 죽을 때까지 데불고 놀 참으로 절 데리고 오신 거여요? 이제부터 본격적으로 재미라도 볼 참이세요? 대체 이게 무슨 말도 안 되는 소리랍니까?"

제 분을 못 이긴 덕이가 끝내 눈물을 쏟았다. 그녀의 거친 볼을 타고 내려가는 눈물을 형수가 닦아주려 하자 덕이가 매몰차게 그 손을 쳐냈다.

"놀리는 것이 아니다. 내가 너를 요조숙녀로 만들어줄 것이다. 그래서 정실부인으로 양반 댁에 시집을 보내주마."

"되련님!"

"요조숙녀로 만들어 지체 높은 양반의 정실부인이 될 수 있게 만들어주겠단 말이다. 그 양반이 삼정승을 하게 되면, 너는 정경부인이 될 것이다. 네가 낳은 아들 딸들은 노비의 자식도 아니고 첩실의 자식도 아닌, 양반의 정실 자식으로 살게 될 것이다."

썩 다정한 말투였다. 나지막한 음성에는 힘이 실려 있어 그가 거짓을 말하는 것도, 장난을 치는 것도 아니라는 것이 느껴졌다. 그럼에도 덕이는 여전히 짜증스럽고 답답해서 복장이 터질 것만 같았다. 세상 물정 모르는 사람도 아니고 알 것 다 아는 사람이 말인지 망아지인지도 모를 말을 진지하게 한다는 게 더 기가 막혔다.

"어떻게, 어찌 그리 된단 말입니까! 지는 종년입니다요. 종년이라구요. 혹시 까먹기라도 하셨습니까?"

"내가 시키는 대로 하면 너는 양반의 호적을 갖게 될 것이다. 그 호적으로 너는 요조숙녀가 되어 조선 제일의 세도가와 혼인하게 될 것이다. 이래도 말이 안 되느냐?"

이번에는 순이네가 더 놀라 행수 어르신을 바라보았다. 월향이 가만히 고개를 끄덕였다.

덕이가 가당찮게 들리는 말을 확인하려는 듯 되물었다.

“어떻게 종년이, 요조숙녀가 됩니까요? 제가 어찌 별당아씨 흉내를 낸단 말입니까요? 그렇게 태어나질 않았는데요. 지는 종년인데요.”

“그래서 평생 이렇게 살 것이냐? 평생 이렇게 종년으로 살고 싶으냐?”

머뭇거리던 덕이가 힘차게 고개를 저었다.

“싫습니다. 이렇게 사는 건 죽을 만큼 싫습니다. 하지만 제가 이렇게 살지 않겠다고 해서 방법이 없잖습니까. 종년으로 태어난 년이 종년으로 살아야지 어떡합니까요. 종년이 내가 종년 아니오, 한다고 아닌 게 됩니까요? 종년이 내가 이제 별당아씨 하겠소 한다고 해서 누가 별당아씨라 불러주는 것도 아니잖습니까요.”

“이 답답이. 그러니 내가 널 별당아씨로 만들어준다질 않느냐. 내가 시키는 대로만 하면, 잘 따라오면 별당아씨가 될 수 있단 말이다. 종년으로 태어났으나 양반네 딸로 살게 해주겠다질 않느냐!”

형수가 반복해 설명해주었는데도 여전히 덕이는 혼란스러웠다. 신분은 하늘이 내는 거라고 했다. 죽어서 다시 태어나기 전까지는 이렇게 살아야 했다. 주어진 세상이 그랬다. 그런데 저 같은 년이 어떻게 갑자기 양반 계집이 될 수 있다는 건지 제 짧은 소견으로는 도대체 이해가 가지 않았다. 머릿속이 뒤죽박죽 엉망진창으로 뒤엉켰다. 머리가 윙 돌았다. 갑작스러운 두통과 어지럼증에 머리를 팡팡 두드렸다.

"너는 단지 부모를 그리 만나 종년이 되었을 뿐이다. 보고 배운 게 없어 어쩔 수 없이 종년 노릇을 하며 살았을 뿐인 게야. 그러나 너도 아씨들처럼 공부하고 배우고 꾸미면 양반집 아씨처럼 고와질 수 있다. 그 아씨와 너의 차이는 낳아준 부모의 차이일 뿐 타고난 피가 다르질 않아. 다른 사람이 아니란 말이다! 그 아씨나 너나, 다 같은 사람이란 말이다."

"되련님, 어디 모자라십니까?"

덕이가 기가 차다는 듯 물었다.

"그 부모가 다르잖어요. 종년 부모에게서 태어났으니 종년이 된 것 아닙니까? 종년 부모 밑에서 안 태어났으면 다르게 살았겠지요. 근데 어쩝니까요, 지금은 종년의 딸로 태어난 것을! 죽었다가 다시 태어나지 않는 이상 이렇게 살아야 되는 것을요. 다른 방법이 있다구요? 그런 방법이 있으면 다 그렇게 살지 왜 이렇게 삽니까요? 그게 엿 바꿔 먹듯 바꿔 먹을 수 있는 거면 모두 다 바꿔 먹음 되지 왜 타고난 팔자대로 산답니까? 되련님도 다르게 살지 왜 이러고 계십니까요? 어떻게 다른 사람이 된단 말입니까? 내가 어떻게 별당아씨가 되냐구요! 난 이렇게 태어났는데요. 우리 부모는 종놈, 종년인데요!"

꾹꾹 억눌러왔던 서러움이 제대로 터져버린 덕이가 끝내 목 놓아 엉엉 울었다.

같은 사람이라는 형수의 말이 덕이의 가슴에 맺혔다.

쿵하고 누군가가 뒤통수를 쇠방망이로 내리치는 것 같았다. 붉은 치마에 노란 저고리를 입고, 새빨간 댕기를 드리운 그 아씨와 저는 태생부터 다른 사람이라 생각하며 살았다. 그런데 같은 사람이란다. 같은 사람이 될 수 있단다.

너무나 달콤한 이야기였으나 동시에 절대로 꿔서는 안 될 헛꿈이었다. 이룰 수 없는 꿈은 꿔봤자 더 한스럽고 서럽기만 할 뿐이었다. 바뀌지 않을 현실 앞에서 몸부림쳐봤자 시리게 아프기만 하다는 것을 덕이는 이미 알고 있었다.

"다시 태어나게 해주마."

훌쩍이며 코를 삼키던 덕이가 놀란 나머지 히끅, 딸국질이 샜다. 덕이가 이번엔 가슴을 팡팡 쳤다.

"네 말이 맞다. 우리 다, 이리 태어나 이리 사는 것이다. 이게 팔자라고, 바뀌지 않을 인생이라고 보고 들으며 그렇게 살아왔다. 그러나 그게 아니다. 그건 그저, 위정자들이 그들 이로운 대로 그리 가르쳤을 뿐, 우린 무엇이든 될 수 있는 그런 사람이다. 부모를 잘 만나 요조숙녀로 사는 것이 아니라, 배우고 익히면 부모와 상관없이 얼마든지 요조숙녀로 살 수 있다. 그것을 네가 증명해내어라. 타고난 신분보다 더 중요한 게 있다는 것을, 사람은 무엇이든 될 수 있는 존재라는 것을. 태어나는 순간 역할과 규범을 정해버린 세상의 말이 틀렸다는 것을 네가 보여주기만 한다면 네게 새 인생을 줄 것이다. 새 호적을 줄 거란 말이다."

가슴을 아무리 쳐도 딸국질은 멈출 줄을 몰랐다. 순이네가 자리끼를 끌어와 대접에 물을 따라 덕이에게 건넸다. 덕이가 단숨에 물을 들이켜고 꺽, 트림까지 한 번 내지르고서야 물었다.

"그러니까 되련님 말씀은……."

그 말을 하려니 심장이 벌렁거리고 소름이 돋았다.

"쇤네를 양반으로 만들어주신다구요? 그러실 수 있다구요?"

"네 호적은 이미 나보다 더 높은 분에게 약조 받았다. 네가 완벽하게 요조숙녀가 되어 양반가에서 네 행실과 자태가 맘에 드니 혼인하겠다고 나서기만 한다면, 네겐 새로운 인생이 주어질 것이다."

소갈이 가시지 않는지 아예 제 손으로 주전자를 찾아 대접에 물을 따랐다. 손이 달달 떨렸다.

"믿어도 좋다. 네 호적은 의심할 필요 없다. 네가 신경 써야 할 것은 남자와 그 아비의 마음에 드는 것이다. 그들이 혼인하겠다 나서야 한다."

한자 한자 힘주어 말하는 형수의 말에 덕이가 입을 앙 다물었다. 심장이 점점 더 세차게 뛰었다. 호흡이 가빴다. 가슴을 꾹 누른 채 한동안 숨을 몰아쉬던 덕이가 침을 꿀꺽 삼켰다.

"지가 무엇을 하면 됩니까요? 어떻게 하면 됩니까요?"

"해보겠느냐? 할 수 있겠어?"

형수의 물음에 덕이가 고개를 들었다. 덕이의 눈이 반짝 빛났다.

"해보겠습니다요. 이렇게 살다 죽는 것 말고 다른 삶도 있다면, 살아보고 싶습니다."

"쉽지 않을 것이다. 종 노릇보다 어쩌면 더 힘들 수도 있어. 자신 있느냐?"

다시 한 번 각오를 묻자 덕이가 씁쓸한 미소를 지었다.

"되련님이 종노릇에 대해서 아시기나 하십니까? 태어나자마자 어미젖조차 내 것이 아닙니다. 태어나면서부터 우린 배를 곯지요. 어릴 때 투정이라도 부릴라치면 일에 지친 부모들은 시끄럽다고 볼기짝이나 때리기 일쑤요, 걸어 다닐라치면 아씨나 되련님의 살아 있는 놀잇감이구요. 추운 겨울 날 손에서 피가 나게 빨래를 빨고 더운 날엔 몸에서 땀띠 나게 일을 허고 그러고도 배부르게 밥 한 번 먹질 못하고 따수운 물에 몸을 씻는 건 꿈도 못 꾸는 게 종년의 팔자입니다요. 얼굴 못생기면 못 생겼다고 돌 맞고 반반하면 대감마님에게 끌려가 욕보이지나 않을까 걱정해야 하는, 집에서 키우는 개만도 못한 팔자인데 이보다 더 험한 일도 있답니까?"

숨조차 쉬지 않고 단번에 내뱉는 덕이의 말 속에는 구절구절 한이 서려 있었다. 두 눈을 부릅뜬 덕이와 시선을 맞대기 어려워 형수가 고개를 돌렸다.

"되련님이 말씀하셨잖어요. 배우면, 공부하면 될 수 있다고. 될 수 있다면서요. 가르쳐주세요. 해볼 테니까. 할 테니까요. 지가 뭘 하면 됩니까요?"

제법 굳은 의지가 담긴 덕이의 두 눈을 보자 형수의 마음이 뭉클해졌다.

배우면 될 것이다. 가르치면 할 수 있을 것이다. 양반의 딸이나 종놈의 딸이나 태생은 다르지 않으니 애초부터 기회조차 갖지 못하게 할 게 아니라 모두가 평등하게 꿈을 꿀 수 있도록 가르쳐야 한다는 것을, 배우게 해야 한다는 것을 덕이가 스스로의 변화로 모두에게 증명해내야 할 것이다.

"그 얘긴 이제부터 나와 해보자."

이제는 제 몫이라는 듯 월향이 화제를 돌렸고 그 틈에 형수가 자리에서 일어섰다. 덕이의 불안한 시선이 그를 좇았다.

"어머니 말씀을 잘 듣도록 하여라. 나는 내일 밤에 오겠다."

형수가 사라지고 나자, 꼭 끈 떨어진 연이 된 것만 같아 덕이가 안절부절 어쩔 줄 몰라했다.

월향이 장죽으로 바닥을 두드리며 호통을 쳤다.

"어허, 계집이 이리 방정맞아서야 어찌한단 말이냐. 어깨 너머로 아씨들을 보지도 못하였느냐? 가만히 있거라. 불안해하지 말거라. 초조해할 필요도 없다. 모든 세상은 널 중심으로 돌아가니 넌 눈치 볼 것도 걱정할 것도 없어."

덕이가 두 손을 말아 쥐며 고개를 숙였다. 월향이 순이네를 향해 말을 이었다.

"오늘 밤은 일단 재우고 내일 아침에 씻긴 후 데려오게."

"무엇으로 씻길까요?"

월향이 덕이를 꼼꼼히 살피기 시작했다. 고개를 이리 갸웃, 저리 갸웃하더니 안 되겠다는 듯 고개를 저었다.

"이리 더 가까이 와보아라."

덕이가 주춤거리며 다가갔다. 덕이의 손목을 잡아채더니 소매를 걷어 피부를 살펴보았다. 불빛 아래서 피부결을 눈으로 더듬고 나서는 갑자기 덕이의 저고리를 풀어 젖혔다.

"왜 이러십니까요? 뭐, 뭐, 뭐하는 짓이래요?"

"가만히 있으라질 않았느냐."

단단히 덕이의 어깨를 잡아챈 월향의 손이 조심스럽게 턱 선과 목선, 쇄골과 어깨를 스쳐 지나갔다. 손끝으로 아주 조심스럽게 피부를 매만지다가 머릿결을 쓰다듬은 후 팔목을 타고 내려와 덕이의 손을 살폈다.

"타고난 살성이 나쁘진 않으나 푸석하고 윤기가 부족하구나. 속과 겉을 보한 뒤에야 향을 입힐 수 있겠다. 몸에 꽉 찬 독소부터 빼내야겠으니 천일염으로 몸의 독소를 제한 뒤 감초를 넣은 물에서 푹 쉬게 하게."

"네."

"자네 잘 알겠지만 이 일은 우리 넷만 아는 비밀일세."

"여북하겠습니까요."

"내일 아침 칠성이를 불러오게. 별당을 새로이 정리하고 쪽문을 달아야겠으니."

"네."

"데리고 나가게나."

순이네가 자리에서 일어나려다 덕이를 흘깃 쳐다보았다. 덕이는 넋을 빼놓고 멍하니 앉아 있었다. 순이네가 툭 건드리자 그제야 화드득 놀라며 풀어헤쳐진 제 앞섶을 수습했다. 순이네의 손에 끌려 나가면서 그녀는 몇 번이나 불안한 시선으로 월향을 돌아보았다.

목간통에서 김이 피어올랐다.

손을 휘저어 더운 물과 찬물을 섞은 뒤 순이네가 천일염을 두 숟가락 넣어 녹였다.

"들어가라."

그리 말했는데도 아무 미동이 없자 이상한 마음에 순이네가 돌아보니 눈도 제대로 못 뜬 덕이가 선 채로 꾸벅꾸벅 졸고 있었다. 제게 생긴 일이 얼떨떨해 늦게까지 뒤척이다 겨우 잠들었을 것이다. 그런데 신새벽부터 이리 깨워 일어났으니 정신을 못 차릴 만도 했다.

순이네가 재빨리 덕이의 옷을 벗겼다. 속옷까지 모두 벗기자 덕이가 그제야 놀라며 정신을 차렸다.

"얼른 들어가래두."

찰싹, 아프지 않게 덕이의 등을 때리니 반항 한 번 없이 고분고분 목간통 안으로 들어갔다. 자리에 앉자 목까지 물이 찼다.

"내가 올 때까지 꼼짝 말고 이대로 있어야 한다."

"네."

욕조 주변에 향을 피우자 은은한 백단향이 퍼져나갔다. 순이네가 한 번 손을 털고 다 됐다는 듯 문을 닫고 밖으로 나갔다.

태어나 이렇게 따뜻한 물속에 들어앉은 적이 없었던 덕이는 이 상황이 꼭 꿈만 같았다. 물속에 담겨 번들거리는 제 팔을 들어 세게 꼬집었다.

"아야."

붉게 부어오른 자리를 문지르면서 덕이가 생판 처음 와본 곳에 있는 것처럼 두리번거렸다. 분명 현실인데 현실이 아닌 것 같았다. 믿을 수가 없었다.

순이네가 마당으로 나오자 칠성이가 입이 찢어져라 하품을 하며 서 있었다.

"이 새벽부터 뭔 일이당가?"

칠성이가 툴툴대며 앞서 가는 순이네 뒤를 따랐다.

"어르신, 칠성이 데려왔습니다."

안채에 문이 열리더니 어느새 곱게 분단장까지 마친 월향이 나왔다.

"이른 아침부터 불러 미안하네."

"아닙니다요, 어르신."

"급한 일이라 이 새벽부터 자네를 찾았다네. 급하게 해줘야 하는 일이니 일손이 부족하면 사람을 더 데려와도 좋네. 내 삯은 넉넉히 쳐줌세."

"무슨 일입니까요?"

"별당을 써야겠으니 수리를 해주게."

"별당을 말입니까요?"

칠성이 얼마나 놀랐는지 그녀를 빤히 올려다보았다. 그도 그럴 것이 별당은 약 이십여 년 전, 월향이 형수를 낳고 기르기 위해 따로 세운 곳이었다. 그곳에서 그녀는 몸을 풀었고, 형수가 세 살이 될 때까지 함께 살았다. 그러다 세 살 되던 해 형수를 본가로 보낸 후로 월향은 일체 별당에 발길을 끊었다.

삼 년 전, 형수가 돌아온 뒤에도 아들을 위해 사랑채를 따로 만들어줬을 뿐 별당을 다시 쓰진 않았다. 오랜 시간 사용하지 않아 수풀이 우거지고 별채가 삭았으나 월향에겐 상당히 애틋한 장소라 건들고 싶지 않은 거라고 모두가 그리 생각했다. 그런 별당을 새삼 수리하겠다고 하니 놀라울 수밖에 없었다.

"너무 오래되어 집 안도 엉망일 것이고, 그 앞의 풀들도 다 뽑아야 할 것인데……."

"별채뿐 아니라 담도 새로이 정리해줬음 하네. 담을 지금보다 더 높게 쌓아 밖에서 볼 수 없게 하고 외부로 통하는 모든 문은 막아주게. 오로지 이 안채에서 통할 수 있게 작은 쪽문 하나만 남겨놓게나. 당부컨대, 이 모든 일을 미시 전까지 반드시 끝내줘야 하네. 알겠는가?"

"하는 데까지 해보겠습니다마는, 정확히 꼴이 어떨지 알지 못허니 확답은 못 드리겠습니다요."

"일만 빨리 끝낼 수 있다면 일손은 자네가 필요한 만큼 불러와서 쓰게나. 자네만 믿네. 꼭 좀 부탁허이."

"네, 알겠습니다요."

칠성이 허리를 숙여 인사한 뒤 곧바로 별당으로 걸어갔다.

순이네 표정이 걱정으로 물들었다.

"반나절 안에 되겠습니까요?"

"해야지 어쩌겠나. 저 아이를 둘 곳이 없지 않은가. 일하는 사람들 새참 넉넉히 챙겨주게."

"네."

"그 아이는 지금 목간 중인가?"

"예, 말씀하신 대로 천일염을 썼습니다요."

"묵은 때가 많이 나올 것이나 피부를 보해야 하니 너무 세게 문지르지 말게. 몸을 씻긴 후, 두 번째 물인 감초 물에 담글 때는 손과 얼굴에 꿀 찌꺼기를 발라주게. 험한 일을 해서 손이 거칠더군. 얼굴과 손에 윤기가 돌게 하는 데 시간이 오래 걸릴 것 같아 걱정이야."

"그리하겠습니다. 참, 선전의 유사환을 부를까요?"

"뭐하러?"

"옷을 지어야 하지 않겠습니까?"

"아직 몸의 태가 잡히지도 않았는데 좋은 옷을 지어 무엇하겠나? 당분간은 흰 무명옷을 입힐 것이야. 옷이 간소해야 내가 가르치는 것을 제대로 따르고 있는지 보기 편하지 않겠나? 자세가 반듯해지고 몸의 붓기가 내리면 그때 몸에 맞는 옷을 지을 것이야."

“네.”

“다 씻기고 나면 내 방으로 데려오게. 다른 이들이 보지 못하게 은밀히 움직여야 하네. 자네가 당분간 저 아이 시중을 들어야 하니 동네에 일손 쓸 만한 아낙 몇 명을 불러올려 옥루각의 일을 시키게. 내 몸이 안 좋아 자네가 내 곁에만 붙어 있어야 한다고 해. 전에 보니 용이네와 성이네가 괜찮더군.”

“예, 그리하겠습니다요.”

월향도 다시 안채로 들어가고 마당에 홀로 남은 순이네가 멍하니 있다 몸을 부르르 떨었다.

월향이 아기씨이던 때부터 몸종으로 있으며 그녀를 모셨다. 어린 아기씨가 고운 아씨가 되고 그 아씨가 기생이 되고, 그 기생이 아이를 낳고, 빼앗기고, 빼앗겼던 아이가 다시 돌아오는 것까지 보면서 정말 살면서 볼 꼴 못 볼 꼴 다 봤다고 생각했는데 아직도 뭐가 더 남아 있었던 모양이다. 순이네가 긴 한숨을 내쉬며 부엌을 향해 종종걸음을 쳤다.

사랑채에 마주 앉은 만섭과 규식 앞에 각각 조반상이 들어왔다. 규식의 상을 흘긋 본 만섭이 못마땅한 얼굴로 인상을 찌푸렸다.

“아직도 고기를 먹지 않는 것이냐? 먹는 것이 그리 부실해서 사내가 어찌 힘이나 쓰겠느냐.”

떡갈비에 굴비찜까지 올라가 있는 만섭의 상과 달리 규식의 상은 온통 나물뿐이었다.

"같이 산 건 일 년도 채 못 되는데 상은 삼년상이라니……."

만섭이 혀를 끌끌 차며 수저를 들었다. 만섭이 수저를 들자 규식이 따라서 수저를 들었다.

만섭의 말대로 일 년도 같이 살지 않은 부인이었다. 일 년이 무엇인가, 여섯 달 넘게 병석에 있느라 실제 살을 맞대고 산 기간은 반년도 채 되지 않았다. 정이란 게 들기도 전에 병석에 누워 있다 세상을 떠난 여자였다.

그럼에도 규식은 부부지정을 맺은 사이니 예를 차려야 한다고 주장했다. 여인네들은 남편을 먼저 보낸 뒤 수절하느라 일생을 혼자 살았다. 자신은 가문의 대를 이어야 하기에 수절은 못하지만 최소 삼년상은 치르는 것이 지아비의 도리라고 생각했다. 규식에게 부인은 정이 아니라 예였다. 이치에 어긋남이 없었기에 만섭은 속이 뒤집어질 정도로 맘에 안 들었지만 규식을 억지로 말리지 못했다.

"다음 달이면 삼년상이 끝나지 않느냐?"

"네."

"매파를 불러야겠구나."

"신년이 시작되고 하여도 늦지 않습니다."

"무슨 소리. 새해엔 새 며느리에게 밥상을 받고 싶다. 삼 년이나 너 혼자 휑하니 있는 걸 본 것도 모자라 해 넘어서까지 그 꼴을 보라는 것이냐? 그렇게는 못한다."

"그렇다고 인륜지대사를 그리 후다닥 치를 수도 없는 노릇 아닙니까. 게다가 저는 재혼입니다."

아들이 이렇게 고지식하게 나오니 만섭이 끙 소리를 내는 게 입에 붙을 수밖에 없었다. 급해지려는 마음을 애써 다잡았다. 규식의 말이 맞기도 했다. 재혼이니만큼 더 신중해야 했다. 손자도 보지 못한 채 독수공방하는 젊은 아들의 꼬락서니를 두 번 볼 수는 없었다.

"그나저나 이것들은 아직도 쳐 자빠져 자고 있는 것이냐!"

엄한 불똥은 규식의 동생들에게 튀었다. 입에서 밥풀이 다 튀어나오도록 흥분하며 상스러운 말을 쏟아내는 아버지를 못 본 척 규식은 말없이 밥을 질겅거렸다. 입 안에서 돌아다니는 흰 쌀밥이 오늘따라 유독 썼다.

덕이가 몸에 묵은 때를 씻어내는 동안 순이네가 새 물을 받아 감초를 담갔다.

몸을 씻은 덕이를 다시 목간통 속에 들어가게 한 뒤 꿀 찌꺼기를 그녀의 얼굴과 손, 발에 발랐다. 물 위로 손, 발, 얼굴만 빼놓은 우스운 꼴을 한 덕이가 물속으로 빠지지 않기 위해 애를 쓰며 흔들거렸다.

"이게 다 뭡니까요?"

"거친 살결을 부드럽게 하기 위한 것이다. 에그, 먹지 말어. 먹는 거 아니다."

혀를 내밀어 제 입술 위에 올려진 찐득한 것을 맛 본 덕이의 눈이 튀어나올 듯이 커졌다.

"어매, 이거 꿀이잖어요."

"꿀 찌꺼기다."

"꿀이 찌꺼기가 어디 있습니까요? 시상에, 먹기도 아까운 걸, 이걸 얼굴에 발라요? 미쳤다, 미쳤어. 먹는 거 가지구 이럼 벌 받어요."

"이년, 쓸데없는 소리 말어라. 행수 어르신 앞에서 그런 소릴 했다가는 경을 칠 테니."

순이네가 얼른 바깥 눈치를 살피며 덕이를 쥐어박았다.

"값을 따지는 순간 네 품격은 낮아지는 거다. 귀한 집 자제들이 돈 걱정 하더냐? 값이 얼만지 그네들은 관심도 없다. 걔넨 물건이 좋냐, 안 좋냐만 본단 말이다. 한 번도 돈 걱정, 먹을 걱정을 해본 적이 없으니 당연한 일이지. 대신 귀한 것이 뭔지 보는 눈은 있어서 값이 아니라 물건의 질로 가격을 정하는 게 그치들이라는 것을 명심해라. 앞으로 절대로 돈 얘길 입에 올려선 안 된다. 돈 같은 건, 생각도 하지 말아. 네가 세속의 계산을 따질수록 반대로 네 값이 떨어진다는 것을 명심해야 한다. 알아듣겠느냐? 행수 어르신 앞에서 비싸네, 싸네 함부로 말했다간 아마 벼락이 떨어질 것이다."

순이네가 신신당부했으나 여전히 불만스러운 듯 미간을 찌푸렸다.

"자, 이제 고개를 뒤로 젖혀보거라."

"네?"

“목간통 밖으로 고개를 쭉 빼서 뒤로 젖히란 말이다. 머리를 감겨 줄 것이니.”

“지가, 지가 감아도 되는데요.”

“귀한 집 아씨들이 제 손으로 뭣 하나 하더냐? 넌 이제부터 요조 숙녀가 될 몸이라는데 왜 이리 아직 몸종처럼 굴어? 행수 어르신 앞에 가서는 이렇게 놀라거나 되물어서는 아니 된다. 이것도 기억해두어라.”

할 말이 많은데 참느라 입만 삐죽이던 덕이가 웅얼웅얼거리며 어색하게 목을 뒤로 뺐다. 순이네가 뒷목을 가볍게 툭툭 쳤다.

“목에 힘 빼고, 편안하게 뒤로 젖히면 된다.”

독특한 향내가 나는 물이 머리 위로 뿌려졌다. 깻잎과 호도의 푸른 껍질을 넣고 달인 것이었다. 충분히 머리를 적신 후 조두로 머리 구석구석의 묵은 때를 씻어냈다. 조두의 비린내를 없애기 위해 마지막 헹굼은 난을 우려낸 물로 하였다. 난 향이 은은하게 퍼져나갔다.

물기를 꼭 짜낸 젖은 머릿결에 동백유를 발랐다. 그리고 뜨겁게 데운 수건으로 머리를 감쌌다.

“자, 이제 밖으로 나와서 얼굴과 손, 발을 씻거라.”

목간통 밖으로 나온 덕이가 손과 발, 얼굴에 묻은 꿀 찌꺼기를 깨끗이 씻어냈다. 아까보다 훨씬 촉촉하고 부드러워진 제 피부가 제 피부 같지 않아 덕이는 신기하기만 했다. 그러나 덕이의 피부를 살핀 순이네는 영 못마땅한 표정이었다.

"한참 더해야겠다. 이리 거칠어서 어찌하누. 하루에 두 번씩은 목간을 해야 하려나."

"부드러운데요?"

"부드럽긴 뭐가? 험한 일 하나 안 한 양반네 아씨들 피부는 갓 태어난 애기처럼 뽀얗고 살결은 비단보다 더 고와. 그렇게 되려면 아직 한참 멀었다, 너는. 그렇게 될 수나 있을지 모르겠구나."

순이네의 통박에도 불구하고 덕이는 이해가 가지 않는다는 듯 고개를 갸웃거렸다. 제 피부는 제가 느끼기엔 충분히 부드러웠다. 특히 거칠거칠하던 볼이 매끈해진 것이 너무 좋아 자꾸만 제 볼에 손이 갔다. 그 짧은 목욕으로 이렇게 될 수 있다는 게 신기하기만 했다.

몸을 모두 씻은 덕이는 부드러운 명주수건으로 몸의 물기를 깨끗이 닦아냈다. 특히 순이네는 덕이의 몸을 수건으로 문지르지 못하도록 했다. 꾹꾹 누르듯이, 피부에 최대한 자극을 주지 않으면서 물기를 닦아야 한다고 가르쳤다.

머리카락 역시 꾹꾹 눌러 수건에 물기가 스며 나오도록 했다. 물기를 모두 닦아낸 뒤 참빗으로 빗어 머릿니를 솎아냈다. 그러나 아무리 해도 빗질만으로 머릿니를 모두 잡기는 힘들었다.

"안 되겠다. 이리 해서는 하루 종일 머리만 빗어도 되질 않겠어."

순이네가 끌끌거리며 일어나더니 문갑에서 작은 통 하나를 꺼내왔다. 통 안에는 쌉싸래한 냄새가 나는 검은 가루가 들어 있었다.

"이게 뭡니까요?"

"흑여로다. 이것을 뿌리면 하루 만에 머릿니가 모두 죽지. 지금 뿌리고 자기 전에 또 뿌리면 될 것이다. 자고 일어나면 내일 아침 네 베개에 죽은 서캐들이 가득할 게야."

순이네의 호언장담에 덕이가 입을 딱 벌렸다. 일생을 이와 함께 살았다. 이는 그냥 제 몸의 일부인 줄 알았다. 이를 잡는 법도 있다니, 신기하고 믿기지 않았다. 순이네가 덕이의 머리 사이사이 흑여로 가루를 꼼꼼히 뿌렸다. 빗질과 흑여로 뿌리기를 반복하여 머리의 물기를 모두 제거한 뒤 다시 동백유를 머리에 발랐다. 그리고 머리를 땋기 시작했다.

"머릿결이 푸석하기는 하나 머리숱이 많아 다행이다. 다리를 넣고 함께 땋지 않아도 되겠구나."

순이네가 머리를 땋는 법은 덕이가 이때껏 해오던 것과 달랐다. 지금까지 덕이는 활동하기 쉽게 머리를 쫑쫑 땋았다. 그러나 순이네는 느슨하게 땋아 좀더 부드럽고 우아한 느낌이 나게 했다.

"귀를 왜 가립니까요?"

"귀한 집 아씨들은 절대로 제 신체를 함부로 보여주지 않는 법이다. 드러내기보단 가릴 수 있는 곳은 모두 가린단다. 에이그, 자꾸 만지지 말어라. 흐트러진다."

평소 제가 하던 것과 달리 귀가 머리카락으로 덮여지자 덕이는 가렵고 불편했다. 자꾸만 자신도 모르게 귀로 향하는 손을 순이네가 매정하게 탁 쳐냈다.

"자, 이제 옷 입자."

머리까지 모두 땋은 후 순이네가 속옷부터 앞에 꺼내놓기 시작했다. 무심히 보고 있던 덕이는, 순이네가 끊임없이 속곳을 꺼내놓자 점점 뜨악한 표정으로 변했다.

"이게, 이게 다 속곳이라구요? 이것들을 한 번에 모두 입는다구요?"

"그래, 아직은 네가 자세가 반듯하지 못하고 몸의 태 또한 나쁘니 일단 속곳 위에 깨끗한 흰 명주옷을 입힌다고 하셨다. 그래서 그나마 몇 가지 뺀 것이야. 제대로 갖춰 입으려면 아직 한참이다."

순이네가 꺼내놓은 것은 가리개용 허리띠, 속적삼, 속저고리, 다리속곳, 속속곳, 속바지, 대슘치마였다. 제가 가지고 있는 옷들을 모두 합친 것보다 더 많은 속옷의 숫자에 질린 덕이는 무엇부터 입어야 할지 몰라 우왕좌왕했다.

순이네는 하나씩 입혀주며 각각의 이름과 착용법을 알려주었다.

"이 길쭉한 건 가리개용 허리띠다. 요건 말 그대로 가슴을 가리는 용이야. 저고리가 짧아지면서 팔 아래의 살이 드러날까 봐 가리기 위해 입는 것이다. 또 이것으로 가슴을 최대한 조여 윗가슴을 가느다랗게 보이게 한단다. 여기 이건 속적삼으로, 요기 있는 요 속저고리가 버리지 않도록 밑에 받쳐 입는 거다. 속적삼은 여름엔 속저고리에 땀이 배지 않게 해주고, 겨울에는 따뜻하게 몸을 보해준단다. 이 속적삼을 입고 그 위에 이 속저고리를 입으면 일단 위에는 속옷을 제대로 갖춰 입은 거지. 이제 아래로 가자. 아래는 제일 먼저 요것부터 입어라. 이게 바로 다리속곳이다. 그 위에 요 속속곳을 입고 다음으로 속바지를 입는다. 원래는 이 위에 두어 가지 바지가 더 있지만 지금은 갖춰 입는 차림이 아니라 꺼내지 않았다. 바지 위에 이 대슘치마를 입어라. 치마 역시 한 두 가지 더 있으나 오늘은 간단히 이것만 입자. 위보다 아래를 더 많이 껴입는 이유는, 아래를 아주 풍성하게 보이게 하기 위해서지. 위에는 가리개용 허리띠를 이용해 가슴을 최대한 조여 작고 연약하게 보이도록 하고, 아래는 최대한 여러 겹 겹쳐 입는 게 아름다운 여인의 차림이다. 아래가 풍만할수록 사내들은 건강하며 출산을 잘할 수 있는 여인으로 보거든."

속옷을 모두 걸친 것만으로도 덕이는 몸의 진이 다 빠져나가는 것 같았다. 게다가 태어나 단 한 번도 입어본 적 없던 옷들을 겹쳐 입고 나니 온몸이 무거웠고 움직이기가 고단했다. 그런데 한술 더 떠 그 속옷 위에 저고리와 치마까지 입어야 했다.

모두 다 입자, 팔과 다리의 움직임이 불편하기 짝이 없었다. 순이네가 가슴을 꽉 조인 까닭에 숨 쉬는 것도 불편했다. 한 발 떼는 게 고역이었다. 제 몸을 칭칭 감고 있는 옷들이 숨막히게 거북스러웠다.

"자, 이제 안채로 건너가야 하니 신을 신거라. 눈짐작으로 네게 맞을 법한 신을 일단 골라왔으니 당분간은 그것을 신어야 한다. 네 신은 조만간 행수 어르신이 따로 맞춰주실 것이야."

덕이는 제 앞에 놓인 당혜를 믿기지 않는다는 시선으로 한참 동안 그저 바라보기만 했다. 공들여 닦아보기만 했던 그 비단신이 눈앞에 있었다. 일생 동안 제가 신을 일이 있을 거라곤 꿈에도 생각해본 적이 없는, 그 신을 신으란다. 울컥, 뭐라 설명할 수 없는 감정이 속에서 치솟았다.

"어서 안 신고 뭣허냐?"

"너무, 너무 좋아서요. 이런 귀한 신은 닦아본 적밖에 없는데 발에 신다니 너무 좋아서요."

"또 또 또 그 소리. 너 그러면 혼난다니까 그런다. 그런 말 하지 말래두."

"네."

덕이가 고개를 끄덕이며 조심스럽게 신에 제 발을 넣었다. 다행히 맞춘 것 마냥 꼭 맞았다. 누군가가 곱게 두 손으로 제 발을 감싼 것처럼 발이 편안했다. 언제나 발바닥이 배기던 짚신과는 비교할 수 없는 감촉이었다.

너무 부드러워 덕이는 그것을 신고 걷는 것이 도리어 불편하게 느껴질 정도였다. 낯설고 익숙지 않은 감촉이라 제 발에 신이 제대로 붙어 있는 것 같지 않았다. 두둥실 구름 위를 걷는 것 같아 덕이는 걷다 말고 몇 번이나 제 발 밑을 확인해야 했다.

"어서 오지 않고 무얼 하느냐? 오늘 하루가 얼마나 짧을 것인데!"

"네, 갑니다요."

치마를 두 손으로 잡은 덕이가 종종걸음으로 순이네 뒤를 따라갔다. 꿈꾸던 양반 노릇이 이런 거구나 싶어 감격스러운 마음에 눈물이 찔끔 났다. 역시 제 예상대로 양반은, 타고난 상팔자였다.

아침을 먹자마자 바쁜 걸음으로 옥루각을 나온 형수가 광통교로 향했다. 주변을 둘러본 후 보는 눈이 없다는 것을 확인하자 재빨리 다리 아래로 뛰어 내려갔다.

광통교 아래는 한양에서 제일 큰 거지촌이었다. 얼기설기 어설프게 엮어 쓰러지기 직전인 모양새의 움막들이 모여 있었다. 움막 근처에는 겨울 햇빛 아래 이를 잡기 위해 나온 거지들이 여기저기 퍼지듯 앉아 소일했다. 형수의 흰 도포가 어두컴컴한 그네들 속에서 유독 도드라졌다.

자신을 이상하게 쳐다보는 이들의 시선을 피하며 형수가 개중 가장 크고 제대로 된 모양새를 갖춘 움막 안으로 재빨리 뛰어 들어갔다.

"아이고야, 그 꼴로는 오지 마라 카니까. 처녀귀신도 아니고 그 허여멀건한 꼬라지 좀 보소."

흰 도포를 입은 형수를 보고 드러누워 있던 사내가 벌떡 일어나 앉으며 툴툴거렸다. 거지촌을 이끌고 있는 우두머리, 거지 왕초였다.

약 십여 년 전부터 광통교에 자리를 잡은 왕초는 순식간에 거지들을 하나로 뭉치더니 그들의 우두머리가 되었다. 처음에는 관청에서 비렁뱅이들이 한곳에 모이는 것을 경계하였다. 그러나 왕초가 그네들을 꽉 잡은 이후로 자잘한 문제들이 줄어들기 시작하자 이내 그들 역시 왕초를 인정해주었다.

겨울에는 떠돌아다니다 잔칫집이 있으면 그 앞에서 흥을 돋워 한 바탕 신명나게 놀아 끼니를 해결했고, 농사철에는 잔심부름을 해 배를 채웠다. 왕초는 한 끼 벌어 다 먹어버리는 거지들을 설득해 먹을 게 많을 때 저장하게 하고 겨울에 그것을 풀어 배를 곯지 않게 했다.

무리들 중 약자와 어린아이들을 먼저 챙겼고, 모두에게 공정했으며 언제나 자기 몫을 가장 먼저 내놓았다. 게다가 어디서 배웠는지 싸움질도 잘해 건달들도 함부로 왕초와 거지패들을 건드리지 못했다.

혹자는 역모 집안에서 살아남은 마지막 자손이라고도 하고, 혹자는 버림받은 왕가의 손이라고도 했다. 왕초는 자신을 둘러싼 그 어떤 소문에도 가타부타 대답한 적이 없었다.

"미안하네, 미안해."

형수가 술에 취해 거지꼴로 아무데나 자빠져 자던 시절, 왕초와 인연이 닿았다. 술주정인 듯 아닌 듯 형수는 술에 취한 밤이면 늘 광통교에 들러 주머니를 탈탈 털어서 제가 가진 것을 다 주고 비틀거리며 휘휘 가곤 했다.

추운 겨울 어느 날, 다리 아래 대자로 누운 채 정신을 잃은 형수를 왕초가 제 움막으로 옮겼다. 그리고 그날 밤 이후, 둘은 친구가 되었다.

"그래, 내 부탁한 건 알아봤나?"

처음 형수를 왕초가 움막으로 들여놓은 그날, 둘은 밤새 술을 마시며 이야기를 나누었다. 술에 잔뜩 취하다 보니 자연스럽게 그 누구에게도 하지 않았던 살아온 이야기를 서로에게 털어놓았다. 형수가 먼저 어미와 아비의 이야기 그리고 제 처지를 허심탄회하게 모두 이야기했다. 형수의 이야기가 끝난 후 왕초가 한참을 망설이다 제 이야기를 꺼냈다.

왕초는 억울하게 역모로 몰려 죽음을 당한 말단 벼슬아치의 막내 아들이었다. 아직 젖도 못 뗀 갓난 애기를 살리기 위해 어미는 옆집으로 숨어 들어갔다. 그 어미의 모정을 이해한 옆집 부인은 갓난아기를 자기 치마 속에 집어넣어 주었다.

병사들은 곧 어미를 찾아냈으나, 아이는 찾지 못했다. 옆집 부인의 치마 속에서 아이는 나흘을 숨어 있었다. 살려고 그랬는지 나흘 동안 한 번도 울지 않았다. 그 덕분에 병사들의 눈을 피해 살아남을 수 있었다.

후에 갓난아이는 절에 맡겨졌고, 큰스님 아래서 자랐다. 그러나 아무리 글을 배우고 책을 읽어도 자신이 왜 태어나자마자 그런 불행을 겪어야 했는지 이해할 수 없었다. 역학 공부를 하고 사주에 빠져 보기도 했으나 거기서도 답을 찾지는 못했다. 과거 자신과 같은 비참한 상황에 처한 이들이 거리를 떠도는 것이 자꾸만 눈에 밟혀 한가하게 중이 되고 싶지도 않았다. 그래서 속세로 돌아왔다. 이곳에서 자신이 할 일을 찾고 싶었다. 그래야 자신이 살아남은 이유를 알 수 있을 것 같았다.

제 일을 모두 털어놓으며 왕초는 형수에게 무엇을 꿈꾸고 있냐고 했다. 그는 아무 대답도 하지 못했다. 왕초는 그가 자신과 달리 무엇이든 할 수 있다고 했다. 돈도 있고, 가문도 있고, 명분도 있었다. 무엇이든 할 수 있는 형수가 무엇인가 하겠다면 도와주겠다고 했다. 형수는 대답하지 않았다. 다만 이전보다 더 자주 들러 그네들을 도와주었다. 형수와 친해진 이후로 왕초는 겨울 걱정을 하지 않게 되었다.

지금까지 둘은 그저 술친구로만 지냈다. 그런데 얼마 전, 처음으로 형수가 왕초에게 부탁이란 것을 했다. 좌의정과 최규식 그리고 죽은 최규식의 부인에 대해 알아봐 달라는 것이었다.

"뭐 알아볼 게 딱히 있나. 그 양반 소문이야 한양 바닥에서 좋게 난 게 없드만."

왕초가 코를 후비적거려 콩알만 한 코딱지를 파낸 뒤 형수를 향해 던졌다. 일상인 듯 아무렇지도 않게 그것을 피하며 형수가 가까이 다가갔다.

"첫 번째 부인은 어떤 여자였다던가?"

"그게 여자라 할 것도 없었다드만. 쬐깐할 때 시집 와서는 몇 달 살지도 몬하고 비실비실 대다 죽어버렸다대. 뭐 몇 번 자지도 못했겠더만. 양반네들은 고 날짜 따져서 그날만 자고 낮에는 코빼기도 안 비친다 아이가. 뭐 열 번이나 잤겠나? 열 번도 안 잔 여자랑 정이 붙어봤자 뭐 얼마나 붙었을 끼라고."

"그래?"

"곱상하니 이쁜 계집이었다고는 하대. 허여멀건한데 눈은 이따만큼 큰 게 고왔다곤 하긴 하던데. 뭐 계집년이 병에 걸려 비실비실하면 다 고와보이지. 사내새끼 눈에야."

왕초의 말투가 하도 걸걸해서 형수가 어이없다는 듯이 웃음을 터뜨렸다.

"밑에 남동생 두 놈이 오입질에 바빠 가꼬 그 집에선 그 최규식이 유일한 희망이라 카드만. 아주 좌의정의 기대가 확 쏠렸다카대. 두 동생 놈 개짓은 좌의정 쏙 뺐는데 장남이 그리 반듯한 게 대체 누구 닮은 건지 모르겠다고 다 쑥덕대. 근데 그리 훌륭한가? 난 봐도 뭐 썩 모르겠던데."

"실제로 봤나?"

"봤지. 멀대같이 키 큰 것 외엔 별로 볼 것 없더만 기집아들 쑥덕거려쌌대."

"그래, 암튼 고맙네."

형수가 소매에서 주머니를 꺼내 왕초에게 건네며 자리에서 일어섰다.

"근데 갑자기 가들은 와 묻는데?"

"궁금해서."

"궁금한 게 많으니 먹고 싶은 것도 많겠수다."

쉰 소리를 하며 왕초가 자리에 벌러덩 드러누웠다. 그 상팔자를 잠깐 내려다보던 형수가 돌아서서 움막을 빠져나왔다.

“바로 앉지 못할까?”

양반이 타고난 상팔자라는 덕이의 생각은 한 식경도 채 지나기 전에 산산조각 났다.

부서질 것처럼 아픈 허리를 붙잡은 채 월향에게 눈물이 쏙 빠지게 혼이 나자, 차라리 물을 긷는 게 더 편하겠다는 생각마저 들었다.

“어허, 배에 힘을 주고 등을 펴고 앉으라고 몇 번이나 말하질 않았느냐! 턱은 댕겨 앓고 목을 집어넣으래도.”

시키는 대로 아무리 해봐도, 옆에서 순이네가 끊임없이 이곳저곳을 만져서 자세를 잡아주어도 그 자세 그대로 꼼짝도 않고 앉아 있기란 여간 고역이 아니었다. 언제나 재게 몸을 놀리며 살았기에 아무것도 안 하고 가만히 앉아 있어야 한다는 것 자체가 그녀에겐 그 어떤 일보다 힘들었다.

게다가 태어나 지금까지 쭉 허리를 구부정하게 굽히고 고개를 땅으로 향한 채 살아왔는데 갑자기 꼿꼿하게 앉으라 하니 그게 말처럼 쉽게 될 리가 없었다.

허리가 끊어질 것처럼 아파왔다. 안 그래도 가슴을 꽁꽁 싸매 답답해 죽을 지경인데 배에 힘까지 주고 앉아 있자니 숨을 쉬기도 어려웠다. 그러나 이 상태에서 한숨이라도 쉬었다간 불호령이 떨어질 게 분명했다. 덕이는 숨을 잘게 쪼개 쉬면서 월향의 눈치를 살폈다.

"눈동자를 그리 움직이지 말래도 말을 안 듣는구나. 눈치를 살피지 말아라. 머리를 비워라. 먼 곳을 향해 시선을 고정시키라질 않았느냐. 자꾸만 잡생각을 하니 자세가 흐트러지는 것이 아니냐. 생각을 비우래두."

"못하겠습니다. 못하겠어요. 생각을 비우는 게 뭔지도 모르겠습니다."

털썩 주저앉으며 덕이가 우는 소리를 내자 월향이 무섭게 눈을 부릅떴다.

그 기세에 주춤하며 덕이가 다시 자세를 바로 잡으려 애썼다.

"고작 이것 하고 못하겠다니! 요조숙녀는 국으로 가만히 있으면 되는 건 줄 알았더냐? 세상에 그리 쉬운 일이 어디 있느냐! 끈기가 이리 없어서 대체 뭘 하겠누."

월향이 크게 혀를 찼다.

"힘들단 말입니다, 저는."

"입 다물지 못해! 어디서 감히 말대꾸냐, 말대꾸가. 경박하게 어느 양반집 아씨가 그리 말이 많다더냐! 오늘 수업이 끝날 때까지 너는 한마디 말도 입 밖에 내지 말아라. 일단 입 다무는 훈련부터 해야겠구나."

"어르신."

"말하지 말래두!"

월향의 고함에 덕이가 움찔하며 입을 꾹 다물었다. 속에서 천불이 일었다. 그런데 이번에도 입을 열었다간 정말 경을 칠 것 같아 덕이는 혀를 지그시 깨물며 목구멍까지 튀어나온 말을 꾸역꾸역 눌렀다. 비스듬히 시선마저 떨어뜨리며 매서운 월향의 눈길을 피했다.

"자 이제 일어나보아라."

드디어 해방이란 생각에 덕이가 한결 밝아진 얼굴로 자리에서 벌떡 일어섰다.

월향의 미간에 깊게 주름이 졌다.

"다시. 어느 아씨가 그리 경박스럽게 자리를 박차고 일어난다더냐! 천천히, 다소곳하게, 몸을 최소한으로 움직이면서 그리 일어나야 한다. 다시 앉았다가 일어나 보아라."

덕이가 입술을 앙 다문 채 다시 자리에 주저앉았다. 또 월향의 불호령이 떨어졌다.

"앉을 때도 그리하면 안 된다질 않았느냐. 치마가 풀썩거리면 대체 어쩌자는 것이야. 온 사방에 먼지를 날리면서 움직이는 아씨가 어디 있다더냐. 다시 하거라."

언제나 바쁘게 움직이기만 해서 앉아서 쉬는 게 소원이었다. 그러나 지금에야 덕이는 분명히 깨달았다. 쉼 없이 움직이는 것만큼이나 움직이지 않는 것도 굉장히 힘이 든다는 것을.

혼각이 되어 옥루각에 등불을 밝히기 시작할 때까지 월향의 가르침은 계속되었다. 덕이는 제 몸이 쓰러지지 않고 버티는 게 용했다.

이미 반나절 전부터 그만두겠다고 할까 말까를 계속해서 고민하느라 덕이의 머릿속은 터질 것만 같았다.

"오늘은 이만하자."

이제 도저히 더 못하겠다 싶어 그만하겠다 말하려는 순간, 귀신같이 월향의 입에서 끝이라는 명이 떨어졌다.

손 하나 까딱할 기운이 없어 그대로 털썩 주저앉으려다 월향의 송곳보다 따가운 눈길을 의식하고는 최대한 다소곳이 앉았다. 단 하루였지만 어찌나 호되게 당했던지 몇몇 자세는 이미 몸에 익어 있었다.

"순이네, 송봉사는 왔는가?"

"예, 국밥 한 그릇 뚝딱 하고 지금 뒷방에서 쉬고 있습니다. 불러올까요?"

"부르게."

월향의 눈치를 보며 덕이가 뻐근한 종아리를 손으로 주물럭거렸다.

잠시 후 조용히 방문이 열리더니 지팡이가 바닥을 두드리는 소리가 들렸다. 허름한 옷차림의 송봉사가 순이네의 부축을 받으면서 들어왔다.

"오랜만에 뵙습니다요, 행수 어르신."

"어서 오시게. 그동안 잘 지냈는가?"

"행수 어르신이 신경써주시는 덕분에 밥걱정은 없어졌습죠."

"내 안 그래도 이번 겨울 자네 등 따습고 배부르게 나게 해줄 참인데, 어떤가? 해보겠는가?"

"아이구, 이런 눈 먼 년에게 그런 은혜를 베풀어주신다면야 저야 감사할 따름입죠."

"이번 겨우내 자네가 좀 봐줘야 할 아씨가 있네. 이 아씨 몸을 좀 만들어주시게."

"예, 저야 어르신이 하란 대로 할 따름이지요."

월향이 눈짓하자 순이네가 덕이 가까이 다가왔다. 무슨 일이냐고 물으려는 덕이의 입을 황급히 손으로 막으며 고개를 저었다. 아무 말도 말라는 엄한 눈빛에 덕이가 입을 앙다물었다.

순이네가 덕이를 엎드리게 하여 그녀의 등으로 송봉사의 손을 끌어왔다.

"귀한 집 아씨인데, 몸이 아프네. 내게 보양을 좀 해달라 맡겼는데 침이나 약보다는 자네 손이 도움이 될 거 같아 이리 은밀히 불렀네. 한양 최고의 솜씨 아닌가."

"과찬이십니다요. 헌데 저를 먼저 부른 건 잘 하신 겁니다요. 몸이 너무 허하면, 몸이 약을 견디지 못해 약이 되레 독이 되는 법입죠. 제가 살펴보겠습니다요."

송봉사가 두 손으로 덕이의 등을 능숙하게 더듬거리기 시작했다. 무슨 일인지 이해할 수 없는 덕이가 버둥거리려는 순간, 월향의 엄한 시선이 그녀에게 꽂혔다. 기세에 눌린 덕이가 인상을 찌푸린 채 몸을 웅크렸다. 그 사이 송봉사의 두 손이 그녀의 등을 꾹꾹 누르며 지나갔다.

양손이 자연스럽게 더듬으며 등을 지나 목을 타고 올라가더니 곧 머리를 짚었다. 그리고 다시 내려와 다리와 종아리, 발바닥까지 꾹꾹 눌렀다.

처음에는 낯설고 불편한 손길이었으나 어느새 덕이는 송봉사의 손이 지나는 자리마다 시원하게 몸의 긴장이 풀리는 걸 느꼈다. 그렇게 긴 시간 덕이의 몸을 만지던 송봉사가 고개를 갸웃거리며 뒤로 물러났다.

"참 이상합니다요, 어르신."

"무엇이 말인가?"

"어르신이 절 속이실 리가 없는데, 왜 하신 말씀과 달리 누워 있는 처자가 아씨 같지 않은 걸깝쇼?"

"아씨가 아니면?"

"글쎄요, 제가 보기엔 모르긴 몰라도 일하던 계집이지 귀한 집 아씨는 아닙니다요. 몸의 혈이 곳곳에 막혀 있는데 그 막혀 있는 혈 자리가 모두 궂은일을 하여 생긴 것들입니다. 양반집 아씨가 이럴 리가……."

툭, 둔탁한 소리와 함께 가벼운 진동이 바닥을 울렸다.

소리가 난 쪽으로 덕이가 고개를 돌렸다. 한눈에도 꽤 많은 엽전 꾸러미가 송봉사의 앞에 놓여 있었다.

"어둠과 항시 함께하는 눈처럼, 입 역시 침묵과 함께 해야 할 것이네. 눈에 이어 입까지 잃어서야 쓰겠는가."

온몸의 솜털이 곤두설 정도로 차가운 목소리였다. 송봉사가 몸을 가볍게 떨더니 바닥을 향해 머리를 숙였다.

"여부가 있겠습니까요. 쇤네 눈만큼이나 깜깜하여 어두운 것이 말 주변입니다. 제 입은 걱정 않으셔도 됩니다요."

"겨우내 이곳에 머물며 저 아씨의 몸을 만들어주게. 몸이 안 좋은 아씨라 지금은 형편없을 것이나 석 달 후엔 세상에서 가장 귀한 자태여야 하네. 어깨가 반듯하고 허리가 꼿꼿하며 목선이 물 흐르듯 유려해야 할 뿐 아니라 턱선과 광대가 도드라져서도 안 되네. 십 년 전 세손빈 간택 때 자네 스승이 삼간택 안에 들었던 아씨들 자태를 다듬어줬다 들었네. 자네 역시 그 비법을 전수 받았을 테지."

"예, 저도 배웠습죠. 염려 마십쇼. 백 일이면 충분합지요."

"그리고 한약방에서 보약을 좀 지으려 하는데 언제쯤이 좋겠나?"

"열흘은 지나야 합니다요. 열흘 뒤에 소인이 아씨 몸에 맞는 약재를 적어드릴 터이니 그것으로 약을 지으시면 될 것입니다요."

"그럽세. 잘 부탁하네."

"예."

"그럼 난 밖엘 좀 둘러보고 올 터이니, 시작하시게."

"예."

송봉사가 방향없이 고개를 숙였다.

월향이 자리에서 일어나 밖으로 나가자 송봉사가 엎드린 덕이 곁으로 바싹 다가가 앉았다. 아까보다 훨씬 더 능수능란한 손놀림으로 머리에서부터 발끝까지 지압이 시작되었다.

하루 종일 광통교 거리를 돌아다닌 형수가 서책을 한 아름 품에 안고 옥루각으로 돌아왔다.

몇 년 만에 광통교 서책 거리에 형수가 나타나자 서책 방 주인들의 눈이 뭘 잘못 보기라도 한 것처럼 휘둥그레졌다.

한량 짓을 시작한 이후부터 형수는 서책 방에 얼씬도 하지 않았다. 그가 옥루각으로 온 뒤에는 월향이 책을 사들이기 시작하면서 다들 그녀가 형수의 서책을 대신 사는 것이라 짐작하곤 했다. 그러나 월향이 사들이는 책 중에는 언문으로 쓰인 연애소설들이 제법 많은 비중을 차지해 진짜 형수가 읽는 거다, 기생들이 읽는 거다, 서책 방 주인들 사이에서도 의견이 분분했다. 그러던 차에 그가 서책 방에 직접 걸음했으니 다들 놀랄 수밖에 없었다.

게다가 몇 년 만에 나타나 찾은 책은 여훈서였다. 시중에 나와 있는 여훈서들을 닥치는 대로 사들이는 걸 보며 다들 이해할 수 없다는 표정으로 의아한 눈빛을 주고받았다. 결국 형수는 과거 공부를 위해 암자에 들어간 친구의 부탁으로 그 여동생이 볼 만한 책들을 챙겨주는 거라며 거짓말을 해야 했다.

관심이 없어 몰랐을 뿐, 여훈서들도 종류가 많고 다양했다. 자신이 전혀 모르는 이야기를 하면 어쩌나 하는 걱정과 달리 다행히도 여훈서들의 내용은 그가 아는 지식의 범위를 벗어나지 않았다. 사내들이 배웠던 것의 범위를 대폭 줄이고, 배경을 가정으로 옮겼을 뿐 기본적인 가르침은 동일했다.

제가 사온 책들의 내용을 대충 훑어본 후 형수는 개중 언문으로 된 책들을 먼저 골라냈다. 그 중에서 가장 읽기 쉬워 보이는 책을 제일 앞에 두고 점차적으로 어려운 순서대로 정리하여 챙긴 후 자리에서 일어섰다.

들어오는 길에 이미 별채의 공사가 모두 끝나 있는 걸 확인해두었다. 날이 어둑해졌으니 사람들의 눈을 피해 별채로 가면 될 듯했다.

"안에 있느냐."

"네."

밖에서 들리는 어머니의 목소리에 형수가 일어났다가 다시 앉아 자세를 바르게 했다. 곧 문이 열리며 월향이 안으로 들어왔다. 형수가 등유를 밝혔다.

"나가려던 참이었구나."

"덕이에게 가려 했습니다."

"책을 사온 것이냐?"

"네, 가르칠 것이 많아 오늘부터 시작하려 합니다."

월향이 쌓인 책 중 한 권을 집어들었다. 눈으로 대충 훑어보다 다시 제자리에 놓았다.

"올곧고 조용하며 그윽하고 우아하며, 단정하고 엄숙하며 성실하고 한결같은 것을 여자의 덕성이라고 한다지? 양반네들이 여인들을 가르치는 책, 네가 덕이에게 가르쳐주려는 그 책들에 그리 나와 있다더구나. 맞느냐?"

"그렇습니다."

"너는 그 책을 가르치면, 덕이가 올곧고 조용하며 그윽하고 우아하며, 단정하고 엄숙하며 성실하고 한결같은 여자가 될 것이라 생각하느냐?"

"네, 여인의 깊은 덕성과 단아한 자태는 배움에서 나오는 것이 아니겠습니까?"

형수가 당연하다고 생각해 내놓은 대답에 월향이 고개를 저었다.

"어리석은 일이다. 여인의 덕성은 지식에서 나오는 것이 아니다. 여인이 가진 편안한 안정감, 즉 사내들이 흔히들 말하는 그 요조숙녀에게만 느낄 수 있는 원숙미 있는 아름다움은 결코 배움의 정도와 꾸며진 겉모습으로 인한 것이 아니야. 사내들이 그것을 모를 뿐."

"그럼 여인의 덕은 어디서 나오는 것이옵니까?"

"사랑, 깊은 애정, 거기서 나오는 것이다. 딸만 줄줄이 낳아 아들이 없는 집의 막내딸과 아들만 있다가 어렵게 딸을 얻은 집의 막내딸, 두 집 딸 중 어느 집 딸이 더 아름다울 것 같으냐? 겉으로 드러나는 외양이야 제 부모에게서 이어받았을 것이나 진정한 여인의 아름다움은 아들 부잣집 막내딸이 가지고 있을 것이다. 왜냐면 그 아이가 더 사랑받고 자랐을 것이거든. 모두의 애정을 듬뿍 받고 자란 아씨는 마음이 호수처럼 잔잔하니 평화로울 것이고 미소가 맑은 하늘처럼 청량할 것이다. 그러한 아씨의 마음에는 퍼도 퍼도 줄지 않는 애정의 샘이 가득 차 있을 것이니 어느 사내가 그 마음에 빠지고 싶지 않으랴."

"사랑 받아본 적 있는 여인만이 사랑을 줄 수 있다는 것입니까?"

"그렇다. 여인을 아름답게 만드는 것은, 그 여인이 받은 사랑의 정도에 따라 달라진다. 사랑을 많이 받은 여인일수록 세상에 대해 당당하기에 도도한 자태가 나오고 타인에 대해 여유롭기에 행동거지가 우아하며 남의 눈치를 살피지 않기에 고고한 법이다. 서책을 보고 제 아무리 흉내를 낸다 하여도 그 사랑받은 느낌을 가지지 못한다면, 그 아이는 끝까지 노비일 것이다. 결코 요조숙녀가 될 수 없음이야."

월향의 말이 그럴듯해 형수의 고개가 절로 끄덕여졌다.

"기생들을 생각해보니 어머니가 무슨 말씀을 하시는지 이해가 됩니다. 사내들이 자주 찾는 기생은 예쁜 기생이 아니라 사랑스러운 기생들이더이다."

"그렇지. 잘 모르는 사내들이야 예쁜 기생이 사내들에게 더 인기가 좋으리라 생각하지만, 그렇지 않아. 사내에게 사랑을 듬뿍 받아 자신에 차 있는 계집을 사내는 더 좋아하는 법이거든. 사랑을 많이 받아본 계집이 아낌없이 그 애정을 상대에게 되돌려주기 때문이지. 반면 언제나 정에 굶주린 계집은 타인에게서 기를 빼앗아 제 것을 채우기 바빠, 사내에게 결코 좋은 기운을 주지 못해."

"여인에게서 안정을 구하는 사내들은 귀신같이 알아차리겠군요. 저 여인이 사랑받은 여인인지, 아닌지를."

"당연하지. 하물며 기생이 그러한데 양반집 아씨들은 더 말해 무엇하겠느냐. 별당아씨들의 자태가 곱고 아름다운 것은 그저 귀한 집에서 좋은 음식 먹고 자라, 아름다운 옷을 입었기 때문이 아니다. 그만큼 귀한 집에서 귀한대접을 받으며, 귀하게 자랐기에 그것이 얼굴에 드러나 귀하고 아름다워 보이는 것이야. 그러니……."

월향이 잠시 말을 멈추고 아들을 가만히 응시했다. 깊고 그윽한 눈매였다.

"네가 정말 덕이를 요조숙녀로 만들고 싶다면…… 사랑해주어야 한다."

요령부득의 말을 들은 것처럼 멍한 얼굴이 된 형수와는 반대로 월향의 입가에는 잔잔한 미소가 떠올랐다.

"왜 놀라느냐? 내가 너에게 덕이와 정분이라도 나라고 하는 것 같으냐? 그것이 아니라 그 아이가 자신이 귀한 존재라고 느끼게 해주란 말이다."

"정분이 나지 않고 사랑을 주라구요?"

"남녀의 사랑이 아니라 사람이 사람에게 가지는 애정, 그 애정을 쏟으란 말이다. 하다못해 주인이 귀하게 기른 꽃은 꽃이라도 윤기가 흐른다. 무엇을 얼마나 가르치느냐는 중요하지 않아. 네가 그 아이에게 줄 수 있는 최고의 선물은 그 아이가 세상이 자신을 사랑한다고 믿게 만드는 것이다. 노비로 자라면서, 그 아이는 세상에 대한 원망과 불신과 미움이 커져갔을 것이다. 자신이 세상에게 버림받은 존재라 생각했을 게다. 그 아이의 극악한 성격 역시 그런 환경에서 비롯된 것이다. 그 마음을 어루만져주어라. 풀어주어라."

"귀한 집에서 태어나 세상 걱정 없이 자란 아씨들처럼 말입니까?"

"그래. 그래서 그 아씨들처럼 깨끗한 눈과 바른 마음으로 세상을 볼 수 있게 만들어주어야 한다. 계집을 그렇게 만들어주는 것은 정이니 덕이에게 정을 쏟도록 해라. 그럼 자연히 그 아이는 사랑스러운 여인으로 변할 것이다."

"사내는 왜 꼭 안정을 주는 여인을 찾는 것입니까?"

"그것이 수신제가의 기본이거든. 아무리 써도 마르지 않는 샘과 같은 사랑을 가진 여인이 제 아내가 되고 제 아이들의 어머니가 된다면 제가 신경 쓰지 않아도 집안이 알아서 잘 돌아가지 않겠느냐. 심지어 자신의 미숙한 부분까지도 너른 품을 가진 여인이 모두 다 감싸 안아줄 터인데, 사내에겐 그보다 더 좋은 여인이 어디 있겠느냐."

형수가 알아들었다는 듯 고개를 끄덕였다.

"자태는 엄히 가르쳐야 한다. 반듯한 자세는 호된 가르침 속에서 스스로를 단정히 하는 법이니 말이다. 허나 성품은 엄히 가르쳐선 아니 된다. 그럼 그 아이는 주눅들 것이고, 눈치를 볼 것이며, 스스로를 자책하게 될 것이다. 가르침에 집착하지 말아라. 아이의 성품을 키워주거라. 따뜻하고 부드럽고 온화한 여인이 되게 말이다."

문득 의문이 들었는지 형수가 고개를 갸웃거렸다.

"그런데 어찌하면 사내와 계집 사이에 정분이 나지 않으면서도 애정을 받는다 느끼게 할 수 있습니까?"

"따뜻한 눈빛과 다정한 말, 진심어린 칭찬 같은 것들이면 되지 않겠느냐. 남녀 사이가 아니라 사람과 사람 사이로 생각해보거라. 네

친구들과 어쩔 때 정을 느끼느냐? 꼭 하나하나 말로 다 하지 않아도 진심어린 눈빛과 진실된 몇 마디 말만으로 충분하지 않더냐?"

형수가 그렇구나, 하는 표정으로 고개를 끄덕였다.

그런데 어머니의 눈망울이 그윽해지자 형수는 당혹스러움을 느꼈다. 어머니가 간혹 보여주던 연민의 눈빛이 떠올랐기 때문이다.

"어느 날 의정부 삼정승과 육조판서들의 모꼬지에 불려간 적이 있다. 그날 서얼허통에 대한 이야기가 나왔다. 대부분 서얼들이 조정에 출사하는 것을 반대하더구나. 그런데 그네들이 너희들의 벼슬길을 막는 것은 핏줄 때문이 아니었다."

"알고 있습니다. 저희들은 사회에 불평불만이 가득한 불순한 세력이기 때문에 벼슬을 내린다 하여도 종묘사직에 해가 될 뿐이라고 하는 것을요."

형수가 씁쓸하게 웃었다.

"어머니가 보셔도 저 같은 놈이 벼슬에 나가면 나라를 말아먹을 상이다, 싶으십니까?"

장난스레 웃으며 월향에게 농을 치듯 말했다. 그녀는 차마 그 말에 대꾸할 수 없어 고개를 돌렸다.

치영에게 보내기 전 형수는 잘 웃고 순한 아이였다. 낮밤이 바뀐 적도 없었고, 낯을 가려 사람을 힘들게 하지도 않았고, 떼가 많거나 투정이 심하지도 않은 아주 착한 아이였다. 태어나면서부터 옥루각 모든 기생들의 사랑을 듬뿍 받고 자란 형수는 그 누구보다 아름다운 아이였다.

세상 그 어떤 이도, 그 시절 형수를 보면 따라 웃었다. 형수가 함박 미소 지으면 세상이 다 밝아지는 것 같았다. 그런 아들을 치영에게 보낸 날, 옥루각은 그날 하루 문을 닫아야 했다. 옥루각의 모든 기생들이 앓아누운 탓이다. 친어미인 월향은 오히려 의연했으나 다른 기생들은 형수를 잃은 슬픔과 그리움을 지독하게 앓았다. 그러나 그렇게 사랑스러웠던 형수가 클수록 점점 달라져갔다.

어느 순간부터인가 아들은 진심으로 웃지 않았다. 행복해 보이지도 않았다. 사랑만 가득하던 그의 가슴에 이젠 비수가 가득하다는 것을, 어미인 월향은 한눈에 알 수 있었다. 변화의 이유 역시 월향은 알아챘다. 온 세상이 자신을 환영해준다 믿었던 아이가 현실의 세상은 정반대라는 걸 깨닫는 순간 많이 아프고 서러웠을 것이다. 발 딛고 사는 이 세상에서 온전히 버려졌다는 사실을 믿을 수 없었을 것이다. 그리고 버림받았음을 인정한 뒤엔 세상에 더 크게 상처받지 않기 위해, 형수는 먼저 제 마음을 닫은 것이다.

그가 겪어냈던 감정의 변화가 마치 제 것인 양 생생해서 월향은 아팠다. 허허 웃는 웃음에도 아팠고 멍하니 허공을 보는 시선에도 아팠다. 형수의 모든 것이 월향에겐 아팠다.

"네 마음속에 품은 칼을 다른 이들은 모를 것 같더냐? 그것은 아무리 숨기려 해도 숨겨지지 않는다. 아무리 애를 써도 정이 고픈 것은, 감출 수가 없는 법이다. 사람들은 귀신같이 외로운 이를 알아차리니 말이다."

형수의 입가에 걸린 미소가 순식간에 사라졌다.

"덕이를 요조숙녀로 만들고 싶다면 덕이가 세상 근심 걱정 하나 없이 웃게 만들거라. 덕이가 너처럼 마음속에 비수를 품고 있으면, 결코 어떤 사내에게서도 사랑받을 수 없을 것이다. 저를 향해 칼을 겨누고 있는 여자를, 사랑할 사내는 아무도 없다. 세상을 향해 칼을 휘두르려는 자를, 벼슬에 앉히려는 왕은 없는 것처럼."

"명심하겠습니다. 그럼 전 이만 나가보겠습니다."

자리에서 벌떡 일어난 형수가 성큼성큼 걸어 밖으로 나갔다. 빈 방 구석으로 쓸쓸한 시선을 맥없이 놓은 채, 월향은 어두운 방안에서 오랫동안 그대로 앉아 있었다.

별당 앞에서 형수가 멈춰 섰다. 월향이 했던 말 때문에 가슴이 답답했다.

기억하는 순간부터 형수는 외로웠다. 슬펐다. 서러웠다. 분하고 억울했다. 그런 감정밖에는 배우지 못했다. 세상을 베어낼 날카로운 칼밖에 속에 품질 못했다. 제 안에 있는 칼이 날카롭게 제 속을 헤집었기에 그것을 견디느라 미친놈처럼 지내야 했다.

그러니 대체 어떻게 사랑을 쏟아야 애정이 넘치는 사랑스러운 여인이 되게 할 수 있는지 알 도리가 없었다. 게다가 계집을 제대로 희롱한 적도 없으니, 여인을 다루는 법을 알 리도 만무했다.

벗이라 해봤자 늘 술잔을 기울이며 자신들의 처지를 한탄하는 이들뿐이라 그들과 따뜻한 감정 같은 것을 나눈 적 역시 없었다. 여인을 달래는 다정한 말과 따뜻한 눈빛 같은 것이 어떤 것인지 생각만으로는 도저히 알 수 없었다. 차라리 유혹하는 척하라고 한다면 흉내라도 내보겠는데 진심을 담은 애정이라니, 그런 게 뭔지 알게 뭐란 말인가.

심각한 고민에 빠진 얼굴로 형수는 한숨을 푹 내쉬었다. 내키지 않는 걸음을 걸어 막 섬돌에 올라서는 순간, 갑자기 안에서 여인의 고통스러운 고함소리가 들려왔다.

"무슨 일이냐!"

놀란 마음에 뛰어 들어가 문을 열어젖힌 형수가 방안의 풍경을 보고 황급히 돌아섰다. 흰 소복차림의 덕이가 맨 다리를 내놓은 채 앉아 있었던 것이다. 형수의 귓등이 붉게 달아올랐다.

"되련님, 나가 계십시오. 다 끝나면 부를 터이니."

"무얼, 무엇을 하고 있는 게냐. 어찌 고함소리가 방문을 넘는 것이야?"

"발을 작게 만들기 위해 명주 천으로 싸고 있는 중입니다요. 이것이 엄살을 부려 그런 것이니 염려치 마시고 나가 계십시오."

"엄살이 아니라 진짜 아퍼요!"

"이것아, 조용히 하지 못해. 아, 도련님 나가 계시라니까요!"

"아, 알겠다."

들어오려다 멈칫하고는 황급히 문을 닫았다. 닫히는 문 사이로 사라지는 형수를 원망스럽게 보던 덕이가 다시 한 번 고통스러운 고함을 질렀다.

"아아아아아! 아파요. 진짜 아프다니까요!"

"이리 참을성이 없어 어찌하누. 좀 참아봐."

"차라리 쥐어 박히거나 얻어터지는 게 낫겠수. 이건 정말 아프단 말이오. 숨도 못 쉬겠단 말이에요."

"엄살은. 다 되어가니 좀만 더 참아."

"이걸 왜 참아요! 어떻게 참아요! 아아아아!"

죽어라 고함을 질렀으나 순이네는 다시 한 번 무명천으로 덕이의 발을 인정사정없이 꽉 조일 뿐이었다. 덕이가 한없이 원망스런 눈길로 그런 순이네를 노려보았다.

청나라와 마찬가지로 이 나라 역시 여인의 작은 발을 선호했다. 작은 발로 자라처럼 아기작아기작 걷는 걸음을 아름답다 칭송하였다. 청나라처럼 기형적으로 발을 싸매진 않았으나 반가에선 부러 작은 신발을 신기거나 작은 버선을 신게 해 여자아이의 발이 타고난 대로 크지 못하게 막았다.

그런 관리를 받았을 리 만무한 덕이의 발은 반가 여인들과 비교했을 때 큰 편이었다. 그래서 덕이의 발을 이제부터라도 조금이라도 작게 만들기 위해 명주로 꽁꽁 싸매고 있는 것이다.

"다 끝났다. 다 되었어."

명주 천으로 칭칭 감긴 덕이의 두 발을 보며 순이네가 한숨을 휴 내쉬었다.

덕이의 두 눈엔 눈물이 그렁그렁 맺혀 있었다. 어찌나 발을 꽁꽁

쌌는지 머리가 다 어지러울 정도였다. 가슴에 이어 발까지 천으로 꽉꽉 싸매자 온몸에 갑갑증이 나서 숨이 턱턱 막혔다.

"되련님과 공부가 끝나면 올 테니 자지 말고 기다리거라."

순이네가 나간 후 결국 덕이는 서러운 울음을 터뜨렸다. 하루 종일 익숙지 않은 일을 하며 고생했던 설움이 끝내 터지고 만 것이다.

"벌써 힘이 드느냐?"

흐릿해진 눈앞으로 흰 손수건이 내밀어졌다. 울먹이는 얼굴도 숨기지 않고 고개를 들어보니 형수가 난처한 표정으로 저를 보고 있었다. 그 모습에 와락, 덕이가 원망을 쏟아냈다.

"이게 뭡니까요. 이런 게 양반인 줄 알았으면 지는 안 했습니다요. 하루 종일 제대로 앉지도 못하고 서지도 못하고. 밥은 제때 먹여주나 했는데 숟갈질이 어떻다, 저분질이 어떻다, 한 톨 밥알이 넘어가지도 못하게 호통을 쳐대고. 게다가 무슨 놈의 양반네들은 밥을 그리 먹는대요? 하지 마라는 게 하 많아서 대체 내가 뭘 먹었는지 기억도 안 납니다요. 수저도 한 손에 같이 잡지 마라, 국을 먼저 먹어라, 반찬도 뒤적이지 마라, 입에 많이 넣지 마라, 소리 내면서 먹지 마라, 입 벌리지 마라! 대체 뭘 먹으라는 건지 말라는 건지 모르겠습니다요. 걷는 것도 이리 걸어라, 저리 걸어라, 눈은 먼 곳에 두고 걸어라, 허리를 펴라, 부드럽게 걸어라, 산들산들하게 걸어라. 대체 이걸 왜 다 해야 합니까? 양반네 여인들이 이걸 다 해야 하는 이유가 뭡니까? 정경부인을 만들어주신다기에 기대했는데 이게 사내에게 잘 보이기 위한 기생과 다를 게 뭐랍니까요? 결국 이거 다 사내에게 잘 보이라고 하는 거 아니냔 말입니다. 아니 대체 사내들은 허고 많은 계집 중 왜 그런 계집을 좋아하는 거랍니까? 네?"

눈을 부릅뜬 채 대거리하는 덕이에게 형수가 뭐라 대꾸해주려다 입을 꾹 다물었다. 사실 덕이가 말하는 그 모든 것들이 형수 입장에선 뭐 그리 힘든 일들인지 이해할 수 없었다. 밥이야 어려서부터 늘 그렇게 먹었고, 걸음걸이 역시 자연스럽게 그리 걸었다. 그래도 물 긷고 빨래하는 것보다야 편하지 않느냐는 말이 입 밖으로 튀어 나오려는 것을 겨우 집어넣었다. 그 말까지 했다가는 덕이가 정말 다 때려치우겠다며 자리를 박차고 나갈 것 같았다.

무엇보다 애정을 쏟으라는 어머니 월향의 말이 귓가에 맴돌아 형수는 답답한 마음을 꾹 눌러 참고 애써 웃어주었다. 애써 참느라 입가가 잘게 떨리며 경련이 일어날 정도였다.

건네준 수건으로 눈물을 닦고 코를 풀던 덕이가 갑자기 수건에 코를 박고 킁킁거렸다. 그러더니 이내 형수의 소매 끝을 끌고 와 그곳에 코를 댔다.

"얘야!"

전혀 예상치 못한 덕이의 행동에 형수가 순간 당황했다. 소매를 빼려다 심각해진 덕이의 표정을 알아차리고선 가만히 내버려두었다. 다른 여인이 이랬다면 분명 유혹하는 행동이라 생각했을 것이다. 그러나 순진한 덕이가 짓는 심각한 표정은 다른 의도가 없는, 순수한 마음의 발로, 그 자체였다. 그래서 기생들이 하는 것만큼, 혹은 그보다 더 거침없고 과감한 몸짓임에도 불구하고 불쾌하지 않았다. 상대에게서 감정을 자아내기 위함이 아니라 제 감정에 솔직하고 충실해서 나온 것이기에 그랬다.

하릴없이 제 소매에 코를 박고 있는 덕이를 보며 기어이 허탈한 웃음을 터뜨리고 말았다. 그제야 덕이가 얼굴을 떼어냈다. 빼꼼이 형수를 올려다보는 그녀의 두 눈엔 호기심이 가득 어려 있었다.

"좋은 향이 납니다요."

"향?"

덕이가 한 것처럼 제 소매 끝에 코를 댄 형수가 킁킁거리며 냄새를 맡았다.

"아, 사향이구나. 사향이야."

"사향이요?"

"그래. 서책을 보관할 때 사향을 넣어 좀이 스는 것을 막는단다. 하루 종일 책방에 있었더니 몸에 배어왔나 보구나. 네가 볼 책을 구해주기 위해 하루 종일 책방에 있었거든."

책이라는 말에 덕이는 다시 풀이 죽었다.

"책도 봐야 합니까요? 머리가 지끈거려 죽을 것 같은데 글은 무슨 글입니까. 한 자도 눈에 안 들어올 것 같어요."

"어, 그렇긴 한데 이건 생각보다 재밌을 게다. 게다가 언문으로 되어 있어 어렵지 않을 게야."

"언문도 못 읽겠다구요. 머리가 아파서 되련님도 두 개로 보입니다."

고개를 절레절레 흔들던 덕이가 정말 싫다는 듯 눈을 꾹 감았다.

형수가 입술이 바짝바짝 마르는 듯 입맛을 다셨다. 대체 이런 계집애를 어떻게 해야 요조숙녀로 만들 수 있을지, 갑자기 앞날이 캄캄했다.

되긴 될까, 처음으로 마음속에서 뒤늦은 의심이 피어올랐다. 어제까진 호언장담을 했는데 오늘 덕이의 꼬락서니를 보니, 이게 과연 될 일인지 의심스러웠다.

"이 책들 속엔 나와 있습니까?"

덕이가 갑자기 형수의 눈앞으로 얼굴을 들이밀었다. 형수가 화들짝 놀라며 뒤로 벌렁 물러났다.

"뭘?"

"왜 제가 이런 공부를 해야 하는지가요."

그 질문을 기다렸다는 듯 형수가 바로 책을 뒤적거렸다.

"여기 있구나. 부덕이 있는 여인이 되고 현모양처가 되기 위함이다. 사내들이 좋아하는 여인은 덕성이 있는 여인인데……."

"결국 사내에게 잘 보이기 위해 공부를 하는 거네요."

덕이가 다시 기운 없이 축 늘어졌다.

"그야 그렇지. 그, 지아비에게 지어미가 잘 보이고 싶은 것은 당연한 맘 아니겠느냐? 지아비와 지어미의 사이가 좋아야 가정도 화목할 것이고."

"사내들이 말하는 부덕 있는 여인이란 대체 무엇입니까? 발이 작고 자세가 곧고 피부가 아름다운 여인과 부덕이 무슨 상관입니까? 부덕이 대체 무엇입니까?"

"네가 지금 하는 것은 외양적인 아름다움을 닦기 위함이다. 이왕이면 다홍치마라고 똑같이 부덕이 있는 여인이라면, 아름다운 여인에게 사내의 마음이 더 흔들리지 않겠느냐? 그것은 외모를 가꾸는 것이지 품성을 닦는 일은 아니야."

덕이가 맘에 들지 않는다는 듯 입을 삐죽거리며 책을 펼쳐 들었다. 이리저리 뒤적여 글귀를 읽다가 억울해 죽겠다는 얼굴로 버럭 고함을 질렀다.

"이게 뭡니까. 부덕이란 결국 사내가 시키는 대로 군말 없이 다 하는 계집이잖어요!"

"그럴 리가. 그렇지 않다."

왠지 자신감이 없어진 형수의 목소리가 점점 작아졌다.

"이 책의 내용이 모두 그러한데 어찌 아니라고 하십니까요? 시부모에게 순종하고 지아비의 뜻을 따르고 혼인하기 전에는 아버지에게 복종하고 혼인한 뒤엔 지아비 말에 복종하고, 세상에! 아들을 낳고나면 아들에게 복종하라니, 이건 뭐 계집종을 들이는 거지 이게 무슨 아내를 들이는 겁니까요?"

잔뜩 찌푸린 인상으로 노려보는 덕이의 눈길을 피해 형수가 서책을 뒤적거렸다.

"이런 식이면 삼시세끼 밥 잘 먹는 것 외엔 노비와 뭐가 다릅니까요? 요조숙녀를 만들어주신다더니 그냥 배부른 계집 종이잖어요."

"아니다. 다르다."

"그러니까 무엇이 다르냐구요."

덕이의 재촉에 안 그래도 하얀 형수의 머릿속이 더욱 새하얗게 탈

색되었다. 어찌나 당황했는지 눈에 글자도 제대로 들어오지 않을 정도였다. 그저 흰 건 종이고 검은 건 글자라는 것을 알 수 있을 뿐 도저히 읽히지 않았다. 결국 책 읽기를 포기한 형수가 책을 확 덮으며 고개를 들었다.

"우리가 아직 덜 배워 모르는 것이지 더 자세히 읽으면 틀림없이 다른 내용이 있을 것이다."

"더 자세히 배우면 다른 내용이 있다고요?"

"그럼. 그러니 이걸 꼼꼼히 읽어보아라."

"없으면요?"

"있대두. 다른 책도 내가 더 찾아보마."

덕이가 미심쩍은 표정으로 형수를 쳐다보다 내려놓았던 책을 다시 집어들었다.

"혼자 읽겠느냐?"

"네."

불퉁하게 대답하며 덕이가 책에 집중하기 시작했다.

형수가 슬그머니 자리에서 일어나 방을 빠져나왔다. 마음이 급했다.

별당에서 부리나케 사랑채로 온 형수는 등불을 밝힌 후 제 방에 남겨놓은 여훈서들을 살펴보기 시작했다. 덕이에게 가져간 것들보다 좀 더 어려운 것들이니 이 속에는 답이 있지 않을까 싶었다. 그러나 밤이 지나 아침 새벽 첫 닭이 울 때까지 책에 나와 있는 글자를 하나도 빼놓지 않고 살펴보았으나 거기에 덕이가 제기한 문제에 반박할 수 있는 내용은 찾을 수 없었다.

사온 책들이 아직 몇 권 더 남아 있긴 했으나, 나머지 책들에도 덕이가 원하는 답이 있을 것 같진 않았다.

여훈서들의 내용은 다 비슷비슷했다. 이리해라, 저리해라, 여인들을 가르치는 내용들이 대부분이었다. 덕이 말대로 여인에게 강조한 것은 인내와 수용 뿐 그 이상은 없었다. 형수가 머리를 감싸 쥐며 앓는 소리를 냈다.

월향의 말대로 사랑스러운 여인을 사내가 편안해하고 집에 두고 싶어 하는 마음은 알겠다. 그런데 왜 하필 그 사랑스러운 여인이 사내의 뜻을 무조건적으로 따르며 인내하는 여인인지는 그 역시 이해하기 어려웠다.

월향이 말한 여인의 사랑스러움과 여훈서에서 주장하는 여인의 덕은 분명 달랐다. 책의 내용은 덕이가 노비와 다를 바 없다고 발끈할 만도 했다. 제가 책을 읽어도 그리 생각되었다.

여훈서는 여인들에게 행실을 강요하는 내용들로 가득 차 있었다. 그저 그래야 한다, 그래야 한다, 그래야 한다고만 책들은 끊임없이 반복하고 있었다. 그래야만 가정이 평안하고, 아이가 잘 자라고, 시부모에게 효도하는 것이고 남편이 바깥일을 잘할 수 있다고 적혀 있었다.

그 속에서 여인의 행복은 없었다. 아이가 잘 자라고 시부모가 평안하고 남편이 높은 지위에 오르면 자연히 여인도 행복하다고 여기는 듯했다. 과연 그러할까, 형수조차 의문이었다.

이 책들 속에서 덕이의 질문에 대한 답을 찾을 수 있을 것 같지 않았다. 찾지 못한다면 덕이는 자신에게 다시 따져 물을 것이다. 책에 없다는 말은 대답이 되지 않을 것이다. 책에 나와 있지 않다면, 따로 답을 구해서라도 알려줘야 했다.

"답을 어디서 구한단 말인가."

아주 오래전 제 스승을 난처하게 만들었던 일이 떠올랐다. 형수는 온갖 것을 다 질문하는 귀찮은 학생이었다. 스승은 그런 형수에게 제대로 된 답을 알려주지 않았다. 곤란한 질문을 하면 쓸데없는 잡생각이 많다며 종아리를 때리기 일쑤였다.

덕이에게 제 스승이 그랬듯이 무조건 책에서 시키는 대로 하라고 가르치고 싶지 않았다. 답을 알려주고 싶었다. 제가 끌어들인 아이다. 노비보다 더 나은 삶을 주겠노라 약속했다. 그것이 단지 신분의 상승이라고만 말하고 싶지는 않았다. 노력하는 아이에게 노력하면 어떻게 노비보다 삶이 나아지는지 구체적으로 알려주고 싶었다.

자신의 삶 역시 그러한 대답을 찾기 위해 노력해온 것이기에 덕이의 의문을 마냥 쓸데없다 무시할 수 없었다.

허면 대체 어디서 답을 찾아야 한단 말인가. 세상에서 가장 괴로운 얼굴을 한 형수가 끙끙거리며 책상 위로 엎어졌다.

"일어나거라, 얼른."

덕이가 힘겹게 눈을 떴다. 아직 해가 뜨지 않아 시린 새벽이었다.

"닭도 아직 안 울었습니다요. 온몸이 쑤셔요. 조금만 더 잡시다."

"원래 첫 닭이 울기 전부터 움직이는 것이다. 아, 얼른 일어나지 않고 뭣 하느냐!"

하루 종일 고단했던 데다 어제 책을 보다 아주 늦게 잤던지라 아침에 쉬이 눈이 떠지지 않았다. 결국 순이네에게 등짝을 한 대 얻어맞고 나서야 덕이는 억지로 자리에서 일어났다.

"으이구, 이 봐라. 서캐가 다 죽었구나."

덕이가 눈을 부비며 베개 위를 보자, 베개가 새카맣게 죽은 이의 시체로 뒤덮여 있었다. 생각지도 못한 풍경에 잠이 싹 달아났다. 덕이가 베개 곁에 붙어 앉아 그것들을 놀랍다는 듯이 살펴보았다.

"정말 그 가루만으로 이리 되는 것입니까요?"

"그렇대두. 약효가 참말로 좋지 않느냐?"

"참으로 신기합니다요. 아, 이걸 제 어미……."

무심결에 나온 말에 놀라 얼른 입을 다물었다. 제 어미와 아비에게도 가져다주고 싶다는 이야기가 나올 뻔했다. 그러나 안 될 말이었다. 요조숙녀가 되겠다고 했을 때, 제 아비 어미와의 인연은 이미 끊긴 거라고 월향이 엄하게 했던 말이 아직도 귀에 쟁쟁했다.

"노비 덕이는…… 죽은 것이다. 네 어미와 아비에게도 그리 전할 것이다. 천륜을 끊어야 한다. 자신이 있느냐? 새로 태어날 자신이 없다면 여기서 관두거라. 네가 요조숙녀가 된 뒤에 알고 보니 노비라는 사실이 밝혀지면, 우린 모두 죽은 목숨이다. 그러니 지금 분명히 마음을 정해야 한다. 정말 네 어미와 아비와 다시 만나지 않을 자신이 있느냐?"

왜 죽은 목숨이 되어야만 하는지 차마 무서워서 덕이는 묻지 못했다. 그저 알겠다고 고개만 쉼 없이 끄덕였을 뿐이었다.

정말 제 어미와 아비에게 죽었다고 연락이 갔을까, 덕이의 가슴속으로 서늘한 칼바람이 지나갔다. 그 순간 닭의 우렁찬 울음소리가 여명을 깨웠다. 덕이가 얼른 정신을 수습했다.

"자, 오늘은 연화다. 들어가거라. 피부의 부스럼에 좋고 피로회복에 좋단다. 푹 담그고 나면 개운할 것이다."

뜨거운 김이 서리는 물 위에 연꽃이 동동 떠 있었다.

태어나 단 한 번도 해본 적 없었던 더운 목욕을 벌써 어제 오늘 이틀 연속으로 하고 있었다. 여전히 얼떨떨한 기분으로 덕이는 목간통 속에 몸을 담갔다. 오늘 순이네는 덕이의 손과 발, 얼굴에 마늘을 섞은 꿀을 발라주었다.

"이것을 바르면 살결이 희게 된단다."

아무리 피부에 좋다지만, 먹는 것을 자꾸만 몸에 바르고 그대로 버리는 것이 꼭 죄짓는 것 같아 덕이는 마음이 개운하지 못했다.

목욕을 마친 뒤 머리를 빗었다. 옷을 다 챙겨 입자 송봉사가 별당으로 건너왔다. 어제와 같이 송봉사 앞에 누웠다.

어제가 등이었다면 오늘은 목과 얼굴이었다. 눈을 감고 있는 사람이라고 믿겨지지 않을 정도로 송봉사는 귀신같이 덕이의 얼굴을 요리조리 만졌다. 낯선 이의 손에 제 몸을 맡긴다는 거부감도 잠시, 송봉사의 손이 얼굴 부분 부분을 지날 때마다 덕이의 몸에 긴장이 풀렸다. 얼굴을 만지고 있음에도 불구하고 어찌나 평안하던지 잠시 졸기까지 했다.

얼굴 다음에는 어깨를 주물러 뭉친 혈을 풀어주었다. 그리고 아래로 내려가 덕이의 발을 주무르기 시작했다.

"유독 아픈 부분이 있으면 말씀하십시오."

"네."

발바닥을 누를 때, 온몸이 저릿저릿하게 아픈 부분이 몇 곳 있었다. 덕이가 그때마다 고함을 지르면 송봉사가 순이네를 불러 낮게 속삭였다.

"비장과 간이 유독 약합니다요. 신장도 썩 좋지는 않으니 일단 그 쪽을 보하는 음식부터 드시게 하는 게 좋겠습니다."

"그리하겠수."

지압이 모두 끝나자 송봉사가 이마에 맺힌 땀을 닦아내고 인사를 한 뒤 나갔다.

조금 지나니 쏴르르 배가 아프기 시작했다. 덕이가 배를 움켜쥐고 자리에서 일어나려 하자 순이네가 황급히 종아리를 붙잡았다.

"발을 싸매질 않았는데 어딜 가는 게냐."

"네?"

"오늘부턴 하루 종일 발을 싸맬 것이다."

"아니 그럼 그렇게 꽁꽁 싸맨 채 걸어 다니란 말씀이십니까요?"

"오늘부턴 그 발로 걷기 연습을 한다 하셨다. 아침이라 이 근처를 지나가는 이가 있을지 모르니, 아파도 절대로 소리 내선 안 된다."

눈앞이 순간 아찔해졌다. 발이 저릿저릿해서 어제 잠이 드는 데만도 얼마나 긴 시간이 필요했는지 모르는데 하루 종일 그 발로 있으라니 눈물이 날 것 같았다. 순이네가 흰 명주 천으로 덕이의 발을 감싸기 시작했다.

"아아아!"

덕이가 고함을 질렀다. 순이네가 재빨리 흰 수건을 덕이의 입에 물려주었다. 수건에 틀어막혀 고함소리는 끙끙 앓는 소리로 변했다.

"이제 다 끝났다. 측간에 다녀오거라."

자리에서 일어서던 덕이가 다시 풀썩 주저앉았다. 발이 아팠다.

순이네에게 도움을 청하고 싶었으나 목간통을 치우느라 바빴다. 결국 홀로 벽을 붙잡고 걸어서 밖으로 나왔다.

조심스럽게 당혜를 신고 한 걸음씩 걷기 시작했다. 한 걸음 한 걸음이 고역이었다. 발에 힘을 줄 수 없으니 몸에 균형이 잡히지 않아 한없이 비틀거렸다.

"다리를 다치기라도 한 게냐? 왜 그리 걷는 것이냐?"

비틀거리는 한쪽 팔을 누군가가 단단히 붙잡았다. 형수였다.

그를 올려다보는 덕이의 눈에 눈물이 그렁그렁했다. 대답대신 치마를 살짝 올려 덕이는 제 발을 보여주었다. 어제처럼 천으로 꽁꽁 싸져 있었다.

"이리 다니라 하시더냐?"

"네. 아파요, 아파 죽겠습니다요. 걷기도 힘들어요."

한 걸음 내딛을 때마다 칼날 위에 서 있는 느낌이었다. 다리에서부터 시작된 저릿저릿함이 온몸을 타고 흘러 뒷목까지 뻐근했다. 한 걸음 겨우 떼는 것이 고역인데 이 상태로 하루 종일 걷기 연습을 할 생각을 하자 이대로 딱 땅으로 꺼졌으면 싶었다.

"이해할 수가 없습니다. 요조숙녀는 왜 발이 쪼끄매야 합니까요? 양반네들은 다들 이상합니다요. 발 크기로 계집을 보다니 진짜 이상한 사람들입니다. 발이 크면 계집이 애를 못 낳는답니까, 글을 못 읽는답니까. 대체 그딴 게 무슨 상관인지 모르겠습니다요. 발이 작은 게 대체 뭐가 예쁘단 겁니까요?"

투덜거리며 걸음을 내딛던 덕이의 몸이 휘청거렸다. 형수가 다시 황급히 덕이를 부축했다. 형수의 턱 끝에 그녀의 이마가 닿았다. 눈을 내리뜨면, 시선 아래 바로 덕이의 동그란 콧잔등이 보였다.

무언가 무안하고 머쓱한 기분에 덕이를 제대로 세워준 뒤 헛기침을 하며 뒤로 물러섰다. 그러거나 말거나 아파 죽겠는 덕이의 신경은 온통 제 두 발에 쏠려 있었다.

"왜 잡다 마십니까요? 측간 가야 합니다. 마저 잡아주세요."

덕이가 툴툴거리며 원망 섞인 표정으로 형수를 올려다보았다. 형수가 어쩔 수 없이 덕이를 다시 부축했다.

발에 힘을 주기 싫은 덕이가 형수에게 아예 제 온몸을 기대다시피 했다. 덕분에 거의 덕이를 안다시피 한 형수가 측간까지 그녀를 데려다주었다. 새벽 찬바람에도 불구하고 그의 얼굴이 땀으로 흠뻑 젖었다. 측간 앞에서야 비로소 덕이가 제 두 발로 바로 섰다.

"데려다주셔서 감사합니다."

"어, 그래."

형수가 뒤돌아서는 순간, 다급하게 덕이가 그의 옷깃을 붙잡았다.

"왜?"

"기다렸다 저를 다시 데려다주셔야죠. 혼자 어떻게 걸어갑니까요?"

눈을 동그랗게 뜨고 반문하는데 형수는 기가 턱하니 막혔다. 이런 계집을 요조숙녀로 만들겠다고 큰소리를 쳤다니, 제 발등을 제가 찧은 거 아닌가 갑자기 후회가 물밀듯이 밀려왔다.

"너는 부끄럽지도 않느냐?"

"뭐가요?"

"사내를 어찌 측간 밖에 세워둘 생각을 하느냔 말이다."

"그럼 아픈데 어떡합니까요? 도저히 혼자 못 걷겠단 말입니다요."

대체 이런 계집이 지금껏 노비로 어찌 살았을꼬. 너무나 당당하게 나오니 오히려 형수가 할 말을 잃고 멍해졌다. 앞뒤 안 가리고 뻔뻔하게 구는 데는 당해낼 재간이 없었다.

"기다리십시오. 어디 가시면 안 됩니다요. 딱 기다리십시오."

신신당부한 덕이가 측간으로 들어갔다.

"밖에 계시지요?"

이걸 대체 대답을 해줘야 한단 말인가.

"거기 안 계십니까요? 되련님!"

"있다, 있어. 목소리 좀 낮춰라. 여기 있다."

두 번만 답을 안 줬다간 옥루각이 울릴 정도로 고함을 지를 것 같아 형수가 다급하게 문에 대고 속삭였다.

"거기 딱 계십시오."

형수가 손으로 관자놀이를 꾹꾹 눌렀다.

어찌 계집이 이리 생각이 짧은가, 형수의 맥이 탁 풀렸다. 그러다 문득 덕이가 저를 통 사내로 보고 있지 않다는 것을 깨달았다. 계집과 사내라고 덕이가 인지하고 있다면, 형수를 측간 문 밖에 세워두지 않을 것이다. 냄새에, 소리에, 이런 걸 사내에게 모두 다 들려주고도 뻔뻔할 수 있는 계집은 없었다. 그러니 저를 이리 세워두는 건 정말 제게 아무 감정이 없다고 밖엔 해석되지 않았다.

생각이 그리 튀는 순간 갑자기 울컥 분노가 치솟았다. 덕이를 좋아하고 좋아하지 않고를 떠나 형수에게 덕이는 분명히 여자였다. 그런데 상대는 자신을 그저 몸을 지지하는 막대기 정도로 인지하다니, 기분이 좋을 리 없었다.

뭐라 딱 집어 말할 순 없는 불쾌감이 속에서 스멀스멀 올라왔다. 그리고 바로 그 순간, 등 뒤로 결코 듣고 싶지 않은 불쾌한 소음이 들려왔다. 형수가 인상을 찌푸리며 자신도 모르게 한 걸음 측간에서 떨어졌다.

아무래도 이건 말린 것 같다. 안 그래도 그다지 평탄하지 않았던 삶이 더 굴곡질 것 같은 예감에 형수의 목 뒤로 서늘한 바람이 지나갔다.

"되련님, 되련님!"

슬픈 예감은 비껴가지 않았다. 자신을 부르는 다급한 순이네의 목소리를 듣는 순간, 형수는 아주 불행한 일이 벌어졌음을 직감했다.

형수는 보던 책을 집어던지고 재빨리 방에서 뛰쳐나왔다.

"무슨 일인가."

주변을 살피며 형수가 목소리를 낮추어 물었다.

"덕이가 사라졌습니다."

재빨리 속삭이는 순이네의 목소리가 가늘게 떨리고 있었다. 무슨 일이 일어날지는 몰랐으나 결국 우려했던 사태는 벌어지고 말았다.

"측간엘 다녀온다고 했는데 아무리 찾아봐도 없습니다."

"그게 언제인가? 언제야?"

"두 식경쯤 전입니다."

삼 일, 단 삼 일 만에 벌어진 일이었다.

"어디로 간 것일까요? 왜 간 것일까요?"

순이네는 도통 이해할 수 없다는 얼굴을 하고 있었으나 형수는 짐작할 수 있었다. 바로 어젯밤 나눈 요조숙녀에 대한 이야기가 화근이었을 것이다.

하루 종일 서책을 뒤졌으나 별 다른 것을 찾지 못한 형수는 어깨를 축 늘어뜨린 채 별채로 향했다. 덕이는 단단히 벼른 얼굴로 형수를 기다리고 있었다.

"아무리 읽어도 사내들이 바라는 요조숙녀란 시키는 대로 하는 계집종과 다를 바가 없더만요."

"그것이……."

"책을 읽다보니 결국 사내들이 요조숙녀를 좋아하는 이유는, 세상 물정 모르는 여자라 집구석에만 아무것도 모른 채 박혀 있어 사내를 하늘처럼 떠받드니, 다루기 쉬워서더란 말입니다. 사내와 어깨를 나란히 하는 똑똑한 여자는 필요 없고, 그저 애나 잘 낳고 남자랑 시부모 말에 납작 엎드려 복종하는 그런 여자가 최고라고 하나같이 말하고 있던데요?"

반박할 말이 없었다. 덕이의 말은 구구절절 옳았다.

"정말 기가 찹니다요. 왜 양반가의 여식들은 이런 대접을 받으면서 가만히 있습니까요? 왜 이런 건 잘못된 거라고, 억울한 거라고 아무도 말하지 않고 이리 살어요? 뭐가 모자라서? 우리야 무식하고 배운 것 없는데다 타고난 팔자가 노비니 어쩔 수 없다지만 대관절 아씨들은 왜 이렇게 산대요?"

그래야 잘 사니까.

순간적으로 제 머릿속에 떠오른 생각이 비참해 형수가 두 눈을 질끈 감았다. 그래야 잘 사니까, 그래야 좋은 여자라고 평가 받고, 좋은 집에 시집가고, 그게 잘 사는 거니까 아무도 반발하지 않는 것이다. 마치 일을 열심히 하면 여물을 주니까 제 몸이 혹사당하는 것도 모르고 죽어라 일을 하는 소와 다를 바가 없었다.

하긴 여인들만 그러한가. 자신들의 처지는 또 무엇이 그리 다르냐 말이다. 양반가의 여식들이 사내들이 만든 규율 안에 들어가기 위해 죽어라 애를 쓰는 것처럼 서얼들 역시 그 안에 못 들어가서 서럽고 원통하고 분한 게 아니냔 말이다.

애초에 그 틀이 잘못된 것인지 아닌지 생각하기보다는 그 안에 자신들을 넣어주지 않는다는 것만 생각하며 억울해했다. 아무도 그게 잘못된 거라고 말하지 않았다.

등 뒤로 서늘한 바람이 지나갔다. 굳이 생각하지 않으려 했던 참혹한 진실을 직면하는 순간이었다. 비참했다. 맑은 덕이의 눈을 똑바로 바라볼 수가 없었다. 결국 그날 밤, 형수는 급한 일이 있다며 도망치다시피 별당을 빠져나왔다. 부끄럽고 민망해 더 이상 그곳에 있을 수가 없었다.

"되련님."

순이네가 발을 구르며 형수를 다시 한 번 재촉했다. 그제야 잠시 생각에 빠져 있던 형수가 번뜩 정신을 차렸다.

"자넨 일단 별당으로 가 있게."

"되련님은요?"

"내 어디 잠깐 들렀다 곧 갈 터이니, 자네 먼저 가 있게."

순이네를 달래 보낸 뒤 형수가 바쁘게 걷기 시작했다. 빠른 걸음으로 한달음에 달려온 형수가 도착한 것은 거지촌이었다.

"그 꼴로 오기로 작정했는가배? 꼴 뵈기 싫다는데 귀에 인이 박혔나, 말도 안 들어 처먹는다."

웃통을 까고 이를 잡고 있던 왕초가 형수를 보고 인상을 찌푸렸다.

머쓱해하면서도 형수가 그의 코앞으로 얼굴을 들이밀었다.

"내 너무 급해, 앞 뒤 가릴 새가 없었다네."

"뭔 일인데?"

"사람 하나만 찾아주게. 당장 찾아야 해."

"누군데?"

"계집애일세. 이리 생겼네."

왕초 가까이 있는 지필묵을 끌어온 형수가 재빨리 그림을 그렸다. 금세 종이 위에 덕이의 얼굴이 그려졌다.

"키는 내 어깨까지 오네. 흰 소복을 입고 있을 것이야."

"미친년 하나가 도망쳤는갑네."

귀를 후비적거리며 무심히 내뱉는 말에 잠깐 생각하던 형수가 고개를 끄덕였다.

"맞아. 아픈 여자애네. 그러니 꼭 빨리 찾아야해."

"이름은 뭔데?"

"덕이인데, 아마 지가 절대 덕이라고 안 할 걸세."

"그카겠지. 지가 미친년이라고 하는 미친년이 세상 천지에 어디 있드나."

"부탁 좀 하네. 꼭 좀 부탁하네."

“걱정 마소. 내 한식경 내에 찾아줄게. 한양 바닥이야 한식경이면 끝이제. 찾아서 옥루각으로 보내면 되나?”

“아니. 찾으면 정신을 잃게 만든 뒤 이불로 둘둘 싸서 옥루각으로 들고 오게. 누군지 아무도 몰라보게 말일세.”

“하긴 미친년이 가겟집 드나드는 걸 어느 술손님이 좋아하겠노. 그라는 게 낫겠네. 워메, 이 겨울에 뭐 주워 먹을 게 있다고 미친년이 집 밖으로 기어나왔노.”

끙, 소리를 내며 왕초가 자리에서 몸을 일으켰다.

“그럼 난 가서 기다리고 있겠네.”

“걱정 마소.”

왕초가 두툼한 솜옷을 챙겨 입는 것을 본 뒤 형수가 자리를 빠져나왔다.

움막에서 나오면서 형수가 조심스럽게 주변을 살폈다. 보는 시선이 없는 것을 확인한 뒤 그는 재빨리 거지촌을 벗어나 거리 사람들 속으로 몸을 숨겼다.

월향이 어찌 기생이 되었는지는 한양 바닥에서는 모르는 사람이 없을 정도로 유명했다. 스스로 궁금해하기도 전에 형수는 제 어미가 왜 기생이 되었는지 알게 되었다.

월향의 아비와 어미는 모두 서자 출신이었다. 벼슬길에 나가지 못해 쌓인 울분을 아비는 영특한 딸, 월향을 가르치면서 풀어냈다. 어려서부터 딸은 미색이 뛰어났으나 아비가 사랑한 것은 그 인물을 능가하는 총명함이었다. 그러나 늘 지나친 것은 모자람만 못한 법이다. 열네댓 살이 되었을 때 월향은 제 앞에 놓인 한계를 자각했다.

끽해야 중인 집안, 혹은 그보다도 못한 집안에 시집을 가 일생을 죽어지내야 했다. 그것이 이 나라에서 태어난 여인의 팔자였다. 그나마 양반 여인네들은 신사임당을 꿈꾸며 자식 교육에 힘을 썼다. 그러나 월향은 그것을 꿈꿀 수도 없었다. 뛰어난 자식을 낳는다 한들, 그 자식은 벼슬길에 나갈 수 없었기 때문이다. 아무것도 하지 못한 채 골방에서 그저 그렇게 살다 가긴 싫었다.

열다섯 살 생일날, 월향은 제 발로 걸어 기방에 찾아갔다. 서얼이긴 했으나 양반 소생에 집안 역시 넉넉했음에도 불구하고 그녀는 기생이 되기를 자청한 것이다. 적어도 그것이 스스로 이름을 남기는 여인이 될 수 있는 유일한 방법이기에 그랬다.

쓰러진 덕이를 내려다보며 형수는 새삼 제 생모의 이야기를 떠올렸다. 떠올리려 애를 써 생각난 것이 아니었다. 저절로 떠올랐다. 그리고 그 순간까지도 이해 가지 않았던 제 어미의 심정을 조금은 이해할 수 있을 것 같기도 했다.

정신이 돌아오는지 미동도 없던 덕이의 몸이 움찔했다. 그 순간 형수는 말 그대로 만감이 교차했다. 배신감과 분노, 후회와 짜증, 안도와 원망 등 온갖 감정이 순식간에 형수를 덮쳐왔다. 이 일이 어찌 흘러갈지 한 치 앞을 알 수 없으나 지금의 심정으로는 산에게 달려가 물리고 싶었다.

허나 계속 가야 한다면, 일단 마음을 다잡아야 했다. 형수가 복잡한 속내를 숨기고 표정을 가다듬었다.

덕이는 정신이 차츰 돌아오고 나서도 한동안 눈앞이 흐릿해 앞을 제대로 볼 수 없었다. 느리게 눈을 감았다 떴다. 아까 쓰러지면서 얻어맞은 목 뒤가 욱신거렸다.

"정신이 드느냐?"

많이 듣던 목소리에 비로소 그녀의 흐리멍덩하던 정신이 제대로 돌아왔다. 여기는……. 찬물이라도 끼얹은 것처럼 후다닥 일어나 앉더니 사방을 휙휙 둘러보았다. 별당이었다. 스스로 도망갔던, 그곳에 돌아와 있었다.

"이게 어찌, 어떻게……."

거지들이 쫓아와서 따라오지 말라고 고함을 질렀던 것까진 기억난다. 그러다 실랑이가 벌어졌고, 얻어맞은 뒤 정신을 잃고 쓰러졌다. 그런데 왜 자신이 여기 있는 것일까.

"네가 도망가면 도망쳐질 줄 알았더냐."

말투가 칼끝처럼 서늘하게 느껴져 팔다리가 오그라들고 오금이 저렸다. 겨우 쳐다본 형수의 표정은 바윗덩어리처럼 서늘하게 굳어 있었다. 단 한 번도 본 적 없는 얼굴이었다. 그제야 덕이는 예상보다 심상치 않은 분위기를 감지했다.

자주 보진 못했으나 형수는 늘 사람 좋게 웃는 얼굴을 했다. 속이 없는 사람이라고 모두 수군거릴 정도였다. 형수는 노비들도 함부로 대하지 않았다. 고함을 지른 적도, 사납고 모진 행동을 한 적도 없었다. 어쩌면 형수가 따라오라고 했을 때 어딜 가는지 모르면서도 선뜻 나설 수 있었던 것은 덕이가 그를 좋은 사람이라고 생각하고 있었기 때문이다. 저 사람은 좋은 사람이니까 나에게 나쁜 짓은 하지 않을 거라는 믿음이 있었다. 그래서 지금 저 목석 같은 얼굴은 덕이에게 낯설었다. 표정을 싹 지우고 드러난 그의 얼굴이 이리 얼음장처럼 차가울 줄은 꿈에도 몰랐다.

"하기 싫은 게냐? 그만두고 싶으냐?"

"그게, 그것이, 그것이 아니오라……."

오늘 월향이 덕이에게 가르친 것은 저분질이었다. 숟가락으로 대충 비벼진 밥을 후딱 먹기만 해왔던 덕이에게 저분질은 결코 쉽지 않았다. 일단 제대로 잡는 데만도 한참이나 걸렸다.

겨우 제대로 잡긴 했으나 힘 조절을 해 음식을 집는 건 절대로 불가능한 일처럼 생각되었다. 음식이 앞에 있는데, 배가 꼬르륵거리는데, 덕이는 그 차려진 음식을 단 한 입도 먹을 수가 없었다. 오늘은 제대로 저분질을 하지 않으면 아예 먹지 못한다는 월향의 명이 있었기 때문이다. 말 그대로 그림의 떡이었다.

노비 시절, 눈앞에 두고도 못 먹는 그림 같은 음식을 볼 때마다 서러웠는데 먹을 수 있는 음식이 눈앞에 있는데도 고작 저분질을 못해 먹을 수 없다 생각하니 서러움이 배가 되었다.

그나마 '배부르고 등 따신 노비' 라고 생각하며 고생을 참으려 했지만 배조차 불릴 수 없다니 기가 막혔다. 밥도 못 먹으면 이 짓을 왜 하나, 이건 노비보다도 못하다, 그런 생각에 이르자 울화통이 터져 도저히 가만히 있을 수가 없었다.

깊게 생각하고 한 짓은 아니었다. 욱하고 서러운 마음에 저지른 행동이었다. 돌아올 생각이었다. 사실 나오자마자 제 행동을 후회했다. 당장 돌아가지 않은 것은 그저 오기였다.

"하기 싫으면…… 하지 않아도 된다. 여기서 그만할 수도 있다."

형수의 말투는 침착하고 고요했다. 덕이가 놀라 더듬거리는 시선으로 형수를 조심스럽게 올려다보았다. 형수가 소매에서 무언가를 꺼내 툭, 덕이 앞으로 던졌다.

"대신 네가 죽어줘야겠다."

은장도였다.

"되련님!"

다급하게 외쳤으나, 형수의 시선은 이게 장난이 아님을 분명히 보여주려는 듯 조금의 떨림도 없었다.

"네 호적을 주겠다…… 약속한 이가 누군지 아느냐?"

알 길 없는 덕이가 천천히 고개를 저었다. 울먹한 두 눈에 비친 형수가 제 형태를 갖추지 못한 채 일렁거렸다.

"나라님이시다."

덕이의 온몸이 그대로 굳었다.

처음엔 이 나라님이 그 나라님인지 도통 연결이 안 되어 무슨 말인가 싶었다. 그러다 이게 만약 사실이라면 차라리 모르는 게 더 나은 거라고 생각했다. 왜냐하면 자신이 감당할 수 있는 무게가 아니었기 때문이다.

나라님이라니…….

덕이는 숨 쉬는 것조차 잠시 잊을 정도로 모든 게 멈춘 것만 같았다. 한참을 그대로 있다가 뒤늦게 참고 있던 숨을 토해냈다.

"이 일은 매우 큰일이고, 절대로 밖으로 알려져서는 안 되는 위험하고 비밀스러운 일이다. 그러니 네가 이 일을 더 이상 안 하겠다면, 죽어줘야 한다."

뒤늦게 숨이 터진 덕이가 헉헉거렸다. 숨을 헐떡이는 덕이가 얼마나 놀랐는지 여실해 보여도 형수에게선 조금의 자비도 찾아볼 수 없었다.

"그럼, 정말, 정말로 제가, 제가 요조숙녀가 되면, 대갓집에 시집을 간단 말씀이십니까요? 그 말씀이 진짜였다구요?"

"그럼 내가 널 데리고 농이라도 치는 줄 알았느냐?"

형수가 기막혀 하며 웃었다. 덕이가 확인을 하고 다시 멍해졌다.

요조숙녀. 정경부인. 물론 거짓이란 생각은 하지 않았다. 그러나 그다지 진실이라고 와 닿지도 않았다. 절반쯤은 믿었고 절반쯤은 제가 홀린 거라 생각했다. 어쩌면 절 데리고 장난을 치는 거라는 의심 역시 마음 한편에 가지고 있었다.

"어찌하겠느냐? 죽겠느냐?"

덕이가 마른침을 꿀꺽 삼켰다. 이젠 좀 다른 의미로 무서워졌다. 바싹 마른 입술 끝이 달달 떨렸다.

"만약, 만약에 말입니다요, 제가 안 되면요? 요조숙녀가 안 되면 그땐 어떻게 됩니까요? 그때 제 목숨은요? 요조숙녀가 안 되면 그때도 전 죽는 겁니까요?"

"너와 혼인할 집에서 매파를 보낼 것이다. 매파가 보고 나면, 그 집 아들과 아비가 널 선 볼 것이다. 그들이 널 택하지 않으면 이 일은 실패다. 실패한다면, 실패하는 것이지. 그건 그냥 이 일의 실패로 끝날 뿐 굳이 죽이진 않을 것이다."

"그런데 왜 지금은 죽어야 합니까요?"

"네가 지금 안 한다고 하면, 너를 대신할 다른 아이를 찾아야 한다. 그리고 그 아이가 그들 앞에 선보이는 그날까지 이 일은 비밀에 붙여져야 한다. 비밀을 지킬 가장 강력한 방법은 비밀이 애초에 새나가지 않게 만드는 것이다. 네 입을 막으려면…… 널 죽이는 게 가장 좋은 방법 아니겠느냐?"

눈 하나 깜짝하지 않고 태연하게 죽음을 말하는 형수가 저승사자처럼 무서워 덕이는 몸을 부르르 떨었다. 여기서 안 한다고 하면, 죽을 것이다. 지금 이리 죽으면 개죽음이다. 이리 죽을 수는 없었다.

"하겠…… 하겠습니다. 앞으로 잘하겠습니다. 살려주십시오. 잘못했습니다요."

일단 이 위기는 넘기고 다른 방법을 강구해야 했다. 두 손을 모아 쥐고 싹싹 빌었다. 일단은 살아야 했다. 얼마나 그렇게 빌었을까, 형수가 자리에서 일어나더니 한마디를 남기고 나가버렸다.

"일단 오늘은 쉬어라."

문을 닫고 등을 돌리는 순간, 그의 표정은 다시 복잡해졌다. 체한 것 마냥 가슴이 답답했다.

차라리 손을 붙잡고 네 심정을 충분히 이해하나 좀 도와달라고 부탁하는 것이 솔직했을 것이다. 그러나 왜 그리하지 못했을까. 답이 없는 질문을 할 때마다 자신의 종아리를 때리던 스승과 다를 바가 없는 짓을 해버렸다. 자괴감을 느끼며 형수가 탄식했다.

달빛 어린 꽃

문방사우를 들고 별당으로 향하는 발걸음이 무거웠다. 월향에게 덕이를 되돌려놓으라는 잔소리를 또 들은 탓이었다. 별당 앞에 선 형수가 긴 한숨을 내쉬었다.

열흘 전 그 사단 이후 덕이는 확실히 이전보단 얌전해졌다. 아니, 기가 죽었다고 표현하는 게 옳았다. 덕이는 더 이상 떼를 쓰거나 울거나 투덜거리지 않았다. 시키는 대로 고분고분 제 일을 하였다. 그러나 오히려 월향은 그런 덕이를 보고 못마땅해 했다.

"순종적인 것과 기에 눌린 것은 달라. 대체 애에게 무슨 소리를 했기에 저렇게 세상 다 산 계집처럼 군단 말이냐. 저리 다 죽어가는 계집을 어느 사내가 좋아하겠느냐? 심지어 최대관은 아내를 병으로 잃은 자다. 그런 자가 저리 마른 꽃 같은 계집에게 흥미를 느끼겠느냐?"

덕이가 도망쳤다 돌아왔을 때 월향은 예상 외로 그녀에게 아무 말도 하지 않았다. 어딜 갔다 왔느냐고도 묻지 않고 어쩔 셈이냐고 다그치지도 않았으며, 왜 그랬냐고 혼내지도 않았다. 마치 아무 일도 없었던 사람처럼 태연하게 덕이를 대했다. 그러나 이미 형수에게 단단히 혼쭐이 난 덕이는 이전과 달라져 있었다. 월향은 그런 덕이의 변화를 결코 달가워하지 않았다.

"다시 살려내라. 저런 계집은 가르쳐봤자 소용이 없어. 나무토막이나 돌덩어리도 저것보단 낫겠구나."

형수는 월향이 왜 그러는지 이해할 수 없었다. 제 눈엔 그저 얌전해보이기만 해서 다행이다 싶었다. 저녁 공부도 시키는 대로 하고 더 이상 자신을 난처하게 하는 질문도 하지 않았다. 풀이 죽긴 했으나 그게 월향의 말처럼 그리 큰 문제라고는 생각되지 않았기에 형수는 월향의 말을 이해하기 어려웠다. 그러나 계집에 대해서 월향에게 제가 감히 말할 처지가 아니라 그저 그러마 하고 돌아서는 수밖에 없었다.

왜 살려내야 하는지, 어떻게 살려내야 하는지 도저히 모르겠는데 매일매일 월향에게 잔소리를 듣자니 형수는 말 그대로 죽을 맛이었다.

신을 벗고 마루에 올라서자 조용히 문이 열리더니 순이네가 나왔다.

"오셨습니까요."

"어, 그래."

방안을 흘깃 보자 덕이가 고개를 숙인 채 문 옆에 서 있었다.

방안으로 들어서자 등 뒤로 소리 없이 문이 닫혔다.

형수가 자리에 앉는 걸 보고 덕이가 그 옆에 다소곳이 자리했다. 확실히 나날이 덕이의 자태는 점점 더 곱게 변하고 있었다. 머리와 피부에는 윤기가 흘렀고, 말투나 행동거지 역시 예전과 비교할 수 없을 정도로 조신해졌다.

새삼스러운 표정으로 형수는 한참 동안 덕이를 머리끝에서 발끝까지 꼼꼼히 살펴보았다. 훑어보는 시선을 느낀 덕이가 고개를 들었다. 덕이와 시선이 마주치는 순간 형수는 월향이 한 말을 이해할 수 있었다. 빛이 없었다. 덕이가 가진 특유의 그 반짝임이 눈 속에서 사라졌다. 형수가 외면하며 고개를 돌렸다.

"오늘은 글공부를 할 것이다."

"네."

형수가 책상 위에 주섬주섬 문방사우를 펼쳐놓았다.

"이것이 벼루, 이 네모난 것이 먹이다. 알다시피 이게 붓이고, 이것이 종이야. 이 네 가지를 일컬어 문방사우라 한다. 이렇게 벼루에 물을 적당히 부은 후 먹으로 갈면 물이 검게 변하는데 그것을 붓에 담뿍 찍어 종이에 쓰면 되는 것이다."

덕이가 알겠다는 듯 고개를 끄덕였다. 실제로 이미 알고 있는 것들이기도 했다. 월향의 방에서 봤던 것들이고 제 어미가 안채에 출입할 때 마님의 방에서 봤던 것들이다. 그것들을 어떻게 쓰는지 역시 어깨 너머로 훔쳐보았기에 대강은 알고 있었다.

"먹을 한 번 갈아보아라."

그래서 덕이는 속으로 이건 좀 할 만하다고 생각했다. 오늘은 일

찍 공부를 마치고 자리에 들 수 있겠다는 기대마저 생겼다. 그러나…….

"먹이 다 튀질 않느냐?"

결코 덕이의 생각처럼 만만하지 않았다. 먹을 가는 것부터 난제였다. 월향에게 행동거지를 단단히 배우고 있는 중이고 이전보다 많이 나아졌다고는 하나 여전히 손끝은 야물지 못했다. 나름대로 조심했음에도 불구하고 덕이의 흰 옷에 먹이 튀어 얼룩이 났다. 순이네에게 한소리 듣는 것은 물론이거니와 월향에게 혼구멍이 날 것도 분명했다. 자신도 모르게 어깨를 늘어뜨렸다.

"자, 이렇게 이렇게 부드럽게 가는 것이다. 어린아이 다루듯이, 조심스럽게."

등 뒤로 형수의 몸이 닿아오더니 이내 덕이의 손 위에 형수의 손이 겹쳐졌다.

느리고 부드럽게 먹이 벼루 위를 움직였다. 물이 점차 검게 변했다. 조금의 물도 옷에 튀지 않았다.

덕이가 홀린 듯이 벼루의 물이 변해가는 것을 지켜보았다.

색이 진해질수록 말갛던 물이 점점 빽빽해졌다. 그리고 곧 방안으로 짙은 먹향이 퍼져나갔다. 쌉싸래한 향이 썩 좋았다.

슬그머니 형수가 먹에서 손을 뗐다. 그러나 형수가 손을 뗀 것도 모른 채 덕이가 집중한 표정으로 계속해서 먹을 갈았다.

고개를 옆으로 기울여 덕이의 얼굴을 바라보았다. 확실히 달랐다. 시키는 대로 책을 읽을 때는 이런 표정이 아니었다. 지금 이 얼굴이 어제나 그제의 얼굴보다 훨씬 좋았다. 풀 죽었던 덕이의 두 눈이 서서히 빛나고 있었다. 그 모습에 그의 기분 역시 한결 좋아졌다.

먹을 갈던 덕이가 이상한 분위기에 곁눈질을 하다 형수와 눈이 딱 마주쳤다. 그의 두 눈이 오롯이 자신만을 보고 있었다. 그런 얼굴은 또 처음이라 덕이가 자신도 모르게 긴장했다. 제가 뭘 또 잘못한 건가, 먹은 이렇게 가는 게 아닌가 싶어 몸이 점점 뻣뻣해졌다.

"이만하면 되었으니 이제 붓을 잡아보자. 따라해보거라."

형수가 시범을 보인 뒤 덕이에게 붓을 넘겼다.

"자, 이 붓대를 사이에 두고 엄지손가락은 뒤로 하고 나머지 두 손가락은 앞으로 해서 잡는 것이다. 그리고 네 번째와 다섯 번째 손가락으로 붓을 받치는 거다. 옳지."

그다지 어렵지 않게 붓 잡는 법은 끝났다.

형수는 덕이를 종이 앞에 자리하게 한 뒤 자세를 교정해주었다. 허리는 곧게 펴고 오른팔의 팔꿈치가 겨드랑이에 붙어선 안 된다. 어깨와 수평이 되도록 팔을 들어야 하며 손과 붓대는 수직이 되도록 해야 했다. 붓대가 꺾이거나 휘어져서도 안 되었다.

형수가 잡아주는 자세는 생각보다 어려웠다. 덕이의 오른쪽 어깨가 뻐근해지면서 붓 끝이 달달 떨렸다. 이내 털썩, 덕이의 팔이 바닥에 떨어졌다.

"못하겠습니다요. 이러고 가만히 있기도 힘든데 어찌 글씨를 씁니까요."

덕이가 입을 삐죽거리며 툴툴거렸다. 왈칵 짜증이 치솟은 탓이다.

차라리 가만히 앉아 글을 읽는 게 나았다. 그동안은 딴 생각을 하면서 듣는 척이라도 할 수 있었는데 이리 다시 집중해야 하는 일을 하자니 몸이 들썩거렸다. 아까 먹을 갈 때가 딱 좋았다. 반듯하게 자세를 잡아야 하는 일은 여전히 덕이에게 고역이었다.

그 모습을 가만히 보던 형수가 제 붓을 벼루에 담갔다. 먹을 흠뻑 스며들게 한 후 벼루에서 붓을 가다듬더니 앞에 놓인 종이에 글을 쓰기 시작했다.

花是山中曆

"읽어보아라. 읽을 수 있는 글자가 있느냐?"

꼬불거리는 낯설 글자 틈에서 덕이가 익숙한 글자를 찾아냈다.

"산. 중."

칭찬을 바라는 얼굴을 하고 덕이가 고개를 들었다.

"제법이구나."

기특하다는 듯 웃어준 형수가 이번엔 글자 아래 언문을 적었다.

"읽어보아라."

"화시산중력."

"맞다. 그것이 한자의 음이다. 한자는 음을 읽는 것이다. 이제 이 한자의 뜻을 알려주마."

큼지막하게 쓴 언문 앞에 그보다 작은 글씨로 한자의 뜻을 언문으로 적기 시작했다.

"자, 함께 읽어보아라."

"꽃 화, 옳을 시, 뫼 산, 가운데 중, 책력 력."

"그렇다. 적어준 뜻으로 이 구절을 한 번 해석해보아라."

"꽃이 옳다, 산 가운데, 책력?"

"잘 하였다. 이것은 바로 꽃은 산 속의 달력이다, 라는 뜻이다."

덕이가 포옥 한숨을 내쉬며 어깨를 떨어뜨렸다.

"어렵습니다."

"쉽진 않을게다."

"쉽지 않은 게 아니라 못할 것 같습니다. 무슨 수로 제가 이 글들을 다 깨칩니까?"

"여러 번 계속 쓰면 안 되겠느냐?"

"못해요, 못합니다. 이건 못해요. 글쓰기도 못하는데 한자까지 외우라니, 이건 아닙니다요."

덕이가 고개를 절레절레 저으며 뒤로 물러나 앉았다. 안 그래도 낮에 하는 공부도 고된데 글까지 외우고 쓰라니 이러다간 별당아씨가 되기도 전에 제가 죽을 것 같았다.

형수의 겁박에 일단은 시키는 대로 하고 있지만 여전히 마음 한편으로는 수틀리면 내뺄 생각도 여전했다. 나라님이라는 말과 죽어야 한다는 말을 듣는 순간 이 일이 제 생각처럼 가벼운 일이 아니라는 것을 알게 되었다. 언제고 자칫 잘못하면 저는 죽을 것이다. 그러나 그리 허망하게 죽고 싶진 않았다. 만약 위기의 순간이 오면 도망가리라, 마음속으로 단단히 결심했다. 그러기 위해서 일단은 의심의 시선을 피해야 했기에 얌전히 있는 것뿐이다. 덕이는 이 이상 더 노력할 생각은 없었다.

지금까지 덕이가 해본 결과 별당아씨가 되어 좋은 점이라곤 단 하나도 없었다. 하다못해 잠조차 실컷 잘 수 없었다. 말만 별당아씨지, 아침 닭이 울기 전부터 깨어나는 건 노비 때와 똑같았다. 그뿐인가. 예전엔 대충 눈곱만 떼면 됐는데 이젠 두어 시간에 걸쳐서 씻어야 했다. 이리 씻어대다간 제 몸뚱이가 남아나지 않을 것 같단 생각이 들 정도였다. 먹는 건 또 어떻고! 배부르고 맘 편하게 먹지도 못했다. 순서에 맞춰서 그것도 약간 모자란 듯 먹어야 했다. 물 한 모금조차 정해진 것만 먹어야 했다. 말조차 제가 원하는 대로 하지 못했다. 목소리도 제 목소리를 낼 수 없었다. 이건 노비보다 더 했다. 그렇다고 해서 노비 때 하던 일을 안 하느냐, 그것도 아니었다. 수놓기를 한단 이유로 여전히 덕이의 손엔 바늘이 들려 있었다. 심지어 수놓기는 덕이가 여태껏 해왔던 바느질보다 훨씬 까다로웠다. 이리보고 저리 봐도, 옆으로 보고 뒤집어봐도 요조숙녀는 노비보다 하등 나을 게 없었다. 잠도 원대로 못 자고, 먹을 것도 맘대로 못 먹고, 말도 못하고 행실도 함부로 하면 안 된다니 말이다. 덕이는 시집 보내준다는 말에 덥석 하겠다 나선 어리석은 자신을 탓하고 또 탓했다.

절대 못한다는 덕이를 보며 한참 동안 곰곰이 생각하던 형수가 무릎을 딱 쳤다.

"그럼 쓰지 않고 외우는 건 어떻겠느냐? 너 외우는 건 잘하지 않느냐? 글을 못 쓰겠다면 내가 시를 읊어주마. 듣고 외우거라. 시는 짧아 외우는 것이 결코 어렵지 않을 것이다."

덕이는 귓등으로 들은 말도 잘 기억했으며, 상황에 따른 임기응변도 뛰어났다. 눈치 역시 기가 막히게 빨랐다.

형수의 제안에 덕이가 잠깐 솔깃하다 이내 고개를 저으며 짜증을 부렸다.

"대체 시가 뭔데요? 시가 뭔지도 모르는데 무조건 듣고 외우라구요? 못합니다, 못해요."

시가 뭔지 알아야 외울 수 있다 없다 말할 것이 아닌가. 덕이가 인상을 잔뜩 찌푸린 채 툴툴거렸다.

"아, 시. 네가 방금 읽은 그게 바로 시다."

"그게…… 시라구요?"

"그래, 그것이 시다."

형수가 다시 붓을 잡고 글을 쓰기 시작했다.

花是山中曆(화시산중력) 꽃은 산속의 달력이요

風爲靜裏賓(풍위정리빈) 바람은 고요 속의 손님일세

恨無沽酒債(한무고주채) 한스럽기는 술 사올 돈이 없고

又欠過墻隣(우흠과장린) 담 너머 불러올 이웃도 없네

竹塢涼吹急(죽오량취급) 대숲 언덕에 찬바람 불어오고

松窓月色新(송창월색신) 솔숲 사이 창으론 달빛이 새롭네

閑吟聊遣寂(한음료견적) 한가로이 노래하며 고요함을 즐기노니

箇是道中人(개시도중인) 이게 도를 안다는 사람이라

“김시습이라는 분이 쓴 〈민극〉이라는 시다. 이렇게 자신의 속마음을 짧은 글로 쓰는 것이 시라는 것이다.”

“그럼 혹시 시경이 시를 모아놓은 책입니까요?”

“그렇다. 전에 여훈서에 나온 시경이 시를 모아놓은 책을 뜻하는 것이다.”

덕이가 그제야 알겠다는 듯 고개를 끄덕였다.

“할 수 있겠느냐?”

“해보지요.”

“내가 언문으로 시를 적어주고 갈 터이니 너는 그것을 읽고 몽땅 외워라. 일단은 시를 외우기만 해도 그자와 대면하는 데는 큰 문제가 없을 것이다. 연서가 오면 그것은 내가 대필을 해주면 될 일이니.”

“그럼 오늘 글쓰기는 아니 하는 것입니까?”

“아니. 그래도 글쓰기는 해야지. 글쓰기는 할 것이다. 적어도 붓은 잡을 줄 알아야 할 것 아니냐.”

형수가 눈짓으로 붓을 가리켰다. 입이 댓 발이나 나온 덕이가 다시 붓을 잡았다. 허리를 펴고 아까 시킨 대로 자세를 바로 하자 곧 손이 가늘게 떨리기 시작했다. 진짜 이건 아닌 것 같으니 못하겠다 말하려는 순간, 단단한 손이 붓 위를 잡아왔다.

“천천히, 호흡을 가다듬어라. 글을 쓸 땐, 숨을 크게 쉬는 법이 아니다. 붓이 종이에 닿아 있는 동안에는 숨을 참고, 붓이 종이에서 떨어지면 그제야 숨을 몰아쉬는 것이다. 일단은 손에 힘을 풀고 내가 쓰는 대로 따라오면서 네 호흡에만 신경 쓰거라."

등 뒤로 다가온 형수가 덕이의 뒤에서 붓대 위쪽을 잡고 있었다. 덕이가 몸의 긴장을 풀었다. 붓대를 쥔 형수가 종이 위에 힘차게 붓을 눌렀다. 그리고 단번에 한 일자를 그은 뒤 붓을 뗐다.

"이리하면 되는 거다. 일단 오늘 하루는 이것만 연습해보거라."

형수가 말을 할 때마다 따뜻한 입김이 덕이의 귓불을 스쳐 지나갔다. 자신도 모르게 몸이 움츠러들었다. 아까보다 더 손이 떨렸다.

"다시 하자. 자, 잘 보아라."

형수의 따뜻한 가슴이 덕이의 등 뒤에 닿았다.

제 심장 소리인지, 형수의 심장소리인지 알 수 없는 심장박동이 온몸을 울려서 덕이는 글씨에 조금도 집중할 수 없었다. 형수의 낮은 숨소리와 익숙하면서도 낯선 체취에 왈칵 어지러움이 밀려왔다. 형수의 도포 아래 드러난 사내다운 단단한 팔목에 푸른 핏줄이 도드라졌다. 붓이 움직일 때마다 형수의 손끝이 덕이의 손에 닿았다.

덕이가 어깨를 움찔하며 몸을 움츠리자 형수가 긴장한 탓이라 생각한 모양인지 다른 손으로 그녀의 어깨를 붙잡았다.

"어깨를 펴래도 그러는구나. 처음에는 바로 꾹 누르는 것이 아니라 이렇게, 붓이 갈 길을 내야 한다. 안으로 살짝 들어가면서 붓을 정리한 뒤 꾹 누른 후에 살짝 떼어내서 쭉 긋는 것이다. 그리고 다시 꾹 누른 뒤 붓 끝으로 글자를 정리해주면서 붓을 떼어낸다. 자, 다시 보거라. 시작할 때와 끝날 때 붓 끝을 잘 보아야 한다. 자, 이제 알겠느냐?"

형수가 자세한 설명을 마쳤음에도 덕이는 아무 대꾸가 없었다. 응당 나와야 하는 반응이 없자 이상하다 여긴 형수가 고개를 돌려 덕이를 보려 했다. 그러나 고개를 다 돌리기도 전에 덕이의 볼이 형수의 턱에 닿았다.

그제야 형수는 제가 덕이를 거의 품에 안고 있다는 것을 깨닫고 놀라 후다닥 떨어졌다. 갑자기 품에서 떨어져 나온 덕이가 자기도 모르게 고개를 돌려 형수를 보았다. 두 사람의 눈이 마주친 순간, 둘 다 누가 먼저랄 것 없이 화들짝 놀라며 황급히 고개를 돌렸다.

한동안 두 사람 사이에는 어색한 침묵이 흘렀다. 덕이는 붉어진 얼굴을 숨기느라 고개를 숙인 채 아무 말을 할 수 없었고, 형수 역시 헛기침을 하며 딴청을 피울 뿐이었다.

"혼자, 혼자 해보겠느냐?"

"네? 네."

덕이가 주섬주섬 고개를 끄덕이며 붓을 다시 잡았다.

애써 심호흡을 하고는 먹을 찍은 붓을 벼루에서 가다듬은 뒤 자세를 바르게 하여 글을 쓰기 시작했다. 허나 여전히 손이 후들거려 지렁이 기어가는 것 마냥 글자가 삐뚤삐뚤했다. 대체 일자로 쭉 긋는 것이 왜 안 되는지, 제가 하면서도 덕이는 답답해 죽을 것만 같았다.

오기가 생긴 덕이가 입술을 앙 다문 채 다시 붓을 잡았다. 다시, 또 다시. 그러나 아무리 해도 그다지 나아지는 건 없었다. 덕이가 씨근덕거리며 숨을 몰아쉬었다. 다시 씩씩거리며 먹에 붓을 찍는 순간, 형수가 가만히 그 붓을 붙잡았다.

올려다보니 형수가 달래는 시선으로 고개를 젓고 있었다.

"그렇게 계속 한다고 되는 게 아니다. 글쓰기는, 어느 정도 시간이 필요하다. 이미 네 손이 많이 떨리고 숨이 가쁜데 계속한다 한들 무슨 소용이 있겠느냐. 두어라."

"그럼 언제 됩니까? 언제 하며 되는 건데요?"

"네 마음이 좀 가라앉아야 되겠지."

형수가 느긋하게 웃었다.

"놀리지 마십시오."

"놀리는 것 아니다. 고것 성질머리하고는."

금세 발끈하는 덕이를 보며 고개를 절레절레 저었다. 새 종이를 제 앞에 끌어와 형수가 글을 쓰기 시작했다. 언문이었다.

"내 마음 베어내어 저 달을 만들고저, 구만 리 장천에 번듯이 걸려 있어 고운 임 계신 곳에 가 비추어나 보리라."

형수가 쓴 글을 덕이가 천천히 소리 내어 읽었다.

"어떠냐?"

"마음을 베어내어 달을 어떻게 만듭니까?"

눈을 동그랗게 뜨고 반문하자 형수의 입에서 절로 웃음이 터져나왔다. 정말 이렇게 순수하게 소리 내어 웃어본 적은 몇 년 만에 처음이었다. 한 번 터진 웃음은 아무리 애를 써도 멈추질 않았다.

또 다시 저를 놀리는 거라 지레 짐작한 덕이의 얼굴이 순식간에 붉어졌다.

"놀리지 마시라니까요!"

"놀리는 게 아니다. 그게 아니라……."

형수가 자꾸만 새어나오는 웃음을 꾹꾹 참느라 얼굴이 더 이상하게 일그러졌다. 덕이 눈치를 살피니 머리에서 뿔이 튀어나와도 하등 이상하지 않을 정도로 잔뜩 골이 난 얼굴이었다. 얘 이러다가 또 한 번 뒤집어지겠다 싶어 애써 참으려 해도 밑 빠진 독 마냥 자꾸만 실실 새는 웃음은 막을 수가 없었다.

그런 속을 알 리 없는 덕이는 입이 한 발이나 튀어나왔다. 썰어내면 한 근이나 나올 듯이 툭 튀어나온 그녀의 입술을 아프지 않게 손가락으로 튕기며 형수가 헛기침을 했다.

"그런 생각을 하는 게 신기해서 그런다."

"무슨 생각이요?"

"그런 생각. 어떻게 마음을 베어내서 달을 만드냐는 생각."

"이 생각이 왜 신기합니까요? 이 시가 더 말이 안 됩니다. 마음을 베어내면 사람이 죽지, 삽니까? 그럼 죽은 사람 마음으로 만든 게 달이라는 겁니까?"

"그것이 아니라, 이런 시는 상황을 빗대어 표현하는 것이다. 내가 임을 너무 그리워하는 마음, 그 마음을 달로 표현한 것이야. 내가 임이 너무 그리운데, 이 그리운 마음이 달이 된다면 여기 있지 않고 임 계신 곳으로 가서 임을 볼 수 있지 않을까 하는 것이지. 지금 볼 수 없는 임을 그렇게 해서라도 보고 싶은 마음을 시로 쓴 거란 말이다."

여전히 덕이는 이해할 수 없다는 듯 고개를 갸웃거렸다.

잠깐 생각하던 형수가 다시 글을 쓰기 시작했다.

"자, 이건 어떠하냐?"

"그리운 그대를 만날 길은 꿈밖에 없는데 내가 그대를 찾아가면 그대 나를 찾아 떠났네. 바라건대 다른 날 꿈속에 아득히 한시에 출발해서 오가는 길에 만나기를."

덕이의 미간에 주름이 생겼다.

"이 시도 임과 나는 떨어져 있네요?"

"그렇지. 이제 그건 알겠느냐."

"그건 아까도 알았습니다. 저 시 쓴 이가 가슴을 자르니 마니 해서 이해를 못했던 거지."

입을 삐죽거리며 덕이가 형수를 밉지 않게 노려보다 다시 적혀진 시를 향해 눈길을 돌렸다.

"그런데 나도 임을 찾아 떠났고, 임도 나를 찾아왔는데 못 만난 겁니까?"

"길이 엇갈려서. 나는 임의 꿈속을 찾아가고 임은 나의 꿈속을 찾아왔는데 그 오가는 길이 엇갈려서 만나지 못한 것이다. 그래서 다음번엔 엇갈리지 않고 중간에서 만나지기를 바라는 것이지."

"아!"

덕이가 알겠다는 듯 고개를 끄덕였다.

"이게 더 좋습니다."

"그래?"

"네. 아까 것보다 이게 더 좋습니다. 이런 거 또 있습니까?"

형수가 생각해보느라 눈을 감았다. 잠시 후 다시 붓을 들어 글을 적기 시작했다. 덕이가 턱을 괴고 형수의 앞에 앉아 적혀지는 글을 따라 읽었다.

"열다섯 아리따운 아가씨는 남부끄러워 말없이 헤어져 돌아와 문 닫아 걸고 배꽃에 걸린 달 보며 울었지."

덕이의 눈 꼬리가 축 늘어졌다.

"이건 슬픕니다."

"그래? 이것도 좋으냐?"

"네."

"이게 글쓰기보다 재밌느냐?"

"훨씬 재밌습니다."

덕이의 두 눈이 반짝반짝 빛났다. 드디어 다시 생기를 찾는 듯하자 그는 뿌듯해졌다. 오랜만에 보는 그 표정이 반갑고 진심으로 기뻤다.

"외워야 하는데, 외울 수 있겠느냐?"

"네, 이건 읽고 외울 수 있을 것 같습니다."

"그럼 내가 몇 수 적어주고 가마. 틈틈이 외워놓거라. 그럼 또 다른 것을 가르쳐줄 테니."

"네."

꿀떡같이 대답을 해놓고 덕이는 적어놓은 시를 다시 찬찬히 읽었다. 곁눈길로 시에 골몰해 있는 걸 흐뭇하게 바라보며 형수가 새 종이에 시를 적기 시작했다.

덕이가 다시 흥미와 호기심을 찾게 된 게 기뻤다. 배워야 하는 게 고역처럼만 느껴진다면 누구라도 도망치고 싶을 것이다. 기왕이면 다홍치마라고 배우는 데 재미를 들이면 더 수월한 것도 이치가 아닌가. 진작 이런 수를 써야 했는데, 그러질 못했다는 게 못내 아쉬웠다. 지금부터라도 그러면 될 것이다. 어느새 불안한 마음과 중압감이 조금은 덜어지는 기분이었다.

"무에 갖고 싶은 게 혹시 있느냐? 이것을 다 외우면 상으로 주마."

집중해서 시를 읽던 덕이가 힐끗 형수 쪽을 한 번 쳐다보았다.

"상이요? 밥상을 차려주신다는 것입니까?"

"뭐?"

"상을 주신다면서요."

"……."

아하, 그 상을 그 상으로 착각하는 거구나. 뒤늦게 알겠다는 얼굴로 형수가 고개를 끄덕였다. 덕이는 '상' 이란 말 자체를 모르는 것이다. 덕이의 삶 속에서 덕이가 아는 '상' 은 정말 '밥상' 밖에는 없는 것이다. 늘 해야 할 일만 잔뜩 쌓여 있는 인생에서 무엇인가 일을 더 해 누군가에게 '칭찬' 이나 '상' 을 받는다는 건 있을 수 없는 일이었으니 당연했다.

"밥상이 아니라 상을 말하는 것이다. 상이란 네가 무엇인가를 잘 하면, 잘했다고 칭찬하며 네가 원하는 것을 주는 것이다. 그러니 갖고 싶은 걸 뭐든 말해보거라. 내가 상으로 네게 그것을 줄 것이야."

입을 헤 벌린 채 형수가 한 말을 곰곰이 생각하던 덕이의 표정이 상기되었다. 드디어 상이 무엇인지 이해한 것이다. 덕이에게 있어 그것은 정말 놀라운 일이었다. 무슨 일을 하면, 그 일을 했다고 칭찬하며 원하는 것도 준다니!

흥분을 감추지 못하고 덕이가 형수 가까이 다가가 앉았다.

"정말…… 원하는 것을 말만 하면 주십니까?"

"그래."

"왜요?"

"네가 잘하니까 기특해서."

"제가 해야 되는 일을 하는 건데, 그 일을 한다고 제가 원하는 것을 주십니까?"

어디서부터 설명해야 하는 걸까. 잠시 막막함을 느끼던 형수가 다정하게 웃으며 덕이의 머리를 쓰다듬었다.

"네가 해야 할 일을 하는 것이지만, 열심히 하고 잘하니 예뻐서 내가 무엇인가를 더 해주고 싶어 그러는 것이다. 좋아하는 사람에게 선물을 보내는 것과 비슷하다고 생각하면 될 것이다."

덕이가 마른침을 꿀꺽 삼켰다. 감기에 걸린 사람처럼 이마에서 후끈거리며 열이 났다.

"그냥 주는 게 아니다. 시를 다 외우면 줄 것이야. 그러니 말해보아라. 갖고 싶은 게 무엇이냐?"

그저 기특하니 무엇인가 하나 줘야겠다, 라는 생각으로 가볍게 던졌던 제안이 어느새 진지한 일이 되어버렸다. 형수 역시 이젠 꼭 무엇인가를 해주고 싶었다. 정말로 그리해줘야 제 마음이 편할 것 같았다.

눈을 이리저리 굴리며 생각하던 덕이가 갑자기 좋은 생각이 난 듯 고개를 번쩍 들었다.

"술지게미가 먹고 싶습니다."

"뭐?"

"술지게미요. 그거, 원 없이 한 번 먹어보고 싶습니다."

"아니 허고 많은 것 중에 그 무슨……."

댕기나 노리개를 생각하고 있던 형수가 전혀 예상치 못한 대답에 말을 더듬거렸다.

"잔칫날 술지게미가 나올 때마다 제 차례까지 돌아오는 게 없어서 한 주먹 먹을 똥 말 똥이었습니다. 그거 한 번 배 터지게 먹어보는 게 소원이었습니다. 먹어보고 싶습니다."

양반이 되면 무엇이든 배부르게 먹을 줄 알았다. 그러나 예상과 달리 덕이는 별당에 들어온 이후 단 한 번도 배부르게 음식을 먹어 보질 못했다.

월향은 덕이의 입에 들어가는 모든 것을 철저하게 관리했다. 물 한 모금 맘대로 마실 수가 없었다. 그래서 덕이는 별당아씨가 되고 난 후에도 늘 배가 고팠다. 상으로 술지게미를 받으면 정말 원 없이 먹어보고 싶었다. 잔칫날 감질나게 제 손에 떨어지는 한 주먹도 채 안 되는 술지게미가 얼마나 맛있었는지 모른다. 생각만으로도 입 안에서 군침이 돌았다.

"네? 열심히 외울 터이니, 꼭 그것으로 주시어요. 네?"

덕이가 소맷부리를 붙들고 절박한 표정으로 매달렸다. 황당해하던 형수가 허탈하게 웃으며 고개를 끄덕였다.

"알았다. 내 약조하마."

덕이의 얼굴 가득 미소가 퍼져나갔다.

"갑자기 어쩐 일이십니까?"

"자네를 보러 왔지."

자리에 앉으며 국영이 늘 그렇듯 속내 모르게 씨익 웃었다.

"어찌 되고 있나 궁금해서 들렀네. 무소식이 희소식이라지만, 그래도 잘 되어가나 어쩌나 싶어서 말일세."

"잘 오셨습니다. 안 그래도 근자에 한 번 들러주십사 할 참이었습니다."

"왜? 무슨 일로? 일이 뭐 잘못 되었나?"

"일이 잘못 된 것이 아니라 어머니께서 나리께 부탁할 게 있다 하셨습니다."

"내게? 옥루각 행수님의 부탁이라면 무엇이든 들어드려야지. 어서 가세."

성질 급한 국영이 자리에서 벌떡 일어났다.

"그래, 그 아이 공부는 어디까지 되고 있나? 얼마나 변했나?"

눈을 반짝이며 기대감을 드러내는 투가 역력해 형수는 어떻게 설명해야 할지 잠깐 고민했다.

덕이의 겉모습은 표 날 정도로 한 달 사이에 많이 변했다. 월향의 표현대로라면 처음엔 털 빠진 병아리처럼 볼품이 없었는데 지금은 윤기 흐르는 오골계쯤은 되었다. 이제 학으로 만들기만 하면 되는데 그것도 그리 어려울 것 같진 않았다. 월향과 순이네가 워낙 최고급으로 아침 저녁으로 관리를 해주는 까닭에 덕이가 보여주는 외양상의 변화는 매일 매일이 새로웠다.

둔한 형수조차 하루하루 덕이가 변하는 게 느껴질 정도였다. 이 아이가 예전의 그 아이가 맞나, 넋을 잃고 멍하니 덕이를 보다 후다닥 정신을 차린 적도 여러 번이었다. 왜 덕이 어멈이 덕이를 부러 못생기게 만들려 애를 썼는지 이젠 이해할 수 있을 것도 같았다.

"겉모습은 몰라볼 정도로 달라졌습니다."

"그래? 그것 참 다행이구먼."

마치 제 딸 칭찬 듣는 아버지처럼 활짝 웃는 국영을 보며 형수는 연이어 하려던 말을 꾹 눌러 참았다. 거짓말을 한 것은 아니다. 다만 더 말할 수 없을 뿐이었다.

겉모습은 정말 많이 변했지만 문제는 알맹이였다. 아무리 해도 도저히 차분하게 만들 수가 없었다. 잠깐 기죽어 지냈던 덕이는 형수와 함께 시 공부를 하면서 다시 되살아났다.

시는 무작정 듣고 외워야만 하는 여훈서와는 달리 스스로 해석해내야 하는 것이었다. 그러다보니 자연스레 제 생각을 형수에게 주장하는 일이 많아졌다. 그러자 언제 기가 죽었냐는 듯이 덕이는 다시 예전의 왈가닥 같은 제 모습을 되찾았다. 처음엔 기죽은 것보다는 낫다고 하던 월향이 이젠 좀 얌전해질 수 없냐고 걱정하며 타박할 정도였다.

배우는 게 많아지고 아는 게 많아질수록 덕이의 호기심은 깊어졌고 말은 많아졌으며 하고 싶은 건 넘쳐났다. 월향이 눈을 부릅뜨고 있을 때는 잠깐 조신해졌으나 월향이 뒤만 돌아서면 덕이는 이내 고삐 풀린 망아지가 되었다. 아주 밝고 활달한 대갓집 아씨라고 생각하면 안 되겠냐며 형수가 반쯤 포기한 듯 묻자 월향이 기막혀 하며 쏘아붙였다.

"산만함은 실수와 벗이야. 저 봐라. 저리 딴 데 정신 팔 곳이 많으면 집중력이 떨어지고 집중하지 못하면 자신도 모르는 본성이 튀어나오게 마련이다. 천방지축 대갓집 아씨는 있을 수 있지. 그러나 덕이는 애초에 대갓집 아씨가 아니다. 자칫하면 덕이는 그저 천박한 계집으로 보일 수 있다는 걸 왜 몰라."

걱정은 깊었으나 월향은 덕이를 심하게 단속하지는 못했다. 공부를 배워가고 거기서 호기심을 보이는 것을 일종의 성장통이라 생각했기 때문이다. 그것을 꺾어버리면 남은 긴 시간을 버틸 수 없을지도 모른다고 월향은 걱정했다.

"시간이 좀 더 지나면, 더 지나면 나아지겠지."

일단은 공부하는 것을 즐거워하고 열심히 하는 것이 썩 기특해 두 모자는 모두 덕이를 크게 혼내지는 않고 있는 상황이었다.

생각에 잠긴 채 걷다 정신을 차려보니 어느새 안채 앞이었다. 덕이가 있으면 어쩌나 했는데 다행히 안채 앞 댓돌에는 월향의 기혜만이 놓여 있었다.

형수가 낮게 기침해 인기척을 내자 월향이 직접 나왔다.

"아니 이게 누구십니까. 홍낭청 아니십니까."

"행수가 나를 찾았다기에 한걸음에 달려왔지요."

"안 그래도 근자에 한 번 뵙자 하려던 참이었는데, 어찌 아시고 이리 오셨습니까?"

국영의 찻잔에 차를 따르며 월향이 인사치레를 했다.

"일이 어찌 되어가나 궁금해서 이 친구를 찾아갔더니 행수가 절 찾으신다 하지 않겠소이까? 그래서 내 이리 왔소이다. 무슨 일이시오?"

월향이 잘 됐다는 듯 용건을 바로 꺼냈다.

"최규식 나리를 제가 뵙게 해주십시오."

"최규식을…… 행수가 직접이요?"

"네, 사내들의 취향은 같은 듯하면서도 다릅니다. 단 한 번의 마주침만으로 사내의 시선을 잡아끌려면 그 사내가 꿈에 그리던 여인이어야 합니다. 제가 직접 그분을 뵈어야, 덕이를 그분의 취향에 맞게 만들 수 있을 것 같아 그럽니다."

"내가 최대관을 데리고 이 옥루각으로 와야겠구려."

"네, 그럼 소첩이 그날 금기가 되어 드리겠습니다. 그리고 술 한 잔 따라 올리겠습니다."

어려운 일은 아니라는 듯 국영이 느긋하게 고개를 끄덕였다.

"그럽시다. 조만간 내 날을 정한 뒤 은밀히 사람을 보내겠소. 준비해주시오."

"네."

"참, 이 친구가 그러는데 아이가 많이 변했다면서요? 행수가 보기엔 어떻소? 이제 꽤 볼 만하오?"

"사실 아직 좀 천방지축이긴 한데……."

월향이 난처한 기색을 감추고 국영의 눈치를 살폈다.

"아주 눈치가 빠르고 영민해 하나를 가르치면 열을 압니다. 다만 천성이 좀 왈가닥이라. 그건 타고난 것이니 아무래도 시간이 더 지나야 잡힐 것 같습니다. 그래도 시간에 비해 아주 좋아졌습니다."

"내가 한 번, 볼 수 있겠소?"

차를 따르는 척 국영의 눈길을 피한 월향이 형수를 힐긋거렸다. 불안한 두 사람의 시선이 마주쳤다. 형수가 작게 고개를 저었다.

살짝 고개를 끄덕인 월향이 부러 입가에 미소를 그리며 여유를 부렸다.

"요조숙녀를 만들라 하셔서 어느 집 별당아씨 못지않게 가르치고 있습니다. 그 아이에게도 스스로를 양갓집 규수라 생각하라 일러두었습니다. 양반집 아씨는 외간 남자에게 제 얼굴을 쉽게 보이지 않는 법이지요. 그러니 나리가 보고 싶다 하여 그 아이를 쉽게 내어드릴 수는 없지 않겠습니까."

다부지게 다문 국영의 입에서 그래도 기어이 보고 말겠다는 의지가 느껴졌다. 월향도 만만찮게 버텼다. 허허실실 웃는 낯은 좀 더 참고 기다리시라며 은근하게 부탁하고 있었다.

시간이 지날수록 한 치도 물러서지 않겠다는 듯 팽팽하게 버티는 기세가 드세지자 침묵을 견디다 못한 형수가 작게 헛기침 했다. 결국 안 되겠다 판단한 국영이 끙 소리를 내며 찻잔을 들었다. 그리고 누구에게 하는지 모를 당부를 조용히 읊조렸다.

"자네만 믿겠네."

"여부가 있겠사옵니까."

이내 찻잔을 비운 국영이 자리에서 일어났다.

"나오지 마시게. 내 조용히 가겠네."

국영이 따라 일어서는 형수를 만류하며 방을 나섰다.

"앉거라."

어정쩡한 자세로 서 있던 형수가 도로 자리에 앉았다.

"요즘 동세가 통 걸음하지 않는구나."

차를 따르며 지나가는 말처럼 월향이 동세 안부를 물었다. 형수도 별일 아니라는 듯 대수롭지 않게 대꾸했다.

"언제는 붙어 다니지 말라 하시더니, 안 보이니 보고 싶으신 모양입니다."

"내가 붙어 다니지 말란 것은 위험할까 봐 그런 것이고, 보이지 않으니 궁금한 것은 더 위험한 일을 하고 있을까 염려되어 그러는 것이다."

찻잔을 손에 든 월향의 자세가 더욱 반듯해졌다. 지나가는 말처럼 안부를 물었던 게 아니었던 것이다. 그래도 형수는 농을 치며 얘기를 진전시키려 하지 않았다.

"위험할 게 무어 있겠습니까. 칼 쓰는 놈이니 수련하러 산에라도 간 모양이지요."

"그래? 그뿐이냐?"

"뭐가 더 있으리라 생각하십니까?"

"세손저하와 지근거리에서 일을 하게 된 것은, 네게 행운일 수도 있지만 동시에 무척이나 위험한 일일 수도 있다. 너를 보는 눈이 이전보다 더 늘어나 있다는 말이다."

어머니의 속내를 알아차린 형수의 입가에서 슬며시 장난기가 사라졌다.

"네가 무엇을 하고 있든, 그것을 당장 그만두거라."

"어머니도 나이가 드시는 모양입니다. 쓸데없는 걱정이 많아지시는 것을 보니."

허허, 형수가 소리 내 웃으며 화제를 돌리려 하자 월향이 고집 센 자식 못 이기는 부모처럼 한숨만 쏟아놓고 말았다.

"그래, 글공부는 어찌 되어가고 있느냐? 공부한 지 보름쯤 되었으니 이제 꽤 쓸 것 같은데, 어떠냐? 언문은 모두 떼었느냐?"

"아, 안 그래도 그 일로 어머니께 의논을 드리려 했습니다."

"왜?"

"글씨 대신 그림을 가르치는 게 어떨까요?"

"글씨 대신 그림을? 왜?"

"글 쓰는 걸 힘들어 합니다. 공부가 영 더딘 데다 더 가르친다 한들 대단히 실력이 늘 것 같지 않습니다. 어설프게 쓰느니 차라리 안 쓰는 게 낫지 않습니까. 대신 잘 외우니 시와 여훈서는 외우게 하고 연서는 제가 대필해주면 되지 않을까 싶습니다."

"아니 그럼 보름 동안 글쓰기 대신 시 외우기만을 했단 말이더냐?"

"글쓰기도 하긴 하였는데, 거의 안 늘고 하도 하기 싫다 하여 대신 시 외우기를……."

"한심한 것!"

월향이 역정을 냈다.

"한문을 모르는 것은 그래도 변명할 말이라도 있다. 계집애의 학문이 쓸데없이 깊어질 이유가 없다 생각해 가르치지 않았다고 둘러대면 될 일이야. 그것은 그리 큰 흠은 아니다. 허나 글을 못 쓰는 것은 흠이다. 선을 볼 때 문답을 지필로 할 수도 있어. 글 쓰는 자태를 보기 위함이지. 그때 어찌할 것이냐? 언문을 쓸 줄 모르는 것은 그저 못 배웠다고 밖엔 말할 수 없어. 어떻게든 언문은 쓸 수 있게 가르쳤어야지!"

월향의 호통에 형수가 손끝으로 눈썹을 쓸었다. 난처해하는 아들에게서 어떤 눈치를 보았던지 월향의 눈썹 끝이 위로 올라갔다.

"너 설마…… 휘둘리는 게냐?"

"네?"

"그 아이에게 휘둘리고 있느냔 말이다. 무엇을 가르치는 게 힘이 드느냐?"

형수가 잠시 말을 잇지 못했다. 어느 순간부터인가 덕이가 하는 부탁을 잘 거절하지 못했다. 청을 하면 대부분 들어주었다. 형수는 그것이 월향이 말한 '애정을 쏟는 방법' 이라고 생각했다.

휘둘리고 있었던 것인가. 스스로도 자신의 행동을 정확히 해명할 수 없어 형수는 혼란스러웠다. 그저 헛기침을 하며 어머니의 시선을 피했다.

"휘둘리다니요. 호통을 치면 애정을 주지 않는다고 뭐라 하신 건 어머니 아니십니까. 좋게 좋게 했더니 그 아이가 떼를 써서 저 역시 난감합니다. 두 여자 사이에 끼여 이도저도 못하니 제일 답답한 것은 접니다."

불퉁하게 대꾸하고는 형수가 자리에서 얼른 일어섰다. 월향이 묘한 시선으로 자리를 박차고 나가는 아들의 뒷모습을 바라보았다.

소쿠리 가득 담긴 술지게미를 보는 덕이의 표정이 황홀했다.

"그리 좋으냐?"

"네."

혹시 알면 순이네에게 한소리 들을까 봐 부러 먼 곳으로 심부름

시킨 뒤 형수가 가지고 들어온 것이었다. 홀린 듯 술지게미를 보던 덕이가 자신도 모르게 손을 뻗었다가 멈칫 그의 눈치를 살폈다.

"먹어라, 먹어. 먹으라고 가져온 것이니 마음껏 먹어라."

형수의 허락이 떨어지자 덕이가 신난 얼굴로 술지게미를 손에 집어들었다. 그리고 와구와구 먹기 시작했다.

"맛있느냐?"

"네!"

어찌나 맛깔나게 먹는지 보는 것만으로도 식욕이 돋았다. 단 한 번도 먹어본 적이 없어 무슨 맛인지 짐작도 되지 않았다. 떡도 아닌 것이 밥도 아닌 것이 이상한 모양으로 뭉쳐져 있는 것을 보며 형수가 고개를 갸웃거렸다. 덕이가 형수 앞으로 술지게미를 내밀었다.

"드셔보셔요."

"너나 많이 먹어라. 괜찮다."

"맛있습니다. 드셔보셔요."

망설이던 형수가 덕이의 손에서 술지게미를 받아들었다. 제 손에 든 걸 가만 쳐다보다가 조심스럽게 맛을 보았다.

"음."

"맛있지요?"

"괜찮구나."

식혜의 밥알을 뭉쳐서 물기를 쫙 뺀 것과 비슷한 느낌이었다. 떡과 밥의 중간 정도의 식감을 가져 씹는 맛도 있는데다 적당히 술 맛이 돌아 썩 맛이 괜찮았다.

"더 드셔요. 많습니다."

싱글벙글 웃으며 덕이가 소쿠리를 형수 앞으로 밀어주었다.

자신도 모르게 손이 자꾸만 소쿠리로 향했다. 경쟁하듯 형수와 덕이가 술지게미를 주워 먹었다. 뒤늦게 정신을 차려보니 어느새 소쿠리 가득 쌓여 있던 술지게미가 바닥을 보이고 있었다.

술지게미를 모두 비운 덕이는 양 볼이 붉어졌고, 눈은 게슴츠레해졌다. 술을 짜내고 남은 것이기는 하나 술지게미에 든 술의 양 역시 상당했다. 그런데 그것을 한 소쿠리나 비웠으니 얼큰하게 취해버린 것이다.

제 주량을 과신하고 별 생각 없이 집어먹은 형수 역시 얼굴이 시뻘겋게 달아올라 있었다. 최근 몇 달 간 동세와 일을 도모하면서 목을 축이는 정도만 술을 마셨을 뿐, 예전만큼 많이 즐기지는 않았다. 그 까닭에 형수는 제 주량이 한창 마실 때보다 많이 줄어들었다는 것을 생각지 못했다. 술지게미에 취할 줄은 꿈에도 몰랐다.

"오늘은 무슨 공부를 하실 겁니까요?"

덕이의 몸이 앞뒤로 흔들렸다. 형수가 목청을 가다듬었다. 그러나 새어나오는 목소리는 형수의 의지와 달리 형편없었다.

"앞으로, 흠, 시, 시보다 글쓰, 글쓰기를 더 많이 공부할 것이다."

"에?"

술에 취했으나 덕이의 미간이 찌푸려졌다.

"싫습니다!"

"왜!"

"글쓰기는 재미없습니다. 시가 재밌습니다."

"그래도 해야 한다."

"싫습니다."

덕이는 아이처럼 두 발을 앞으로 쭉 뻗은 채 굴리며 싫다고 떼를 썼다.

"해야 한다. 꼭 해야 한단 말이다!"

형수 역시 목소리를 높였다.

"이씨."

덕이의 양 볼에 빵빵하게 바람이 들어갔다. 콧김까지 뿜으며 맘에 안 든다는 티를 팍팍 내는 덕이를 제대로 떠지지도 않는 눈으로 보던 형수가 갑자기 두 손으로 손뼉을 쳤다.

"좋다! 이렇게 하자."

"뭘요?"

"글쓰기를 잘 하면, 내 이번에도 상을 주지. 술지게미를 또 주마."

기가 막힌 생각을 했다는 듯 뿌듯한 미소를 지으며 형수가 고개를 주억거렸다. 몸을 제대로 가누지 못해 앞뒤로 흔들리던 덕이가 고개를 절레절레 저었다.

"싫습니다."

"뭐? 싫어?"

"네, 싫습니다."

"왜?"

"물렸습니다. 많이 먹으니 속도 매슥거리고 어지럽고 이제 싫습니다."

덕이가 거절하자 형수의 표정이 울상이 되었다.

"그럼 어쩌랴? 뭘 해주면 되겠느냐."

"하."

덕이가 깊이 숨을 들이마셨다가 길게 내쉬었다. 숨을 들이쉬고 내쉴 때마다 제게서 풍기는 술 냄새에 더 취하는 기분이었다. 형수가 이젠 세 사람으로 보였다. 덕이가 애써 고개를 여러 번 흔들며 눈을 똑바로 뜨기 위해 애썼다.

"배!"

콩콩, 머리를 책상에 박으며 졸던 형수가 갑작스런 고함소리에 후다닥 놀라며 고개를 들었다.

"뭐?"

"배. 배를 태워주십시오. 배요, 배."

"배?"

"네, 배요."

"좋다, 까짓 것. 내 태워주마."

"약조하셨습니다."

"남아일언중천금이라 했다!"

형수가 큰소리를 뻥뻥치는 순간, 흔들거리던 덕이의 몸이 형수의 품으로 쓰러졌다. 가슴팍에 푹하니 덕이의 머리가 닿는 순간, 형수가 버티지 못하고 그대로 뒤로 넘어갔다. 꼭 껴안은 모습 그대로 두 사람이 잠에 빠져들었다.

"이게 뭔 일이여."

심부름을 다녀온 순이네는 별당 안의 풍경을 보고 아연실색했다. 방안엔 술 냄새가 가득했고, 의관이 형편없이 흐트러진 형수와 덕이가 꼭 껴안은 채 누워 자고 있었다. 대체 이 사단은 또 어떻게 수습해야 할지, 순이네의 머리가 지끈거렸다.

"도련님!"

형수가 막 쪽문을 들어섰을 때, 별당에서 덕이가 쏟아지듯이 뛰어나왔다.

문 열리는 소리만 기다리고 있다가 달려 나온 듯했다. 덕이의 뒤를 이어 황망한 표정의 순이네가 쫓아 나왔다.

"또 또 또 이런다, 또. 행동거지가 이리 방정맞으면 안 된다고 누누이 얘기하질 않았느냐."

책망하는 내용이었으나 말투는 다정하기 짝이 없었다. 아이 어르듯 하는 형수에게 덕이가 살갑게 매달렸다.

"저 드디어 글씨를 제대로 썼습니다."

"오, 그래?"

"네, 어서 보시어요."

덕이가 형수의 손을 덥석 잡아끌었다. 흐뭇한 얼굴로 형수가 그녀의 뒤를 따라 방으로 들어갔다. 덕이가 그를 자리에 앉힌 후 신이 나서 제가 쓴 글씨를 앞에 늘어놓았다.

"잘 했죠? 잘 썼죠?"

여전히 조금은 삐뚤삐뚤하고, 여전히 조금은 글씨 크기가 고르지 못했으나, 보름 만에 이정도면 확실히 칭찬할 만했다. 형수가 썩 대견한 표정으로 그녀를 보았다.

"잘 썼구나."

"제가 맘먹고 하면 흉내 내는 건 자신 있거든요."

히히거리며 신나게 웃던 덕이가 순이네의 엄한 눈과 마주치자 입을 합 다물었다. 순이네가 한숨을 푹 내쉬었다. 경박하다고 그리 웃으면 안 된다 귀에 인이 박히게 얘길 했으나 그때뿐이었다. 대체 저런 습관은 언제 고쳐지는 건지, 순이네는 볼 때마다 가슴이 답답했다.

눈만 도르륵도르륵 굴리며 순이네 눈치를 살피는 덕이가 안쓰러워 형수가 다정하게 머리를 쓰다듬었다.

"그래. 내가 써주고 간 글씨와 꼭 같구나."

괜한 말이 아니라 덕이의 언문은 형수가 적어주고 간 것과 제법 닮아 있었다. 조금 더 연습하면 한 사람이 쓴 글씨처럼 보일 수도 있을 것 같았다.

"이제 또 상을 주시는 겁니까?"

"응? 무얼?"

"약조하셨잖습니까. 저 배 태워주신다구요."

"배요?"

그가 뭐라 대꾸하기도 전에 뒤에 서 있던 순이네의 경악에 가까운 고함소리가 방안을 울렸다. 형수가 무안해하며 고개를 돌렸다. 가까이 다가든 순이네가 도저히 믿기지 않는다는 얼굴로 형수를 봤다가 덕이를 봤다가 다시 형수를 봤다. 민망함에 열이 올라 형수의 목덜미가 붉어졌다.

"배라니, 이게 무슨 말씀입니까요?"

"도련님이 저 글씨 다 쓰게 되면 배 태워주신다고 하셨습니다."

신이 난 덕이의 엉덩이가 들썩였다. 순이네가 이번만큼은 물러서지 않겠다는 단호한 표정으로 몸을 당겼다. 제대로 따져 묻겠다는 태도였다.

"이 말이 참입니까요? 진정 그런 약조를 하신 겝니까?"

"아, 그것이……."

"대체 언제 그런 약조를 하신 겝니까?"

"열흘 전에 하신 것입니다. 그래서 제가 열흘 만에 이리 연습한 겁니다."

"열흘? 열흘 전이라면 설마 그 술지게미에 취하셨을 때 약조를 하신 겝니까?"

기막혀 하는 순이네의 표정을 보자 형수는 쥐구멍에라도 숨고 싶었다.

"술에 취하여 정말 정신이 없으셨나 봅니다."

순이네가 혀를 찼다. 이젠 형수의 얼굴까지 새빨개졌다. 덕이는 잠이 든 상황을 전혀 기억하지 못하는 듯했지만, 형수는 순이네가 깨워 사랑채로 보냈기 때문에 자신이 일어났을 당시 방의 상황을 어렴풋하게나마 알고 있었다. 정신이 돌아온 뒤에 어찌나 민망했던지 한동안 순이네와 눈을 마주치지 못할 정도였다.

지금도 그날을 떠올리는 듯한 순이네의 말투에 형수는 연신 헛기침을 하며 외면하려 애썼다. 고작 술지게미에 취해 그런 짓을 저지르다니 기막힌 일이었다.

허나 덕이와 덜컹 약속해버린 것이 모두 술 탓이라고 하기엔 부족했다. 월향에게 말한 대로 덕이와 월향 사이에 끼여 양쪽 비위를 다 맞추려다 잠시 방향을 잃은 까닭이 더 컸다. 술은 그저 도왔을 뿐이다.

눈을 반짝이는 덕이를 보니 갑자기 깊은 시름이 몰려오는 기분이었다. 정작 민망한 상황은 몽땅 까먹은 주제에 강에 데려간다는 건 잊어버리지도 않아서 사람을 이리 난처하게 하는지, 순간 덕이가 무척 얄미웠다.

"대체 왜 그리 배를 타고 싶은 것이냐?"

"한 번도 배를 타본 적이 없습니다. 태어나 단 한 번도 그 동네를 벗어난 적이 없으니까요. 강을 본 기억도 없습니다. 강을 보고 싶고, 배를 타보고 싶습니다. 배를 타면 어떤 기분일지 궁금합니다. 배를 타고 강을 건너게 해주시어요."

어떤 마음인지 이해할 수 있었다. 이해하는 마음으로 고개를 끄덕인 것인데 그걸 즉시 허락하는 것으로 받아들인 순이네는 위기감이 발동한 나머지 형수 앞에 맞대고 앉아 목소리를 높이기 시작했다.

“어느 양갓집 규수가 사람들 틈에 섞여서 배를 타고 왔다 갔다 한답니까? 그런 일은 듣도 보도 못했습니다.”

월향, 덕이에 이어 순이네까지. 태어나서 처음 겪어보는 여자들의 등쌀에 형수의 머리가 지끈거리며 아파왔다.

“되련님!”

“도련님!”

순이네와 덕이가 앞 다퉈 독촉하는 통에 형수는 갑자기 피곤이 몰려오는 듯했다.

“절대로, 절대로 안 될 말입니다. 시집도 안 간 처녀 아이를 배에 태우는 일은 없어요. 되련님, 배에 탄다는 게 어떤 상스러운 뜻을 가지고 있는지 모르십니까요? 귀한 집 아씨는 포도도 못 먹게 합니다요. 대체 어느 규중처녀가 배를 탄답니까. 게다가 이 옥루각에서 양반집 아씨가 드나드는 걸 누가 보기라도 해보십시오. 만약 소문이 잘못 퍼지기라도 하면 그 뒷감당은 대체 어쩌시려구요!”

펄쩍펄쩍 뛰며 반대하는 순이네의 말에 형수가 수긍한다는 듯 고개를 끄덕이자 덕이의 두 눈이 순식간에 형형하게 빛났다. 불이라도 뿜을 기세였다.

“약조하셨습니다, 도련님.”

“행수 어르신께 이를 겁니다!”

절대 물러서지 않을 듯이 서로 으르렁거리는 두 사람을 번갈아보다 결국 허탈하게 웃음을 터뜨리고 말았다. 이기느냐 지느냐 승패가 걸린 싸움인데 그 결정권자가 방관하듯 웃어대자 둘은 혼란스러웠다. 형수가 음음, 목소리를 가다듬고 타협점을 내놓았다.

"일단, 너는 아직 글이 완벽하진 않으니 좀 더 연습하도록 해라. 더 연습해 내 글씨와 빼다 박은 듯이 닮은꼴이 되면, 새해 첫날, 배를 태워주마."

도저히 못 믿겠다는 듯 덕이의 두 눈에 의심이 가득했다. 형수가 엄한 얼굴로 말을 이었다.

"정말이다. 약조를 지킬 테니 너는 글씨 연습이나 마저 더 하거라."

"진정이십니까? 믿어도 됩니까?"

"그래, 믿으래두. 나한테 좋은 방법이 있다."

이번엔 형수가 순이네를 보며 눈을 찡긋거렸다. 가까이 다가오라는 무언의 신호에 순이네가 주춤거리며 형수 곁으로 가 앉았다.

형수가 귓가에다 몇 마디 말을 속삭였다. 다 듣기도 전에 눈이 왕방울만큼 커진 순이네가 버럭 고함을 지르며 뒤로 물러났다.

"되련님!"

"부탁하네. 자네만 믿네, 응?"

"행수 어르신이 아시면……."

"정초에는 늘 절에 가시지 않는가. 자리를 비운 사이에 얼른 다녀오겠네."

순이네가 한숨을 푹 내쉬었다.

"나중에 문제가 생기면 내가 다 책임짐세."

형수가 다 해결되었다는 듯 순이네 어깨를 두어 번 두드렸다. 허, 순이네의 입에서 기막힌 탄식이 새어나왔다.

"형수 안에 있느냐."

그 순간, 갑자기 밖에서 들리는 월향의 목소리에 세 사람이 벼락이라도 맞은 것처럼 소스라치게 놀랐다.

"네, 네에."

공모자들 중 가장 먼저 정신을 차린 순이네가 짜내듯이 대답을 토해냈다. 덕이와 형수가 그 틈에 호흡을 가다듬으며 마음을 진정시키려 했다. 뭐라도 훔치다가 들킨 사람들 마냥 한 번 뛰기 시작한 가슴이 쉬 가라앉지 않고 요동을 쳤다.

"무에 대답을 그리 늦게 하누. 형수 나와보거라."

"네!"

형수가 자리에서 벌떡 일어났다. 심호흡 몇 번을 더 하고서야 방문을 열고 나가니 월향이 마당에 저승사자처럼 서 있었다. 괜히 뜨끔해진 형수가 눈을 마주치지도 못한 채 헛기침을 하며 신을 찾는 척 고개를 숙였다.

"무슨 일이십니까?"

"홍낭청께서 최대관과 함께 방금 술청에 드셨다."

월향이 국영에게 규식을 보고 싶다 부탁한 날 형수도 그 자리에서 같이 이야기를 들었다. 규식이 언제고 오리라는 것을 뻔히 알고 있었음에도 불구하고 형수는 마치 제 영역을 허락 없이 침범당한 사람처럼 순식간에 불쾌해졌다.

그 순간 형수는 앞으로 일어날 모든 일들이 내키지 않아졌다. 월향이 규식 앞에서 거문고를 연주하는 것도 싫었고, 그것을 규식이 보는 것도 싫었다. 월향이 알아온 규식의 취향에 맞춰 변해 갈 덕이를 지켜봐야 하는 것 역시 마음에 들지 않았다.

단 한 번도 제대로 본 적이 없는 이에게 적개심이 솟았다. 어디서 기인한 것인지 스스로도 알지 못하는 낯선 제 감정을 책망하면서도 형수는 기분을 풀 수가 없었다.

"그렇습니까……."

묘하게 가라앉은 목소리로 형수가 시큰둥하게 대꾸했다.

"따라오너라."

"네?"

"그분을 뵌 적이 없지 않느냐? 너도 직접 봐야 도움이 되지 않겠느냐. 얼굴이라도 보고 가거라."

내키지 않는 걸음으로 형수가 어머니의 뒤를 따랐다.

월향이 술청 앞에서 멈춰 섰다. 주변을 둘러보다 지나가던 홍이를 불러 세웠다.

"홍아, 최규식 나리의 신발이 어느 것이냐?"

"저것이옵니다."

홍이 나란히 놓인 두 켤레의 신발 중 검은색 진신을 가리켰다. 눈길이라 당혜 대신 신은 듯했다.

"저것을 댓돌 아래 숨겨놓아라. 그리고 너는 얼른 안으로 뛰어 들어가 최규식 나리께 신이 없어졌다고 아뢰어라. 개가 물어간 모양이라고."

"네?"

"어서 시키는 대로 하여라."

홍이는 월향의 앞뒤 없는 지시를 이해할 수 없어 고개를 갸웃거렸다. 그러나 행수 어르신이 엄하게 쳐다보자 움찔해 규식의 진신을 댓돌 아래 숨겨둔 뒤 방안으로 뛰어 들어갔다.

"왜 그러십니까?"

"앉아 있으면 걸음걸이를 볼 수 없지 않느냐. 급한 일이 생겼을 때 어찌하는지, 평소 걸음걸이는 어떠한지 알아야 그 사람의 성품을 짐작할 수 있는 법이다."

잠시 후 국영과 규식이 나왔다.

국영이 큰 보폭으로 성큼성큼 걸어오는데 반해, 규식은 상대적으로 느긋했고 발소리도 크지 않았다.

"아니, 개가 신을 물어간 것 같다니 그게 무슨 소린가?"

"개가 물어가 봤자 이 마당 안이겠지요. 무에 큰일이 있겠습니까."

국영이 큰 목소리를 내며 상황을 크게 보는 것과 대비되게 규식의 목소리는 낮고 조용했으며 당황하는 기색도 없었다.

월향이 지나가다 멈춘 사람처럼 규식과 국영을 향해 미소 띤 얼굴로 고개를 숙였다. 형수 역시 월향을 따라 인사를 드리며 재빨리 규식을 살폈다. 왕초의 말대로 키가 크고 풍채가 좋았다. 옥안선풍이라는 세간의 풍문은 헛소문이 아니었다.

"월향 인사드리옵니다. 기별을 받고 오는 중이었사온데, 방에 아니 계시고 어이 나오셨습니까?"

"아, 이 아이가 신이 사라졌다 호들갑을 떨어 이리 나오지 않았겠소?"

"나리의 신이요?"

"아니, 내 신 말고 이 사람 신이 없어졌다 그러오."

"그럴 리가요."

월향이 대체 모르겠단 표정으로 고개를 갸웃갸웃하며 댓돌 주변을 살폈다. 그러다 마치 방금 발견한 사람처럼 기쁜 얼굴로 규식의 진신을 집어들었다.

"여기 있는 이 신이 나리의 것이 아니옵니까?"

규식이 활짝 미소 지었다.

"맞습니다. 그게 제 것입니다."

"이놈, 개가 물어간 게 아니라 바닥에 떨어져 있었구만 어이 호들갑이냐!"

국영의 호통에 홍이가 억울해 죽겠다는 얼굴로 고개를 푹 숙였다.

"아이가 놀래서 그랬겠지요. 혼낼 것까진 무에 있습니까. 찾았으니 됐습니다. 들어가시지요."

부드럽고 자상하며 따뜻한 말투였다. 저자가 그 악명 높은 좌의정 최만섭의 장남이라는 사실이 믿겨지지 않았다. 국영과 규식이 안으로 들어가고 나자 월향이 그제야 댓돌에 올라섰다.

"고생했다."

신을 벗기 전, 월향이 주머니에서 엽전 두 닢을 꺼내 홍이에게 건넸다. 홍이의 불퉁하던 입이 그제야 옆으로 벌어졌다. 엽전을 손에 든 홍이가 인사를 꾸벅 한 뒤 행랑채 쪽으로 뛰어갔다.

"이제 그만 가보거라."

"보실 건 다 보셨습니까?"

"그럼 다 보았지. 덕이가 복이 많구나. 썩 괜찮은 사내야."

말없이 형수가 돌아섰다. 멀어지는 형수의 뒷모습에서 무엇을 보았는지 월향은 긴 한숨을 내쉬며 몸을 돌렸다.

형수는 별당으로 가려던 발걸음을 돌려 후원으로 향했다. 하릴없이 누각에 오른 형수가 먼 곳으로 시선을 던졌다. 가슴이 답답하고 머릿속이 복잡했다. 아까 봤던 규식이 머릿속에서 지워지지 않았다.

규식은 사내가 봐도 참 잘난 사내였다. 귀골의 풍모를 가졌을 뿐 아니라 성정 역시 느긋하고 자애로워보였다. 귀한 집에서 걱정 없이 자란 도련님이었다. 소문으로 도는 좌의정의 성품과는 전혀 닮지 않은 모습이었다. 어찌 그런 아비에게서 저런 아들이 나왔는지 신기할 따름이었다.

아니다. 다시 생각해보면 애비와 상관없이 규식은 훌륭할 수 있다. 넉넉한 집에서 정실자식의 장남으로 태어나 모두의 사랑을 받으며 자랐을 것이다. 그 속에서 잘못되기가 오히려 어려운 일이다. 살면서 누군가에게 외면당해 본 일도, 무시당해 본 일도, 원망을 들어 본 적도 없을 것이다. 성품이 느긋하지 않을 이유가 없었다.

갑자기 형수는 맥이 탁 풀렸다. 절대로 자신이 될 수 없는 모습이었다. 아무리 부러워해도 가질 수 없는 것들을 규식은 태어나면서부터 이미 가지고 있었다. 그게 규식과 형수의 근본적인 차이였다.

아마 사내가 요조숙녀를 좋아하는 것처럼 계집 역시 형수보단 규식 같은 사내가 좋을 것이다. 수많은 양반들 중 마침 규식 같은 사내가 덕이의 짝으로 정해진 것은 월향의 말대로 덕이의 복일 게다. 어차피 시집보낼 것, 사내가 개차반인 것보다야 백배 나은 일이다. 그런데 아무리 그렇게 생각해도 형수의 마음은 영 마뜩잖았다. 출발선이 다르고 태어나면서 가진 것이 다른데, 자신의 노력과 상관없이 가진 그것들이 칭찬받는 이유가 된다는 게 배알이 꼴린 탓이다.

왜 이렇게 속이 좁은 거냐고 스스로를 아무리 탓해도 형수의 마음은 쉬이 가라앉지 않았다.

"역시 후원에 오면 내 자네를 만날 줄 알았지."

바로 등 뒤에서 들리는 낯익은 목소리에 형수가 반색하며 돌아보았다.

"아니, 자네! 언제 도착했는가?"

"방금. 여정도 풀지 않고 내 이리 곧장 자네에게 달려왔지."

검은색 도포를 입고 허리에 긴 환도를 찬 동세가 형수를 보며 아이처럼 웃었다.

동세는 형수의 가장 절친하고, 유일한 지기였다. 어린 시절 서당에서 글공부를 하다 처음 만났다. 동세 역시 형수처럼 서자였다. 다른 점이 있다면 동세는 가문의 대를 잇기 위해 일부러 양첩을 들여서 본 손이 귀한 집의 외아들이었다는 것이다.

"그래, 이번엔 어디까지 다녀온 겐가?"

"이번엔 아래 지방을 다 돌고 왔다네. 제주만 빼고 싹 훑고 왔지."

"축지법이라도 쓰는 게야? 어찌 그리 빨리 다녀왔나."

반드시 아들이 있어야 하는 무사의 집안에서 유일하게 아들로 태어나 가문의 기대를 크게 받으며 자랐다. 그래서 같은 서자임에도 형수와는 자라온 환경이 전혀 달랐다. 어린 시절 넘치는 애정 속에서 자란 동세는 빛이 났다. 그래서 형수는 동세를 늘 부러워했다.

그러나 정실부인이 병으로 급사한 뒤 뒤늦게 들어온 어린 후처가 떡 두꺼비 같은 아들을 연이어 셋이나 낳으면서 동세의 처지는 순식간에 나락으로 처박혔다. 집안의 기쁨에서 하루아침에 천덕꾸러기 신세가 된 동세는 그 괴리를 견디지 못하고 긴 시간 방황했다.

어린 시절엔 서로의 처지가 달랐기에 형수와 동세는 그리 친하게 지내지 않았다. 깊은 실의에 빠진 동세가 매일 같이 옥루각을 드나들며 술에 절어 지내던 때, 형수와 동세는 술친구가 되었다.

그 후 점점 가까워져 서로에게 자신의 속내를 털어놓게 되면서 둘은 동지가 되었다. 형수가 내민 손을 잡고 동세는 다시 일어났다. 새로운 목표가 둘의 인생에서 생긴 후 동세는 과거 그 어느 때보다 의욕적이고 적극적으로 지내는 중이었다.

"그래, 아래 지방에 있는 이들은 어떠한가?"

"엉망이야. 거 몇몇 지방에선 서얼들이 서당에 나오면 돌을 던져 내쫓기까지 한다더군. 불만이 가득한 이들이 한 둘이 아니더라고. 당장 난이 일어난다 해도 하나 이상할 것 없는 상황이었네."

자신들과 같은 처지의 서얼들을 하나의 세력으로 만들기 위해 동세는 전국 각지를 돌아다녔다. 전체적인 계획을 세우는 것이 형수의 일이라면, 실제 행동대장은 동세였다.

형수의 기발한 기획력에 동세의 행동력이 더해져 두 사람은 목표를 향해 빠른 속도로 달려가는 중이었다.

"이 사람, 목소리를 낮추게. 지금 안에 홍낭청께서 와계시네."

"홍국영이? 아니 그자가 왜?"

"같이 온 이는 최만섭 대감의 장남 최규식 대관일세."

"이런 젠장. 내가 날을 잘못 잡았구먼. 자네와 회포를 풀까 했더니만."

"내일 밤에 오게. 내 술상 거하게 차려두고 기다릴 테니."

"알겠네. 내일 오지."

못마땅한 기색을 숨기지 않으며 동세가 자리에서 일어났다. 쪽문이 아니라 담장 쪽으로 걸어간 동세는 제 키보다 훨씬 높은 담장을 한 번에 넘었다.

"내일 봅세."

소리 없이 나타난 것처럼 동세는 눈 깜짝 할 사이에 사라졌다.

그가 사라진 방향을 한참 동안 바라보던 형수가 끙, 소리를 내며 몸을 돌렸다. 이미 많이 늦었지만 그래도 덕이에게 가봐야 했다. 단 한 번도 덕이에게 가는 것이 싫었던 적이 없었는데, 오늘은 발이 무거워 쉬이 걸음이 떨어지지 않았다.

"행수 어르신 드셨사옵니다."

거문고를 가지고 뒤따르던 시종이 안쪽을 향해 외친 뒤 조용히 문을 열었다.

새가 날듯이 들어온 월향이 두 사람을 향해 절을 올렸다.

"월향이옵니다. 귀하신 분들의 자리에 거문고를 연주하게 되어 영광입니다."

"행수의 거문고 소리야 조선에서 따를 자가 없지 않소. 귀한 소리를 듣게 해주니 우리가 더 감사하지요."

두어 걸음 뒤로 물러나와 자리한 월향이 천천히 거문고를 타기 시작했다. 국영이 가볍게 고개를 끄덕이며 연주에 빠져들었다. 손을 쉬지 않으면서 월향은 세심한 시선으로 규식을 관찰했다. 그러는 사이, 어느새 한 곡조가 끝이 났다.

"역시, 언제 들어도 행수의 거문고는 따를 자가 없구려. 아니 그러한가?"

"네, 음률이 살아 있는 생명체 같습니다. 신기에 가까운 연주입니다."

"과찬이십니다. 이리 과찬을 받았으니, 제가 최대관 나리께 감사의 술 한 잔 올리겠습니다."

월향이 거문고를 내려두고 술상 가까이 다가갔다. 무릎걸음으로 규식의 앞으로 가 빈 술잔에 술을 채웠다.

"앞으로 자주 들려주시옵소서."

찰랑이며 잔에 술이 가득 찼다. 규식이 단번에 잔을 비웠다.

"한 곡조 더 올리겠습니다."

월향이 다시 연주를 시작했다. 규식의 눈이 서서히 느리게 감기더니 이내 몸이 흔들거렸다. 월향이 보이지 않게 가만히 미소 지었다. 잠시 후 털썩 옆으로 쓰러졌다.

"아니!"

화들짝 놀란 국영이 자리에서 벌떡 일어나자 월향이 검지를 입 앞에 가져다댔다. 상황을 눈치 챈 국영이 목소리를 낮추었다.

"대체 술에 무엇을 넣은 것이오?"

"동마자이옵니다. 걱정 마소서. 소량을 넣었으니 내일 아침에 일어나면 그냥 푹 주무셨다 생각하실 것이옵니다."

"처음부터 이러려고 오라 한 것이오?"

"그럼 오다가다 볼 양이었음 뭐 하러 나리께 따로 부탁까지 드렸겠습니까."

쓰러진 규식에게 가까이 다가앉아 요모조모 살피며 월향이 말했다. 그리고 규식의 소매 끝과 손끝을 유심히 살핀 뒤 고개를 숙인 채 그의 몸에서 나는 향을 맡았다.

"아까 보니 안주로 올려놓은 음식 중 나물 외에는 거의 드시지 않으시던데, 육고기와 생선은 싫어하시는 겁니까?"

"글쎄, 삼년상을 치르느라 몇 년 간 고기와 술을 멀리 한 까닭에 그 습관이 몸에 남아 그런 것 아니겠소?"

월향이 알겠다는 듯 고개를 끄덕였다. 소매 안에 든 소지품까지 모두 꺼내 살펴본 뒤에야 자리에서 일어났다.

"다 보았습니다. 이제 되었습니다."

"그럼 이 사람은 이제 어쩌오?"

"저희 집에서 재우시지요. 방을 마련해두었습니다."

"행수, 정말 철저하시오."

그 사이 어느새 홍이더러 사람을 부르게 해 규식을 방으로 옮겨 눕히라 일렀다. 규식이 장정의 등에 업혀 나갔다. 국영과 월향이 그 뒤를 따라 방을 나섰다.

"근데 왜 그런 것이오? 왜 이렇게까지 해야 했던 거요?"

"향을 맡고 싶어서였습니다. 어떤 향을 좋아하시는지 알아야, 어떤 계집을 좋아하시는지 알 수 있으니까요."

"향? 향으로 그것을 알 수 있단 말이오?"

"그럼요. 겉모습과 말투, 행동거지는 꾸밀 수 있지만 향에 대한 선호는 타고나는 것이라 절대로 꾸며낼 수가 없는 법입니다. 좋아하는 향을 싫어한다 할 수 없고, 싫어하는 향을 좋아하는 척하기도 어려운 법이지요. 그렇기에 향은, 그 사람이 제 입으로 말해주지 않는 많은 것을 우리에게 알려줍니다. 그래서 기생들이 그리 향 목욕을 하고 몸에 향갑 노리개를 차는 법입니다. 눈은 사람을 속이기 쉽지만, 코는 속지 않는 법이지요. 코는 눈보다 솔직하고 예민하거든요."

"그렇군. 처음 알았소. 그래, 최대관은 어떤 취향이신가?"

"제가 알아낸 비밀이니, 나리께도 알려드리지 않을 것입니다."

월향이 눈으로 웃으며 뒤로 물러섰다. 결정적인 순간에 발을 빼는 그 노련함에 국영이 입을 딱 벌렸다. 행수로 자리한 뒤 사내에게 더 이상 몸을 팔지 않는 퇴기라고는 하나 대단한 교태였다. 한때 한양 세도가들을 치마폭으로 감싸 안았다는 소문이 헛된 것이 아니었다.

"내가 졌소. 행수께 완전 놀아났구려."

국영이 고개를 흔들며 혀를 내둘렀다.

"그럼 이제 내 할 일은 끝난 것이오?"

"예, 혹시 또 따로 부탁드릴 게 있으면 연통을 넣겠습니다."

"그러시오. 근데 참, 그 아이는 정말 잘하고 있는 게요?"

"저를 못 믿으시는 겝니까?"

"그럴 리가 있겠소. 궁금해서 그러지요."

"염려 마십시오. 후에 보시면 아마 깜짝 놀라실 겝니다."

"알겠소. 내 행수만 믿으리다."

"그럼 멀리 나가지 않겠습니다. 살펴 가십시오."

국영이 고개를 끄덕이며 돌아섰다.

"어르신, 방에 눕혔습니다요."

"애썼다. 아마 내일 늦게까지 일어나지 못하실 게다. 진시까지 기침하지 않으시면 와서 깨우도록 하여라. 그리고 아침 시중은 네가 들어드려라."

"네."

피곤한 듯 월향이 무거운 걸음을 옮겼다.

홍이마저 월향을 따라 사라지고 난 뒤 어둠이 내린 마당에 사부작 사부작 조심스러운 발자국 소리가 들렸다. 잠시 후 흰 치맛자락이 대청마루에 올라섰다. 덕이였다.

주변을 조심스레 살핀 덕이가 조용히 방문을 연 뒤 다시 한 번 주변을 살폈다. 그리고 재빨리 방안으로 들어갔다.

덕이는 어둠이 눈에 익을 때까지 가만히 서 있었다. 그 뒤 주변 사물을 분간할 수 있게 되고 나서야 한 걸음씩 조심스런 발걸음을 옮기기 시작했다. 숨조차 골라 쉬며 까치발로 살금살금 걸어가 누워 있는 사내 앞에서 멈춰 섰다. 덕이가 조용히 주저앉았다.

달빛이 방안으로 새어 들어왔다. 은색 빛 아래 누워 있는 사내의 얼굴이 드러났다. 덕이가 자신도 모르게 침을 꿀꺽 삼켰다.

월향과 형수가 사라진 후 궁금증을 참지 못하고 순이네를 볶았다. 그래서 월향이 말하는 최대관이 자신이 혼인할 사내이며 그 남자가 오늘 이곳에서 잠들게 될 것이라는 이야기를 들었다. 아주 푹 잠들어 깨지 못할 거라는 순이네의 말에 도저히 그대로 있을 수가 없었다.

마침 형수도 무슨 일인지 오지 않자 옳다구나 싶어 순이네에겐 측간을 간다고 거짓말을 하고 별당을 빠져나왔다. 어쨌거나 일생을 살아야 하는 남자인데 어떻게 생긴 이인지 제 눈으로 보고 싶었다.

숨 바람이 느껴질까 제 입을 손으로 막은 덕이가 눈을 크게 뜨고 다시 한 번 찬찬히 규식의 얼굴을 살폈다. 흐릿한 달빛 아래 반듯한 이목구비가 드러났다. 곰보거나 언청이거나 꼽추일지도 모른다고 생각했는데, 걱정과 달리 유려한 외모의 사내였다. 제 생각보다 훨씬 근사한 외모에 덕이는 절로 입가에 실실 웃음이 새어나왔다.

자리에서 일어난 덕이가 발뒤꿈치를 들어 소리 나지 않게 뒷걸음질 쳐서 밖으로 나왔다. 문을 닫은 뒤에야 비로소 내내 참고 있던 숨을 한꺼번에 뱉어냈다.

"뭐하는 것이냐!"

등 뒤에서 들리는 호통소리에 덕이가 혼비백산해 하마터면 비명을 지를 뻔했다. 어둠 속에서 형수가 야차처럼 서 있었다. 너무 놀라 다리에 힘이 풀린 덕이가 털썩 자리에 주저앉았다. 형수가 그녀의 팔목을 잡아끌고 걷기 시작했다. 신발을 겨우 꿰어 신은 덕이가 정신없이 끌려갔다. 별당에 도착하자 형수가 밀어내듯 손목을 놓았다.

"대체 정신이 있는 게야, 없는 게야! 거기가 어디라고 함부로 들어가는 것이냐? 그자가 누군지 알고! 깨어서 너를 보기라도 했으면 어쩔 뻔했느냐!"

"그것이…… 오늘 동마자를 써서 깨지 않는다고."

"그건 또 누가 그러더냐! 대체 지금까지 뭘 배운 것이야. 왜 이리 행실이 경박하고 생각이 없는 게냐. 어느 계집이 사내 혼자 자는 방에 기어들어 간다더냐? 기생들도 하지 않는 짓을 해놓고선 할 말이 있어 입을 놀리는 것이야."

형수의 고함소리가 별채를 울렸다. 이렇게 크게 고함을 지르는 건 처음 보는지라 어지간히 놀란 덕이가 눈물마저 찔끔거리며 뒤로 물러섰다. 소리에 놀라 달려 나온 순이네가 형수와 덕이 사이를 비집고 들어가 섰다.

"아이고, 무슨 일이십니까요. 덕이가 뭘 잘못한 겁니까?"

"자넨 대체 뭐하는 사람인가! 어디에 신경을 팔고 있었기에 이 아이가 별당을 벗어나는 것도 알지 못했단 말인가. 어느 계집이 이리 엉덩이가 가볍냔 말일세!"

한 번도 본 적 없는 모습이었다. 얼굴이 붉게 달아오를 정도로 고함을 지르고, 제 분을 못 이겨 목소리가 떨리고, 상대를 모욕하는 말까지 서슴지 않고 내뱉는 형수는 정녕 처음 보는 것이었다.

싸움이 붙어도 한 대 얻어맞을지언정 형수는 상대에게 제 감정을 드러내지 않았다. 저 속에 무엇이 쌓여가고 있는지 걱정이라고 순이네가 종종 월향에게 근심을 늘어놓을 정도로 지독하게 자기 속내를 숨겼다. 그런데 그런 형수가 화를 내고 있었다.

순이네는 낯선 모습에 놀란 데다 이 상황이 어찌된 일인지 이해가 가지 않아 어리둥절했다. 순이네 뒤로 몸을 숨긴 덕이의 눈이 금세 그렁그렁해졌다. 그러나 입술을 꼭 깨물고 울음을 참은 덕이가 순이네를 비켜 형수 앞에 섰다.

"제가 무에 그리 잘못했습니까? 그리고 제가 잘못했으면 저를 혼낼 일이지 왜 순이네에게 화를 내십니까?"

"무어라?"

"양반네들은 왜 자신들이 잘못한 것을 가지고 아랫사람을 잡습니까? 저를 혼내십시오. 제가 경박했던 탓이지 순이네 탓이 아닙니다. 그리고 저 경박합니다. 경박한 줄 모르셨습니까? 노비 출신 계집이 가르쳐봤자 여전히 경박하고 엉덩이가 가볍겠지요! 궁금해서 그랬습니다. 일생을 살아야 하는 사내라 대체 어찌 생겨먹었는지 궁금해서 그랬어요. 그게 이리 혼날 일입니까?"

붉게 충혈된 눈에 눈물이 가득 고였지만 덕이는 이를 악 물고 울지 않으려 눈을 부릅떴다. 자신이 큰 실수를 저지를 뻔했다는 건 안다. 형수가 화난 것도 이해할 수 있었다. 잘못에 대한 벌이라면 얼마든지 받을 각오가 되어 있다. 그러나 순이네가 자기 대신 혼나는 것은 참을 수 없었다.

어린 시절 도련님이나 아씨가 잘못하면 대신 끌려가 종아리를 맞아야 했다. 그게 어린 마음에도 얼마나 분하고 억울했는지 모른다. 잘못했으면 잘못한 사람이 혼나는 거다. 잘못하지 않은 사람이 혼나는 건 옳지 않다. 제가 잘못한 일로 인해 경을 치거나 쫓겨나는 것은 기꺼이 감수할 것이다. 그러나 순이네가 까마득하게 어린 형수에게 혼날 이유는 없었다. 자신도 천출이면서, 기껏 좋은 도포를 걸쳤다고 전혀 다른 사람처럼 구는 형수가 재수 없었다. 처음으로 덕이는 형수가 싫고 미웠다.

덕이의 대거리에 형수가 한동안 아무 말도 없이 그 자리에 못이 박힌 듯 서 있었다. 잠시 후 끝끝내 제 분을 참지 못한 덕이가 털썩 바닥에 주저앉아 두 발을 구르면서 아이처럼 엉엉 울었다. 순이네가 어쩔 줄 몰라 하며 그런 덕이를 달래기 바빴다.

형수가 말없이 몸을 돌려 쪽문을 나섰다.

사랑채로 건너온 형수는 사랑채 앞마당을 하릴없이 몇 바퀴나 서성이고 나서야 참았던 숨을 길게 내뱉으며 대청마루에 주저앉았다.

자신답지 못했다. 그리 화를 낼 일은 아니었다. 그리고 덕이 말대로 순이네에게 고함 지를 일은 더더욱 아니었다. 헌데 참을 수 없을 정도로 화가 났다. 순식간에 눈앞이 새하얗게 변했다. 도둑고양이마냥 살금살금 사내가 잠든 방에 들어갔다 나오는 덕이를 보는 순간, 말 그대로 피가 거꾸로 솟았다. 호기심이 많다 못해 지나친 덕이가 그저 단순히 궁금해서 저지른 일이라는 것을 짐작할 수 있음에도 불구하고, 그래도 화가 났다. 너무나 화가 났다.

덕이가 왜 순이네에게 화를 내냐고 고함을 지르고 나서야 제정신이 돌아왔다.

자신이 잘못한 것이니 아랫사람을 잡지 말라는 말은 마치 찬물을 머리끝에서 뒤집어쓴 것처럼 형수의 정신을 번쩍 들게 했다. 잘못했다. 화를 낸 것도, 순이네를 탓한 것도 모두 잘못이었다. 실수였다.

그런데 대체 왜 이런 실수를 했단 말인가. 형수가 괴로운 얼굴로 마루에 주저앉았다. 저답지 않은 일이었다. 조금 전 별당에서 있었던 그 모든 일은, 전부 다 자신답지 않은 일이었다. 도대체 무엇 때문에 그리 미친놈처럼 굴었는지 자신도 스스로를 이해할 수 없었다. 형수가 괴로운 신음소리를 토해냈다.

다정도 병인 양 하여

새해 첫날, 병석에 누워 있는 왕을 대신해 산이 태묘에 나가 전배하였다. 제례를 마친 후 경현당에 앉아 문무백관의 진하를 받았다.

새해 첫날이었으나 산은 회례연을 열지 않고 일상적인 정무를 보았다. 왕이 편찮은데 연회를 여는 것은 적절치 못하다는 것을 표면적인 이유로 내세웠으나 속내는 단 하루도 그네들에게 허점을 보이고 싶지 않다는 데 있었다.

새해 첫날부터 산은 수령에게 선정을 펼치고 백성을 생각하라고 호통을 쳤으며, 국영에게서 보고받은 국정을 처리했다. 퇴궐하는 이들에게 세주와 세찬을 내리긴 하였으나 매해 새해 선물로 궁에서 하사했던 향낭주머니는 올해 없었다. 대신 비단 한 필씩이 문무백관들에게 주어졌다. 꽤 고급 비단임에도 불구하고 그것을 받는 이들의 표정은 떨떠름하기 그지없었다.

"비단을 사들인다는 이야기는 못 들었는데."

"목소리를 낮추시오."

대신들이 서로 눈치를 보며 작게 수군거리다 입을 다물었다. 그네들의 예상과 전혀 다른 상황이 벌어졌으니 당혹스러움을 숨기기 어려웠다.

"이따 좌의정 대감 댁 사랑에서 봅시다."

서로에게 눈짓을 교환하며 궐을 빠져나가는 이들의 걸음이 바빴다. 그런 그들의 뒷모습을 지켜보던 국영 역시 바쁘게 걸음을 옮겼다.

"홍낭청 드셨사옵니다."

"들라 하라."

국영이 들어와 단정히 앞에 앉을 때까지 산은 상소에서 눈을 떼지 않았다. 국영 역시 조용히 고개를 숙인 채 옥음을 기다렸다.

고개를 숙인 채 제 무릎께에 접힌 주름을 눈으로 펴고 있던 국영의 발치로 툭 하고 주머니 두 개가 떨어졌다.

"이것이 무엇이옵니까?"

"붉은 주머니는 네 것이다. 푸른 주머니는 옥루각에 가져다주거라."

국영이 놀라 고개를 들자, 산이 여전히 상소문에서 눈을 떼지 않은 채 대답하였다. 두 주머니 중 하나는 무거웠고, 하나는 가벼웠다.

"네 것은 부용향이고 옥루각의 것은 금이다."

원래라면 오늘 문무백관들에게 하나씩 나눠줬어야 하는 향낭 주머니였다.

"그 향이 좋아 옷에 향이 흠뻑 밸 때까지 퇴궐을 부러 늦게 한다고 하지 않았더냐? 그대의 것만 따로 만들라 일렀다. 이번에 또 네 도움을 받았으니 내가 보답을 해야 하지 않겠느냐."

"망극하옵니다, 저하. 어찌 그런 말씀을."

"월향에게도 고맙다고 전하거라. 내게 큰 도움이 되었노라고."

읽고 있던 상소를 내려놓으며 산이 씁쓸한 미소를 지었다. 이미 대리청정으로 정사를 보고 있고, 장차 왕의 자리에 오를 유일무이한 존재임에도 여전히 살얼음판을 걷는 것 마냥 조심하며 눈치 봐야 하는 제 처지가 유쾌할 리 없었다.

닷새 전, 국영이 산에게 향낭주머니 대신 다른 것을 준비하는 게 좋지 않겠냐고 조심스럽게 제안했다. 왜 그래야 하느냐는 산의 물음에 국영은 '향을 피운다' 라는 말이 초상을 치른다는 뜻으로 흔히 사용되고 있음을 상기시켰다.

왕이 병석에 누워 있는 상태에서, 산이 향낭주머니를 신료들에게 나눠줄 경우 트집을 잡지 못해 안달 난 이들이 그것을 핑계 삼아 어떤 말을 지어낼지 모른다고 국영은 걱정했다. 산은 그 말을 기우라며 쉬이 웃어넘길 수 없었다. 제 아비가 어떤 음모와 모략 속에서 죽었는지 기억하고 있었다. 그뿐인가, 불과 한 달 전에도 산을 흔들려 했던 이들이었다. 조심해서 나쁠 건 없었다.

"그럼 어찌해야겠느냐. 당장 다른 것을 준비한다는 것이 소문이 나면, 그것 가지고도 말을 만들어낼 작자들인데."

"제게 좋은 방법이 있습니다. 맡겨주시옵소서."

산은 그게 무엇이냐 묻지도 않고 고개를 끄덕였다. 몇 번이나 국영의 도움으로 위기를 넘겼다. 때문에 그를 그 누구보다 신뢰했다. 허나 지금 그에게 자세히 묻지 않은 것은 단순히 믿기 때문만은 아니었다. 제가 모른 채 국영이 꾸민 일이어야 했기에 그랬다.

만약 중간에 일이 틀어진다면, 이 일은 자신은 모르는, 오로지 그가 과잉충정으로 벌인 일이어야 했다. 국영 역시 누구보다 그것을 잘 알고 있었다. 그랬기에 두 사람은 서로에게 묻지 않았고, 말하지 않았다.

궐을 나온 국영은 곧장 옥루각으로 향했다. 그는 한양에서 가장 큰 선전보다 더 많은 비단을 가지고 있는 곳이 옥루각이라는 것을 알고 있었다. 꾸밈과 차림새가 가장 중요한 기생집이었기에 만일의 상황을 대비해 늘 비단을 넉넉히 사놓기도 했고, 기생에게 푹 빠진 양반네들이 경쟁하듯이 갖다 바치기도 했기 때문이다.

얼마나 비단이 넘쳐났으면 탐관오리들이 뇌물로 받은 것을 옥루각에서 비단으로 바꿔치기해 갈 정도였다. 이렇듯 옥루각에서는 비단이 곧 돈을 뜻했다. 그래서 언제나 문전성시를 이루는 옥루각은 들어오는 사람만큼이나 들어오는 비단도 많아 그것들이 썩어나갈 정도였다.

국영은 월향에게 그 비단을 내어달라 부탁했다. 그가 요구한 것은 꽤 많은 양이었으나 월향은 왜 비단이 그리 많이 필요하냐고 묻지 않았고, 값을 흥정하지도 않았다. 한동안 가만히 국영을 바라보다 조용히 고개를 끄덕였을 뿐이다. 그리고 그날 새벽 아무도 모르게 옥루각의 곳간 문이 열렸고, 비단이 실려 나갔다. 오늘 문무백관들에게 나누어준 비단이 바로 그렇게 나온 비단이었다.

예상치 못한 비단을 받아들자 향낭주머니를 가지고 장난 칠 계획을 세우고 있던 이들은 당황했다. 꽉 잡고 있는 시전상인들로부터 그 어떤 소식도 듣지 못했기에 오늘 비단은 그들을 더 당황스럽게 했다. 대체 어디서 이 많은 비단이 난 건지, 궁금했으나 물을 수 없고 묻지 못하니 답을 찾을 수도 없는 이들의 가슴은 답답할 것이다. 그 답답함을 가지고 그네들은 좌의정의 사랑채로 모여들 게 분명했다. 정초부터 제대로 뒤통수를 맞은 이들이 그냥 넘어갈 리가 없었다.

산은 비단을 나누어줄 때 동요하던 그들의 눈빛을 떠올리며, 제가 그네들보다 한 발 더 빨리 움직여야 함을 실감했다.

"그나저나 저하, 서둘러야 할 것 같습니다."

"그게 무슨 말인가?"

국영이 산 가까이 다가갔다.

"좌의정이 어제부터 집으로 매파를 부르고 있다 하더이다. 매파가 조만간 혼기가 앞둔 규수가 있는 집들을 추려서 좌의정께 올린다 들었습니다."

"그 매파를 알아두었는가?"

"네."

"그럼 그 아이도 선을 보여야지."

"매파에게 벌써요?"

"어쩔 수 없지 않은가? 좌의정의 움직임에 우리가 맞춰야지."

"선을 보일 정도로 준비가 되었을지……."

국영이 산의 눈치를 살피며 말끝을 흐렸다.

"내일 빈궁의 처소로 그 아이와 강형수를 들라 하라. 부부인도 듭시라 일러두어라."

"내일요?"

국영이 화들짝 놀라 산을 보았다. 산의 표정은 단호했다.

"그래. 그 아이가 준비가 됐다 싶으면 바로 부부인 댁으로 처소를 옮긴 후 그곳으로 매파를 불러 아이를 선보일 것이야."

"만약, 만약 말입니다. 그 아이를 매파에게 선보일 수 없을 정도라면, 어찌하시겠습니까."

산이 입을 꾹 다물었다. 한동안 방안에는 무거운 침묵이 감돌았다.

"그땐 우린 다른 방도를 찾아야 할 것이고, 그들은 위험해지겠지."

산의 시선이 내려앉았다. 국영이 알아들은 듯 고개를 숙이며 자리에서 물러났다.

"대체 이게 어찌된 일이란 말입니까! 비단이라니요."

"그러게 말입니다."

"선전의 추행수가 말하기를, 최근 그리 많은 비단을 사간 이는 아무도 없다 하더이다."

"그럼 대체 그 많은 비단이 어디서 났단 말입니까? 내탕고를 열지도 않았다는데요."

탕탕탕, 사랑채에 모여 삼삼오오 떠들던 이들이 모두 소리가 난 쪽으로 고개를 돌렸다. 장죽을 손에 든 좌의정 최만섭이 한심한 얼굴로 그들을 노려보았다.

"지금 그 비단의 출처가 무에 그리 중요하다고 이리 떠드시는 겝니까?"

한심하기 짝이 없다는 말투와 표정에 떠들던 이들이 모두 입을 다문 채 서로 눈치만 살폈다.

"그 비단이 어디서 났느냐가 중요한 게 아니에요. 중요한 건, 세손이 우리의 생각을 이미 알고서 대비했다는 것입니다. 우리가 이미 우리의 수를 읽히고 있다는 게 더 위험하다는 걸 어찌 모르시는 게요?"

낮고 무거운 만섭의 음성이 좌중을 울렸다. 앉아 있는 이들의 등 뒤로 일순 소름이 돋았다. 만섭의 말이 맞았다. 비단이 어디서 났느냐, 하는 건 아무것도 아니었다. 자신들이 이미 산의 손 안에서 놀아나고 있다는 것, 진짜 문제는 그것이었다.

"전하의 병색은 점점 깊어만 가는데, 우린 더 나은 방도를 찾지 못하고 있어요. 이보다 큰일이 어디 있겠소? 자칫 잘못하면 우린 세손마마의 꼭두각시로 전락할 수도 있단 생각은 안 하시는 게요? 다들 잊은 게요? 세손저하는 사도세자의 아들입니다. 피는 물보다 진하구요!"

사도세자. 그들이 가장 두려워하고, 가장 입에 올리기 꺼려하는 이였다. 사랑채에는 무거운 침묵이 감돌았다.

"홍국영은 요즘 어떻습니까?"

이참판이 조심스럽게 만섭 가까이 다가가 앉으며 물었다.

"팔자 좋은 그자는 벌써부터 제 세상이다 싶은 건지 지금 옥루각에 드나들며 한가하게 술타령을 한다 들었소. 며칠 전에도 우리 아들을 꼬여내어 그곳에 가서 놀았다고 하더이다. 얼마나 술을 퍼먹였는지, 아무리 술에 취해도 집에 돌아와서 자는 행실 반듯한 우리 아이가 그날 외박을 다 했다오."

"이런, 세상에. 아니 근데 그자가 갑자기 왜 최대관을 불러냈답니까? 혹시 무슨 다른 이야기는 없었다 하더이까?"

"뭐 우리 며느리 삼년상이 끝났으니 그 기념으로 술을 사주고 싶다고 불러냈다 하더이다. 그날 별다른 이야기는 나누지 않았다 하였소."

"홍국영이 옥루각을 드나든다면, 옥루각을 감시하는 게 어떨까요? 거기서 그자가 누굴 만나는지 보면 세손저하의 속내를 알 수 있지 않겠습니까?"

"하룻밤에 옥루각을 드나드는 양반네들이 한 둘이오? 대체 그자가 옥루각 그 내실에서 누굴 만나는지 어찌 알 수 있단 말이오?"

"그게 무에 그리 어렵습니까. 그 안에 기생 몇 년만 꼬여내면 되는 것을."

"그리 자신 있으면, 그대가 해보시겠소?"

"그러겠습니다. 돈푼 좀 풉지요."

병판이 호언장담했다. 호쾌하게 웃는 병판이 못마땅해 만섭이 속으로 혀를 차며 고개를 돌렸다.

가장 쉬워 보이지만, 실상 가장 얻기 어려운 것이 계집의 마음이다. 게다가 월향은 제 식구를 알뜰하게 챙기기로 유명했다. 옥루각의 기생들이 돈 몇 푼에 넘어가 행수가 가장 싫어하는 짓을 할 리 없었다. 그러나 병력을 쥐고 있는 병판과 척을 지고 싶지 않았기에 만섭은 분통 터지는 속내를 꾹 눌러 참았다.

"가만, 옥루각이면 거기 강대감의 서자 강형수가 머물고 있지 않소?"

"그자는 아직 장가도 가지 않고 거기 있는 게요?"

"아직 있다 들었소. 그럼 혹시 홍낭청이 강형수를 만나는 것이 아니오? 안 그래도 강형수가 한양에 있는 서얼들을 모아 얼마 전부터 정기적으로 회합을 가진다는 소문이 있던데."

"서얼들이라……."

만섭이 생각에 잠긴 얼굴로 장죽을 탁탁 두드렸다.

"정확한 것은 아니니……."

"정확한 것은 아니나, 아니라고 할 것도 없지 않겠소."

만섭이 회심의 미소를 지으며 좌중을 둘러보았다. 사랑채에 앉은 이들이 선뜻 만섭의 말을 이해하지 못한 얼굴로 고개를 갸웃거렸다.

"병판."

"네."

"굳이 계집에게 돈을 쓸 필요 없겠소이다."

"네?"

"강형수가 옥루각에 머무른다면, 홍국영이 거기 드나드는 것만으로 충분하니 굳이 계집에게 돈을 쓸 필요 무에 있겠는가."

"그것이 무슨 말이온지……."

영 모르겠다는 얼굴로 병판이 고개를 갸웃거렸다. 답답한 만섭이 장죽으로 바닥을 두드렸다.

"서얼들을 모으는 그네들의 우두머리와 홍낭청이 어울린다! 그리고 그 홍낭청은 세손의 최측근이다, 이것만으로도 수없이 많은 이야기를 만들 수 있지 않겠소? 아니, 만들어야지요. 있는 이야기면 찾아내야 하고 없는 이야기면 만들어야 하지 않겠소?"

말을 마친 만섭이 장죽을 깊게 빨았다. 사랑채에 모인 이들 사이에 은밀한 시선이 오갔다.

형수가 느린 걸음으로 별당 앞마당을 서성였다. 이쪽저쪽을 왔다 갔다 하는 형수 때문에 눈 덮인 마당엔 형수의 발자국이 어지러이 흩어져 있었다.

며칠 만에 걸음 한 것이었다. 자신도 모르게 과하게 화를 낸 뒤 정신을 차리자 무안해서 쉽게 다시 올 수가 없었다. 사과를 하기도, 아무 말 없이 뭉개고 넘어가기도 이상했다. 그리 망설이는 사이 훌쩍 시간이 흘러 어느새 새해가 밝았다. 새해 첫날 아침, 가장 먼저 형수가 떠올린 것은 덕이와의 약조였다.

그 약조를 지키는 것으로 제가 과하게 화낸 것을 에둘러 사과하고 싶었다. 그래서 곧장 별당으로 달려왔다.

"어르신이 절에서 오시기 전에 꼭 돌아오셔야 합니다."

"알았대두요."

걱정 어린 순이네의 당부에 형수가 손을 휘저었다. 기생 복장을 한 덕이가 들뜬 기색을 숨기지 못한 채 방실방실 웃으며 형수를 향해 걸어오고 있었다.

"차비 다 하였습니다."

절대로 내보낼 수 없다는 순이네에게 기생 차림이면 나갈 수 있지 않겠냐고 형수가 제안했다. 며칠 전 덕이 때문에 한바탕 난리가 난 뒤 형수가 별당에 발을 끊으면서 순이네는 그들의 외출 역시 유야무야 될 줄 알았다. 그러나 예상과 달리, 새해 아침 월향이 절에 가자마자 형수는 순이네에게 차비를 해달라 부탁했다.

형수에게 된통 혼이 난 뒤 계속 시무룩했던 덕이는 형수가 차비하라 했다는 말을 듣자마자 물 만난 고기마냥 기력을 되찾았다. 신나서 방방 뛰는 덕이를 어르고 달래가며 순이네는 순식간에 덕이를 솜씨 좋게 기생으로 꾸며냈다.

"저 어떻습니까요?"

제 머리만큼 커다랗게 올린 가채 아래에는 농장으로 창백할 정도로 희게 만든 피부와 피처럼 붉은 입술이 두드러졌다. 덕이가 고개를 이리저리 까딱거릴 때마다 가채에 꽂힌 나비떨잠이 함께 흔들거렸다.

"기생 같습니까?"

가냘픈 어깨와 허리를 만들기 위해 가슴을 한껏 조인 까닭에 안 그래도 마른 허리와 어깨가 정말 딱 한줌이라, 가히 세류흉당이라 할 만했다. 푸른색의 화문단 치마에 연분홍빛 저고리를 입은 후 저고리 위에 털을 덧댄 보라색 배자를 입고 두툼한 솜이 누벼진 녹색 장옷을 어깨에 걸쳤다. 주름을 많이 잡아 풍성하게 만든 폭 넓은 치마 아래 화려하게 수놓인 기혜가 언뜻언뜻 엿보였다.

"기생 같다. 누가 봐도 옥루각에 새 기생이 온 줄 알겠구나."

형수의 말에 덕이가 기쁜 듯이 활짝 웃었다.

며칠 전, 형수가 그리 화를 내고 간 뒤 걸음하지 않는 동안, 덕이는 형수에게 대거리 한 것을 은근히 후회했다. 순이네 앞에선 제가 무엇을 잘못했냐고 계속 큰소리 쳤지만 돌아서서 혼자가 되면 참지 못하고 내질러버린 제 성질머리를 탓했다. 당연히 형수가 저와 한 약속 같은 건 더 이상 지키지 않을 거라며 포기하고 있었다. 이리 같이 외출하게 될 줄은 전혀 생각지 못했기에 지금 덕이의 기쁨은 더 컸다.

"행수님이 절에 가셔서 다행이지, 계셨으믄 택도 없었습니다요."

"알고 있네. 고맙네."

"꼭 해 지기 전에 돌아와야 합니다. 어르신 아시면 저까지 경을 칩니다."

"걱정 마시게. 강을 건너갔다 곧장 다시 돌아올 걸세. 금세 돌아올 것이니 염려치 마시게나."

형수의 호언장담에도 불구하고 순이네의 얼굴에 드리워진 걱정은 사라질 줄 몰랐다. 안심하라며 형수가 순이네 어깨를 두어 번 두드려주고는 덕이를 앞세웠다.

덕이가 사뿐사뿐 가볍게 걷기 시작했다. 그 나긋한 움직임에 따라 삼작노리개와 함께 매달린 은장도가 경쾌하게 흔들거렸다. 그리고 그 옆에 있는 작은 향낭주머니에서 은은한 매화향이 퍼져 나왔다.

앞서가는 덕이의 반보쯤 뒤에서 형수가 따라 걸어갔다. 볼수록 다정해 보이는 뒷모습이었지만 순이네의 마음은 그만큼 더 조마조마해졌다.

월향의 몸종으로 따라 들어와 기생집 밥을 먹은 지 벌써 삼십 년이었다. 남녀상열지사에 대한 건 지겹도록 옆에서 지켜봤기에 신물이 날 정도로 잘 알고 있었다. 저리 어울리는 한창때의 남녀를 붙여놓고선 정분이 안 나리라 기대하는 건 말도 안 되는 일이었다. 두 사람은 서로의 마음은 물론이거니와 제 마음조차도 아직 눈치 채지 못한 모양이지만 순이네의 눈에는 다 보였다. 벌써부터 둘은 다른 이들을 볼 때와는 다른 시선으로 서로를 보고 있었다. 그것을 확인할 때마다 순이네는 심장이 오그라드는 것 같았다.

대체 어쩔 셈인 거냐고 따지듯 물어봤으나 월향은 대답 없이 웃기만 했다. 속내가 무엇인지 말해주지 않을 게 뻔해서 두 번 묻지도 못한 채 돌아 나왔다. 제가 나설 일이 아닌 것 같아 그저 해달라는 대로 해주고는 있지만, 앞날을 생각하면 가슴이 답답했다. 월향에게 방책이 있기만을 기대할 뿐이었다.

배를 타고 싶다 말한 이유는 강을 건너 다른 마을을 보고 싶었기 때문이다.

강대감의 집이 덕이가 아는 세상의 전부였다. 모르는 게 너무나 많았다. 수틀리면 내빼겠다, 호기롭게 생각했으나 정신차려보니 자신은 도망치는 방법조차 모르는 등신이었다. 이리 살다가 대갓집에 시집을 가 정경부인이 된다면 공간이 달라질 뿐, 역시나 덕이의 세상은 집, 그것이 전부일 게 뻔했다.

그리 되는 건 싫었다. 그리 살고 싶지 않았다. 지금 당장 다른 길이 있는지 없는지 스스로 확신할 수 없었으나 적어도 제게 남은 시간 동안 세상을 좀 더 알아보고 싶다는 욕심이 생겼다. 배는 어떻게 타는지, 강 건너편엔 뭐가 있는지, 사람들은 어찌 사는지 궁금했다. 궁금해졌다.

어느새 형수의 뒤를 따라가는 모양새가 되어 덕이는 주변을 살피기 바빴다. 새해 첫날, 육조거리는 사람들로 붐볐다. 온갖 물품들이 널린 시전을 지나갈 때 덕이의 눈이 휘둥그레졌다. 구경하느라 한눈을 판 사이, 앞을 미처 살피지 못한 덕이가 낯선 이와 부딪히면서 몸의 균형을 잃었다. 휘청, 바닥으로 넘어지려는 순간, 형수가 그녀의 몸을 재빨리 낚아챘다.

"조심 좀 하거라. 왜 그리 조심성이 없는 게냐, 대체."

한심한 듯 혀를 차는 목소리가 머리 위에서 들려왔다. 고개를 들어보면 형수가 인상을 찌푸린 채 자신을 내려다보고 있었다. 덕이가 무안한 듯 어색하게 웃으며 몸을 바로 했다.

"똑바로, 앞을 보고 따라오거라. 그리 두리번거리지 말고. 알겠느냐?"

"네."

형수의 말에 덕이가 고분고분 고개를 끄덕였다. 그러나 그는 그녀가 여전히 못 미더웠다. 형수가 덕이 앞에 선 뒤 뒷짐을 졌다. 손에 삐죽이 모선이 튀어나와 있었다.

"잡아라."

"네?"

"모선을 잡고 따라오란 말이다."

"괜찮습니다."

"내가 안 괜찮다. 그 꼴을 하고 넘어지면 대체 어쩔 셈이냐. 그거 빌린 옷이다. 네가 다치는 건 괜찮으나 옷이 버릴까 염려되어 그러니 잡아라. 어서."

거짓말이었다. 순이네가 구해준 치마는 이미 유행이 한 철 지난 것으로 기생들이 더 이상 찾지 않는 것이었다. 그러나 이런 이유를 대서라도 겁박하지 않으면 계속해서 한눈을 팔다 다칠 게 뻔했다.

네가 아니라 치마가 걱정이라는 말이 괜스레 서운한 덕이가 입을 삐죽거리며 모선 끝을 붙잡았다. 형수가 천천히 걷기 시작했다. 주춤주춤, 덕이가 그의 뒤를 따라갔다. 한동안은 형수의 발끝만 보고 잘 따라오던 덕이가 얼마 지나지 않아 다시 눈이 사방으로 돌아가며 신기한 물건들에 넋을 놓기 시작했다. 이것조것 요것조것 구경하며 걷던 덕이가 또 다시 누군가와 부딪혀 비틀거렸다.

"아!"

"잘한다."

형수의 등짝이었다. 형수가 우뚝 멈춰선 것도 모른 채 구경거리에 한눈을 팔다 형수의 등에 제대로 부딪힌 것이다. 덕이가 머쓱해하며 제 이마를 문질렀다.

"다 왔다. 강이다."

왠지 기운 빠진 목소리였다. 덕이가 모선을 놓고 형수 곁으로 다가갔다.

"이것이 강입니……."

덕이가 말을 끝까지 내뱉지 못하고 입을 딱 벌렸다.

"망했다."

형수가 허탈하게 중얼거렸다. 펼쳐진 풍경 앞에 당황한 두 사람은 한동안 말이 없었다. 잠시 후 누가 먼저랄 것도 없이 웃음보가 터졌다. 형수가 미안해하며 덕이를 바라보았다.

"싸리 눈이 내리는 걸 보면서도 강이 얼 수 있다는 걸 잊어버렸구나."

덕이가 괜찮다는 듯 환하게 웃으며 고개를 저었다.

"전 겨울에 강이 이리 되는 줄 꿈에도 몰랐습니다. 제겐 이것도 진풍경입니다."

겨울이라 강이 아주 꽁꽁 언 까닭에 배는 모두 강가에 매어져 있었다. 얼음이 두껍게 언 강 위를 사람들이 조심조심 걸어 다녔다. 아이들은 그 위에서 썰매를 타고 노느라 바빴다.

형수는 미안해했으나 덕이는 제 눈앞에 보이는 풍경도 충분히 놀라웠다. 어마어마하게 넓은 강이 얼어붙은 모습도, 그리고 강 위에서 아이들이 하는 각종 놀이들도.

저런 세상이 있다는 것을 모르고 자랐다. 저 아이들처럼 해맑게 웃으며 얼음 위에서 놀지 못했다. 그저 눈을 치우기가 싫고, 얼음물로 빨래를 하기가 싫었던 기억밖엔 가지지 못했다. 제 앞에 펼쳐진 풍경 앞에서 덕이는 누구를 향하는지 모를 분노와 서러움이 왈칵 치솟았다. 그리 사는 삶은 삶이 아니었다. 제가 살았던 것은 삶이 아니었다. 하늘을 떠다니는 연을 보는 덕이의 시선이 서글펐다.

"강 위를 한번 걸어보겠느냐?"

덕이의 침묵이 실망으로 인한 분노라고 지레 짐작한 형수가 긴 고민 끝에 제 나름 괜찮다 생각한 제안을 조심스럽게 건넸다.

"저리 썰매를 타는 건 할 수 없는 노릇이지만 얼음 위를 미끄러져 가며 걷는 것도 썩 재밌는 일일 게다. 해보겠느냐?"

앞서 걸어 단단히 언 강 위에 올라선 형수가 덕이에게 손을 내밀었다. 덕이가 제 앞에 내밀어진 형수의 손을 잡지 않고 물끄러미 바라보기만 했다. 어서 잡으라는 듯 손가락 끝을 까딱, 움직였다. 잠시 후 덕이가 결심한 듯 그의 손 위에 제 손을 겹쳤다.

형수가 덕이의 손을 꼭 잡은 뒤 제 쪽으로 끌었다. 가뜩이나 바닥이 얇은 기혜가 얼음 위에서 사정없이 미끄러졌다. 중심을 잡지 못한 덕이의 몸을 형수가 단단히 붙잡았다. 균형을 잃은 덕이가 온몸을 그에게 기댔다. 형수의 두 팔이 그녀를 감싸 안았다.

그의 가슴팍에 덕이의 얼굴이 폭 파묻혔다. 두근거리는 그의 심장소리가 덕이의 이마에 울렸다. 그 속도에 맞추어 제 심장도 뛰기 시작했다. 어찌할 바를 모른 채 멍하니 있는 사이, 형수가 조금씩 뒷걸음질 치며 덕이에게서 몸을 떼어냈다.

"천천히, 천천히."

그제야 덕이가 조심스럽게 심호흡하며 몸을 일으켜 세웠다.

형수의 두 손을 꼭 잡은 채 발을 미끄러뜨리면서 앞으로 나아갔다. 발아래서 느껴지는 얼음의 촉감이 신기하고 낯설었다. 길 위에 물이 언 것과는 또 다른 느낌이었다. 발이 시린 동시에 간질간질했다. 일순 긴장이 풀린 덕이가 웃음을 터뜨리자 애써 잡고 있던 몸의 균형이 깨졌다. 덕이가 흔들거리자 맞은편에 서 있던 형수 역시 같이 비틀거렸다.

"어어어……."

발이 꼬인 덕이가 결국 앞으로 넘어졌다. 제 앞으로 넘어지는 그녀를 감싸 안으며 형수가 재빨리 옆으로 굴렀다. 근처에 쌓여 있던 눈더미로 두 사람이 쓰러졌다. 두 사람이 넘어지면서 강가 끄트머리에 살짝 얼어 있던 얼음이 깨져 덕이의 치맛자락이 물에 흠뻑 젖었다.

"괜찮으냐?"

"괜찮으십니까?"

눈더미에 쓰러졌다 몸을 추스른 두 사람이 동시에 상대를 바라보았다. 정신을 차리고 나서야 둘은 서로가 서로를 꼭 껴안고 있는 상태라는 것을 깨달았다.

화들짝 놀란 형수가 황급히 덕이에게서 떨어졌다. 흠흠거리며 자리에서 일어나 도포에 묻은 눈을 털던 형수가 여전히 주저앉아 있는 덕이를 일으켜주려 다가갔다. 그제야 그녀의 치마가 젖은 것이 눈에 들어왔다.

"다치진 않았느냐?"

"괜찮습니다. 다만 치마를 버려서……."

형수가 자신도 모르게 웃음을 터뜨렸다. 아까 해준 말을 정말로 온전히 믿고 있는 덕이가 귀여웠다.

"왜 웃으십니까?"

약이 오른 덕이가 형수 코앞으로 얼굴을 디밀었다.

"아무것도 아니다."

"아무것도 아닌데 갑자기 웃으십니까?"

"이제 웃는 것 가지고도 시비를 거는 게냐?"

실랑이를 하는 사이, 형수와 덕이의 얼굴이 닿을 것처럼 가까워졌다. 그제야 당황한 덕이가 자리에서 일어나기 위해 두 팔과 다리에 힘을 주었다. 그러나 제대로 몸을 펴기도 전에 짧은 신음소리를 내며 다시 앞으로 고꾸라졌다. 닿을 듯이 둘의 얼굴이 가까워졌다. 형수가 황급히 덕이를 붙잡았다.

"왜 그러는 것이냐?"

"발이 아파서……."

덕이를 부축해 평평한 바닥으로 데려가 반듯하게 앉힌 뒤 발을 살펴보았다. 그제야 덕이가 신은 기혜가 걸어다니기엔 형편없는 신발이라는 것을 깨달았다.

기생들이 기방 마당이나 왔다 갔다 할 때 신는 신이기에 다른 신발과 달리 밑이 아주 얇았다. 바닥이 푹신해 발을 감싸는 당혜와 달리 기혜는 겉으로만 화려하고 아름다울 뿐 바닥은 형편없었다. 이 신을 신고 여태껏 불편한 기색 없이 걸어온 것이 용하다 싶을 정도였다.

"미련스럽게 참았던 게냐. 아프면 아프다고 말을 하지."

얇은 기혜 때문에 버선 밑바닥도 젖어 있었다. 혹시나 발이 시리지 않을까 싶어 형수가 덕이의 발을 두 손으로 감싼 채 조심스럽게 주물렀다. 축축한 발에 형수의 두 손이 닿자, 덕이가 움찔했다. 지저분한 발을 만지게 하는 것이 민망했다. 덕이가 형수를 말리며 제 발을 빼냈다.

"잠깐, 잠깐만 앉아서 쉬면 다시 걸을 수 있을 것입니다. 잠깐이면 됩니다."

형수는 못마땅한 표정이었으나, 지금으로선 덕이가 말한 게 최선이었다. 일단은 잠시 쉬었다가 걸을 만해지면 가까운 시전으로 가 새 신을 사서 신겨야겠다고 생각하며 덕이의 곁에 나란히 앉았다. 그러나 못내 안쓰러운 시선으로 자꾸만 덕이의 발을 흘끔거렸다. 두 눈 가득 걱정을 담은 형수가 자신을 자꾸만 보는 것이 덕이는 좋았다. 이런 대접은 처음이었다. 아이일 적에도 받지 못했던 보살핌을 받자 기쁘고 설레었다.

"도련님."

"왜 그러느냐?"

"고맙습니다."

형수가 덕이를 돌아보았다. 두 눈이 마주치자 덕이가 아이처럼 배시시 웃었다.

"오늘 안 오실 줄 알았거든요. 약조 지켜주셔서 고맙습니다."

"무얼……. 배는 못 탔는걸."

괜히 무안해진 형수가 헛기침을 하며 다시 시선을 강 쪽으로 돌렸다.

"대신 도련님이 알려주시면 되지요. 이 강을 건너면 무엇이 있습니까?"

"강 이남 마을들이 나오지."

"거긴 이곳과 뭐가 다릅니까?"

"사람 사는 곳이 다 거기서 거기 아니겠느냐. 별 다를 바 없다."

"거기서 더 가면요?"

"도성을 벗어나게 되지."

"그곳은 이곳과 뭐가 다릅니까?"

"그곳도 이곳과 크게 다르지 않다."

"바다는, 바다는 어디 있습니까?"

"바다는 더 먼 곳에 있다. 아주 먼 곳에."

"제가 바다를 볼 일은 없겠지요?"

"바다가 보고 싶으냐?"

"그냥요. 궁금합니다. 어떤 모습일지, 바다 너머에는 무엇이 있는

지가요. 그 바다를 건너면 청나라가 나온다지요?"

"그렇지."

"거기 가보신 적이 있으십니까?"

"아니. 나도 아직 그곳엔 가보지 못했다."

"한양보다 허배 크겠죠?"

"한양이 무엇이냐. 이 조선 땅보다도 훨씬 더 큰 곳이다."

"그런 곳은 어떤 곳일까요?"

꿈꾸듯 덕이의 시선이 아련해졌다. 본 것도 배운 것도 없는 자신으로서는 상상조차 되지 않는 세계였다. 감히 꿈꿀 수도 없는 곳이었다.

"가보고 싶으냐?"

"갈 수 없지 않습니까. 제가 노비여도, 요조숙녀가 되어도 갈 수 없는 곳 아닙니까."

당연한 말에 형수가 씁쓸히 웃으며 고개를 끄덕였다. 덕이의 말이 옳았다. 무슨 수를 써도 덕이에겐 허락되지 않는 세계였다.

"예전에 마님이나 아씨가 이상한 소릴 하시면 엄청 욕을 했습니다. 어찌 저리 물색없는 소리를 하실까. 우리가 어떤지 어떻게 저렇게 하나도 모를 수가 있나. 사람 참 못돼 처먹었다, 그랬지요. 그런데 이제 와 생각해보면 제 팔자나 아씨 팔자나 거기서 거기고 제 소견이나 아씨 소견이나 거기서 거기인 게 당연한 것 같습니다."

먼 곳을 바라보는 덕이의 옆모습을 형수가 물끄러미 바라보았다.

"그래도 매는 안 맞고 추운데 얼어터지진 않아도 좋으니 그것만 해도 팔자 편 것이겠지요? 그렇지요?"

무어라 쉬이 대답해줄 수 없는 먹먹함에 형수가 잠깐 멍해졌다. 저를 바라보는 두 눈을 한참 동안 마주보던 형수가 힘겹게 고개를 끄덕였다. 덕이가 활짝 웃었다.

"흰 밥 먹는 것만도 감사해야 할 일인데 배가 불렀지요. 이래서 사람 맘이 측간 갈 때 다르고 나올 때 다르다 하는 건가 봅니다."

덕이가 다시 고개를 돌려 강 너머로 시선을 던졌다.

"우와, 이런 건 처음 봅니다."

덕이가 탄성을 지르자 형수도 고개를 돌렸다. 강 너머가 온통 불이 난 것처럼 붉게 타고 있었다.

"노을이다. 노을이 지는구나."

덕이의 눈이 휘둥그레졌다. 이글거리는 크고 둥근 해가 강 어귀에 절반쯤 잠기자 그 앞의 강물이 핏빛으로 빨갛게 물들어 일렁거렸다. 덕이는 황홀경에 넋이 나간 얼굴이었다.

"아름답습니다. 정말루요."

홀린 듯이 눈을 떼지 못했다. 그러나 그렇게 기쁨에 젖어 있던 그녀의 표정이 다시 서글퍼졌다. 옆에 앉은 그에게 내색하지 않으려 애써 입은 웃고 있었지만 두 눈은 금세라도 눈물이 떨어질 것만 같았다.

언제 또 여기서 이것을 볼 날이 있을까. 노을을 보던 덕이가 휙 하고 외면하듯 고개를 돌렸다. 그 바람에 석양에 비춰 붉어진 덕이만 쳐다보던 형수가 시선을 황급히 다른 곳으로 돌렸다.

"도련님."

"왜, 왜 그러느냐?"

"도련님도 그리하면 안 되는 게 많습니까? 사내도 그렇습니까? 아님 계집이라 이런 것입니까?"

덕이의 질문을 잠깐 생각해보던 형수가 씁쓸하게 웃고 말았다.

"사내도…… 비슷하다. 별 다를 게 없단다. 아니 어쩌면 계집보다 더 지켜야 할 것이 많지."

"거짓말. 그래도 사내들은 기생집도 드나들고 마음대로 외출도 하고 그러지 않습니까? 계집보다야 자유롭지요."

"그거야 사내는……."

계집과 다르지 않느냐, 라는 말을 하려던 형수가 입을 다물었다. 왠지 덕이 앞에서 그런 말을 하는 게 부끄러웠다. 사내와 계집이 다르다, 무엇이 어찌 다르단 말인가. 타고나길 그리 태어났으니 어쩔 수 없다고 말한다면 대체 그 양반네들이 자신에게 하는 말과 무에 차이가 있단 말인가.

지그시 어금니로 안쪽 볼을 깨물며 고민에 빠졌다. 그러나 덕이는 형수가 생각할 수 있게 내버려두지 않았다.

"도련님은 그리 많은 규율들을 다 지키면서 행복하십니까?"

예상치 못한 질문에 형수가 멍한 얼굴로 눈을 끔뻑거렸다. 그런 형수를 물끄러미 보며 덕이가 말을 이었다.

"양반네들은 그 많은 관습과 규율 속에 살면서도 편안하고 행복하여 그리 사는 겝니까? 만약 아니라면, 다들 왜 좋지도 않은데 그리 삽니까? 먹고 사는 데 필요도 없는 해야 할 일이 왜 그리 많이 존재하는 것입니까?"

"글쎄……."

진심으로 궁금한 목소리였다. 형수는 여전히 쉬이 대답하지 못하고 머뭇거렸다.

"나도 잘 모르겠구나. 왜 다 그리 사는지 모르겠다."

명쾌하게 대답해주고 싶은데, 아무리 생각해도 '정답'을 찾을 수가 없어 허탈했다. 떫은 감을 씹은 것 마냥 입안이 오그라들었다. 덕이가 고개를 갸웃하다 위로하듯 배시시 미소 지었다. 형수가 눈을 아래로 떨어뜨렸다. 가슴이 답답했다.

아무것도 할 수 없다는 것만 생각했다. 머리가 굵어진 후 형수가 느낀 좌절감의 가장 큰 부분은 거기서 기인했다. 손발이 묶여버린 제한된 인생, 그것을 견딜 수 없었다. 제 손발을 묶어버린 것을 풀고 싶었다. 여러 방법을 찾았다. 산의 제안을 받아들인 것도 같은 맥락이었다. 자신의 족쇄를 풀 것만 생각했다.

족쇄를 풀기 위해 다른 이의 손발을 묶어버렸다. 모순이었다. 자유로워지고 싶어 하면서, 아무렇지도 않게 타인의 자유는 없애버렸다. 그저 따뜻한 곳에서 잠을 자고 따뜻한 밥을 먹는 것만으로 채워지지 않는 어떤 것이 있다는 것을 누구보다 잘 알면서도 그리했다.

노을을 바라보며 나란히 앉은 두 사람은 한동안 말이 없었다. 둘의 머리 위로 눈이 내리기 시작했다.

시전을 구경하고 신을 사는 데 생각했던 것보다 많은 시간을 지체하는 바람에 날이 어둑어둑해지고 나서야 형수와 덕이는 옥루각에 돌아왔다.

"잘하는 짓이다."

걸음을 재촉한 두 사람이 솟을대문을 들어서자마자 안에서 둘을 기다리던 월향과 마주쳤다.

월향이 기다리고 있을 줄은 생각지도 못한 두 사람이 당황해 어쩔 줄 몰라 했다.

우왕좌왕하는 둘의 짓거리가 기가 막혔는지 월향이 순이네를 향해 버럭 고함을 질렀다.

"뭣하고 있는가! 얼른 덕이 데리고 별당으로 가시게. 이 꼴을 누가 보면 어쩌려고 이러나."

월향의 호통 소리에 뒤에 서 있던 순이네가 쏜살같이 튀어나와 덕이를 감싸다시피 해서 쪽문으로 달아났다.

월향이 차마 고개를 들지 못한 채 서성이는 형수 앞으로 걸어왔다.

"안에 홍낭청께서 와 계신다."

"어인 일로?"

"내가 어찌 알겠느냐."

월향이 혀를 찼다. 한심하다는 시선이 형수를 스치고 지나갔다.

"잘못하여 홍낭청과 마주치기라도 했으면 어쩔 뻔했느냐."

"죄송합니다. 제가 생각이 짧아……."

"네가 생각이 짧은 행동도 다하다니, 참 이상하구나. 뭐 빠진 놈처럼 굴긴 해도 네가 생각 없이 경솔한 짓을 하진 않는데 말이다. 신기한 노릇이야."

치마말기를 야무지게 말아쥔 월향이 쌩하니 몸을 돌렸다.

미리 사람을 모두 물린 것인지 안채는 쥐 죽은 듯이 조용했다. 문 밖에서 작게 헛기침을 하여 기척을 알린 월향이 조용히 문을 열었다.

"어, 이제 왔는가?"

"눈 때문에 오는 길이 지체되었다 하더이다."

"그렇지. 내 그럴 거라 하지 않았소. 그래, 대감마님은 무탈하신가?"

그제야 형수는 제가 오늘 치영을 찾아가지 않았다는 사실을 깨달았다. 단 한 번도 빼먹지 않은 문안인사를 까맣게 잊었던 것이다. 새해 첫날에 떠올린 것은 오로지 덕이와의 약조뿐이었다. 문안인사는 형수의 머릿속에 없었다.

형수가 놀라 월향을 바라보자, 어머니는 고개를 비껴 아들의 시선을 피했다.

"왜? 무슨 일 있으신가? 혹시 병색이 더 깊어지셨나?"

"아니, 아니옵니다. 아닙니다. 무탈하셨습니다."

국영이 무심히 고개를 끄덕였다.

혼란스러운 형수의 시선이 방 이곳저곳을 떠돌았다. 월향이 물끄러미 그런 아들을 바라보다 국영에게로 시선을 돌렸다.
"어인 연유로 정초부터 이리 걸음하신 겝니까?"
"행수에게 줄 것도 있고, 전하라 하신 말씀도 있고 하여 겸사겸사 들렀소."
국영이 소매에서 주머니를 꺼내 월향에게 내밀었다.
"고맙다고 전해 달라 하시었소."
"대가를 바란 일은 아니었습니다."
"그래도 값은 치러야지요. 그 많은 비단을 값도 없이 가져가면 도적놈이지요."
월향이 주머니를 받아 소매 안에 집어넣었다.
"확인해보시오. 나도 열어보지 않아 안에 얼마나 들었는지는 모르오."
"보지 않아도 어련히 알아서 잘 넣어주셨을까요. 감사히 잘 받았다 전해주십시오."
"행수는 장사치가 그리 셈에 밝지 못해 어쩌려 그러오. 값을 형편없이 쳐줬으면 어쩌려구요?"
"원래 진짜 장사꾼은 돈이 아니라 사람을 남기는 거랍니다. 제가 이리하면, 다음에 또 절 찾으시지 않겠습니까."
"하하, 역시 행수가 한 수 위요. 이번에도 내가 졌소."
국영이 호쾌하게 웃어젖히자 월향도 만족스러운 듯 조용히 미소 지었다. 그러는 동안에도 형수는 저 혼자 딴 생각에 빠진 모양인지 멍한 얼굴이었다. 뒤늦게 형수가 이상하다는 것을 눈치 챈 국영이 의아해하며 물었다.

"자네, 무슨 일 있나? 아님 몸이라도 안 좋은가? 왜 이리 넋을 빼고 앉아 있는 게야?"

"아, 아닙니다."

"괜찮은가?"

"괜찮습니다. 말씀하시지요."

헛기침을 두어 번 하고는 국영이 은밀한 목소리로 말했다.

"내일 덕이를 데리고 궁으로 오시게. 저하께서 빈궁전에서 보자고 하시네."

생각지도 못했던 말이라 형수와 월향이 적잖이 놀랐다.

"어찌 이리 빨리!"

"좌의정이 최대관의 혼인을 서두른다네. 벌써 매파에게 처자들을 알아보라 시켰다지 뭔가. 그래서 내일 덕이를 보고 어느 정도 갖춰졌다 싶으면 곧장 부부인 댁으로 보낼 생각이신 듯허이."

"부부인 마님의 댁으로 말입니까?"

"그렇네. 그 댁의 종질녀로 만드신다 하셨네. 그러니 그곳으로 매파를 불러 선을 보이게 하라 하시더군."

"아직 가르칠 것이 많사온데."

"자네가 오라비 자격으로 그 집에 함께 들어가 마저 가르치면 될 일 아닌가. 그 아이를 언제까지 여기 둘 순 없는 노릇이니 말이야. 부부인의 종질 역시 남매라 하니 함께 간다 해도 의심을 사지 않을 걸세."

형수와 월향이 불안한 시선을 교환했다.

"그건 그렇고, 자네 생각해둔 것 있는가?"

"무엇을 말입니까?"

"이 사람 답답하기는. 최대관을 어찌 넘어오게 할지 생각해둔 게 있냔 말일세."

"아직 그것은……."

"어서 생각하게. 일정이 당겨질 것 같으니 모든 일을 서둘러야 할 것이야."

국영의 서슬 퍼런 당부에 형수는 온몸이 저릿해지는 걸 느꼈다. 비로소 산의 계획을 피부로 실감하는 것 같았다. 월향이라고 다르지 않았다. 긴장한 속내를 감추려고 어느새 그녀의 시선은 다른 곳을 향해 있었다.

술상을 앞에 둔 동세는 싱글벙글 신난 얼굴이었으나, 맞은편에 앉은 형수는 홀로 다른 세상에 있는 듯 멍했다. 형수의 빈 잔에 술을 채워주던 동세가 고개를 옆으로 기우뚱 기울여 친구의 기색을 살폈다. 편치 않은 얼굴이 수상해보였기 까닭이다.

"자네 왜 그러나? 무슨 일 있는 겐가?"

"아니, 아닐세."

동세가 추궁하듯 묻고서야 정신을 차린 형수는 어색하게 웃기만 할 뿐이었다.

"아니긴. 아까부터 영 다른 데 정신을 팔고 있는데. 뭔가? 무슨 일이야? 본가에서 또 장가가라고 하던가? 아니면……."

동세가 주변을 쓱 둘러본 뒤 몸을 낮췄다.

"계집애가 말을 듣질 않나? 일이 잘 안 돼?"

"아니야. 그런 게 아니라……."

형수가 단숨에 잔을 비웠다. 더운 술이 목을 타고 내려가며 몸을 훈훈하게 데워주었다.

"자네는 행복한가?"

형수가 느닷없는 말을 꺼내자 동세의 눈이 튀어나올 듯이 커졌다. 행복하냐니, 이런 대화를 나누어본 적이 없어 난감한 얼굴이었다.

"자네, 벌써 취했나?"

"취하지 않았네. 진정 궁금해서 묻는 것이야. 우리는 왜 이리 사는 것일까? 이 땅의 그 수많은 법도와 예는 왜 필요한 것일까? 그것을 지키면서 다들 행복한 것일까?"

"이 사람 웬 헛소리인가? 군자가 어찌 행복을 위해서 산단 말인가. 배부르고 등 따셔서 행복한 건 거지나 소인배의 행복이지. 군자는 명분을 위해 사는 것 아닌가."

"누굴 위한 명분이란 말인가?"

"누굴 위한 명분이라니! 이 세상을 바르게 밝히기 위한 대의명분이지! 우리가 왜 혁명을 하려는 것인가? 우리 같은 인재들에게 뜻을 펼칠 기회도 주지 않는 썩어빠진 세상을 개혁하기 위함이 아닌가. 그네들은 세상을 위한 명분이 아닌 자신들만의 명분을 가지고 있어. 그들의 권력 유지를 위함이지. 우린 제대로 된 이 조선을 위한 명분을 되찾아야 하네. 그러기 위해서 혁명을 해야 하고, 권력을 잡아야 하는 것이야."

두 주먹을 불끈 쥔 동세는 흥분한 듯 점점 목소리가 커졌다. 그러나 그와 반대로 형수의 마음은 싸늘하게 식어갔다. 처음으로 동세가 낯설게 느껴졌다.

형수가 혼란스런 감정을 추스르려 황급히 술잔을 비웠다. 자꾸만 드는 잡생각을 떨치려 머리도 흔들었다. 다시 침착하려 했지만 입꼬리가 미묘하게 제자리를 찾지 못하고 가늘게 흔들렸다.

"참, 홍낭청이 다녀갔네. 일정이 당겨졌다 하셨네."

"일정이 당겨졌다? 어이해서?"

형수는 동세에게 국영이 전해주고 간 소식을 알려주었다. 그런데 이상하게 이야기를 하면 할수록, 당장 내일 궐에 데리고 들어갔다가 다른 곳으로 덕이를 보내야 한다는 사실이 편치 않았다.

자신이 함께 간다고는 하나 옥루각이 아닌 데로 덕이를 데려가는 게 영 내키지 않았다. 이야기를 겨우 끝낸 형수가 길게 한숨을 내쉬었다. 평소의 동세였다면 지금 형수의 상태가 썩 좋지 못하다는 것을 충분히 눈치 챘을 것이다. 그러나 지금 동세는 흥분한 까닭에 그가 평소와 다르다는 것을 전혀 알아채지 못했다.

"궐 안까지 들어간다니, 이거야말로 천우신조 아닌가. 내 아무리 생각해도 말일세, 이건 우리한테 천운이네, 천운. 세손마마를 직접 뵐뿐만 아니라 그분 곁에 가까이 있을 수 있기까지 하니 말일세. 게다가 이젠 궐 안으로 드나들 수 있게 되었으니, 이 기회를 절대 놓쳐서는 안 되네. 만약 이 일이 성공하게 된다면, 우린 마마와 대단한 거래를 할 수도 있음이야. 이거야말로 무혈입성 아닌가."

"그렇지."

"자네…… 생각은 해두었겠지?"

"무얼?"

아직도 반은 정신이 나간 듯 멍한 형수를 보자 동세가 왈칵 성을 냈다.

"이 사람! 최규식을 어떻게 유혹해야 할지, 그 방법 말일세. 정녕 생각해두지 않은 겐가?"

"안 그래도 홍낭청이 그것을 묻더군. 내 몇 가지 생각은 해두었는데, 아직 마땅한 게 떠오르지 않아 제대로 답하지 못했다네."

"어허, 몇 번의 기회가 우리에게 주어질지 알 수 없으나 많아야 서너 번이 아니겠나. 그 안에 사내가 홀딱 빠지게 만들어야 하는데, 이리 느긋해서야 되겠는가. 게다가 최규식처럼 앞 뒤 꽉 막히고 융통성이라곤 없는 사내는 계집에게 쉽게 혹하지 않는 법이야. 쉽지 않은 일이라고. 그저 계집을 예쁘게 단장하는 것만으로 일이 끝난다고 생각한다면 자네 그거 어리석은 생각일세."

"자네는 뭐 생각해둔 게 있는가?"

형수가 물어봐주길 바랐던 모양인지 동세가 기다렸다는 듯이 신난 얼굴로 이야기를 시작했다.

"실은 말일세. 내가 최규식에 대해서 좀 알아보기도 하고, 주변에 그런 사내들에 대해서 물어보고 다니기도 했지. 다들 입을 모아 하는 말이 최규식처럼 보수적이고 재미없는 사내들은, 계집이 꼭 저처럼 아주 책에 튀어나온 여자마냥 정숙하길 바란다더군. 그림처럼 얌전하고 참하길 바란단 말일세. 그림이나 책이 이상형이라고. 근데 생각해보게. 어찌 그림이 산 사람을 유혹할 수 있겠냔 말이지."

"그래서?"

"그래서 내가 곰곰이 생각을 하고 또 했다네. 그래도 계집에 대한 건 내가 자네보다 좀 나을 테니 내가 생각하는 게 낫다 싶어서 자네에게 이야기를 들은 날부터 밥 먹는 것도 잊은 채 고민에 빠졌다네. 그리고 아주 기가 막힌 결론을 내렸지."

"그게 뭔가?"

동세가 아주 자신만만한 표정으로 형수를 보며 씩 웃었다.

"그림과 책 속에 표현된 여자처럼 행동하면 가능성이 있겠다는 거지."

"그림과 책 같은 여자?"

"그래. 딱 최규식 같은 사내가 좋아할 만한 여자. 그네들이 신처럼 높이 떠받드는 여성 말일세."

"그게 누군데?"

어느새 동세의 이야기에 빠져든 형수가 진심으로 궁금한 표정으로 고개를 갸웃거렸다. 동세가 형수를 바라보며 의미심장한 미소를 지었다.

"신사임당과 인현왕후."

"신사임당과 인현왕후?"

"그래. 고루한 양반네들이 현모양처라고 입에 침이 마르도록 극

찬을 하는 여인네들 아닌가."

"그렇긴 한데, 그 여인네들의 어떤 행동을 해야 한단 건가?"

형수의 더 묻자 동세가 머리를 긁적거렸다.

"거기까지네."

"뭐?"

"내 생각은 거기까지라고. 실은 인현왕후나 신사임당에 대한 이야기를 봐도 난 도통 별 매력이 없어서 모르겠더라고. 내가 여기까지 답을 구해왔으니 더 자세한 건 자네가 생각해보시게. 이만큼이라도 내가 알려준 게 어딘가?"

형수가 어이없다는 듯 헛웃음을 터트렸다. 동세의 눈매가 뾰족해졌다.

"뭐야, 자네 비웃는 겐가?"

"아닐세. 고생했네. 내 꼭 참고하지."

"내 말 믿지 않는 것이지?"

"아니래두 그러네. 내 미처 거기까지 생각지 못했는데 듣다보니 자네 말이 맞는 것 같기도 해. 이제부턴 내가 고민해보지. 어찌하면 그 아이를 신사임당과 인현왕후의 화신으로 만들 수 있을지 내 깊이 숙고해보겠네."

형수가 그리 말해주니 기분이 좋아진 동세가 싱글벙글거리며 술잔을 비웠다. 기분이 좋아진 친구의 빈 잔에 술을 채워주며 형수가 조용히 읊조렸다.

"인현왕후와 신사임당이라……."

곱게 단장하고 행실이 바른 계집이기만 하면 될 줄 알았다. 게다가 월향이 알아서 그 사내의 취향에 맞게 꾸며주기까지 하면 더 이상 제가 할 일은 없을 줄 알았다. 그런데 국영과 동세의 말을 들어보니, 그것과 별개로 다른 노력을 해야 할 듯했다. 월향에게 의논해야겠다고 생각하며 형수가 쓴 입맛을 다셨다.

그저 예쁜 덕이가 아니라 규식의 마음에 쏙 드는 예쁜 덕이로 만들어야 한다니, 생각하면 할수록 형수는 유쾌하지 않았다.

첫 닭이 울기 전 아직 어둠이 내려앉은 시간에 순이네가 별당 앞마당을 종종 걸음으로 바쁘게 움직였다. 그 발자국 소리에 누워 있던 덕이가 번쩍 눈을 떴다. 두어 번 어둠 속에서 눈을 깜빡인 덕이가 몸을 일으킨 뒤 가볍게 기침했다.

"일어나셨습니까?"

"네."

잠이 덜 깨어 목이 잠긴 낮은 목소리로 덕이가 대답했다. 순이네의 존댓말이 아직은 어색했다.

어젯밤 월향은 덕이와 순이네에게 오늘 궐에 간다고 알려주었다. 그리고 앞으로 덕이를 아씨라 부르며 깍듯이 존대하라 당부했다. 순이네는 낯설어 하는 덕이를 애써 떼어내며 월향이 시킨 대로 태도를 바꾸었다.

덕이는 상황을 이해하려 애썼으나 쉽지 않았다. 어색해진 순이네의 존댓말만큼이나 제게 닥친 상황이 낯설고 거북해 밤새 덕이는 한잠도 이루지 못하다 새벽녘에 겨우 선잠을 잤다. 눈을 뜨고 일어나 앉았으나 덕이는 제 앞에 놓인 현실이 꿈인지 생시인지 여전히 얼떨떨하기만 했다.

잠시 후 방문이 열리면서 순이네가 세숫대야를 들고 안으로 들어왔다. 총 여섯 개의 대야가 모두 방에 들어오고 나서야 방문이 닫혔다.

순이네가 왔다 갔다 하며 세숫대야를 방으로 나르는 동안, 덕이가 반듯하게 자세를 바르게 하고 앉았다. 머릿속은 여전히 복잡했으나 몸은 한 달 간 익숙해진 습관대로 움직이고 있었다.

먼저 덕이는 맨손세수를 시작했다. 먼저 양쪽 손바닥을 비벼서 열이 나게 한 다음 손바닥으로 얼굴과 눈을 따뜻한 맨손으로 세수하듯이 비볐다.

십 여회 정도 반복한 뒤 덕이가 동작을 멈추자 첫 번째 세숫대야가 덕이 앞에 놓였다. 순이네가 휘건으로 덕이의 목과 머리를 감쌌다.

첫 번째 세숫대야에 담긴 미지근한 물은 손과 발을 씻는 용이었다. 조두로 손과 발을 깨끗이 씻고 나면 두 번째 세숫대야가 놓였다. 아래를 씻어내는 용이었다.

세 번째 세숫대야는 백과인 다섯 량, 복숭아꽃 네 량, 백양피 두 량을 섞은 것을 오랜 시간 은근한 불에서 우려낸 것이었다. 피부를 희게 만드는 효과가 있었다. 세 번째 대야에 담긴 물로 얼굴에 물세수를 긴 시간 한 뒤 물기를 닦아냈다. 그러자 순이네가 곧장 덕이의 맨 얼굴에 꿀을 발랐다. 얼굴에 있는 각질을 깨끗이 벗겨내기 위해서였다.

연이어 네 번째 세숫대야가 앞에 놓였다. 덕이가 얼굴에 묻은 꿀을 깨끗이 씻어냈다. 휘건으로 물기를 닦자 이번엔 순이네가 계란 흰자를 얼굴에 발랐다. 그냥 날계란이 아니라 동절에 신선한 계란을 술에 침지한 뒤 칠 일간 밀봉한 다음 꺼낸 계란의 흰자였다. 안색을 맑고 투명하게 만들기 위함이었다.

덕이 앞에 놓인 다섯 번째 세숫대야는 차가운 눈에 도화를 섞은 것으로 이 물로 얼굴에 묻은 계란 흰자를 씻어냈다. 그리고 물에 젖은 얼굴에 바로 분을 발라 얼굴을 하얗게 만들었다. 이 분을 씻어내는 것이 아침 세안의 마지막, 분세수였다.

분세수를 끝으로 드디어 길고 긴 아침 세안이 모두 끝났다. 순이네가 세숫대야를 가지고 밖으로 나가자, 덕이가 자리끼를 제 앞으로 끌어왔다.

주전자와 물그릇 옆에 곱게 접힌 흰 봉투 두 개가 있었다. 봉투를 열면 각기 다른 가루약이 들어 있었다. 하나는 구기자 세 근과 생지황 세 근을 가루로 낸 것으로 얼굴을 맑게 하고 피부를 젊게 만드는 것이다.

다른 하나는 도화와 단사를 각 세 량씩 갈아서 만든 것으로 대장과 소장에 좋고 안색을 희게 하는 데 탁월한 효과가 있었다. 둘 다 공복에 먹어야 하는 것이었다.

덕이가 약을 다 먹고 나자 순이네가 들어와 덕이의 뒤편에 앉아

삼단 같은 머릿결을 푼 뒤 빗질하기 시작했다. 순이네가 머리를 빗는 동안, 덕이가 유자씨를 절구에 찧어 달인 물을 천에 듬뿍 적신 후 얼굴을 닦아냈다. 그리고 복숭아씨 기름을 손에 덜어낸 뒤 얼굴에 발랐다.

그 사이 빗질을 모두 끝낸 순이네가 임자유를 머리에 바른 뒤 머리를 땋기 시작했다. 들깨로 만든 임자유는 검은 윤기를 특히 오래 지속시켜 주었다. 순이네는 귀를 가리며 느슨하게 머리를 땋은 후 붉은색 제비부리댕기를 맸다. 그리고 오른쪽 귀 옆에 비취로 만든 연꽃문양의 빗치개 뒤꽂이를 꽂았다.

머리를 모두 땋은 후 순이네가 경대에서 명주실과 족집게를 꺼내 덕이의 앞에 앉았다. 덕이가 흰 수건을 제 턱 아래 받쳤다. 순이네가 족집게로 눈썹 털을 뽑아 단정하게 정리했다. 그 후 이마의 잔털을 모두 뽑아 이마 선을 깨끗하게 다듬었다. 그리고 명주실을 꼬아 덕이의 얼굴을 아래에서 위로 훑으며 얼굴의 솜털을 모두 뽑았다. 분이 얼굴에 뭉치지 않고 피부에 잘 붙어 있게 하기 위해서는 반드시 매일 아침 얼굴에 있는 잔털을 모두 뽑아야 했다. 털을 모두 뽑은 뒤엔 덕이가 수세미즙을 천에 듬뿍 묻혀 얼굴을 다시 한 번 닦아냈다.

그 사이 순이네가 미분을 꺼냈다. 이 미분은 옥루각에서 특별히 만든 것이었다.

먼저 양미를 깨끗하게 씻은 후 곱게 갈아서 물 항아리에 가루를 담갔다. 봄과 가을에는 한 달, 여름에는 이십 일, 겨울에는 육십 일을 담그며 오래 담그면 담글수록 좋고 냄새가 나고 썩을수록 더 좋다고 생각해 물을 바꾸지 않았다.

시간이 흐른 후 얇은 면포로 즙을 여과시키는데 오랜 시간이 지난 것일수록 분이 매끄럽고 윤기가 흘렀다. 이렇게 통과시킨 즙을 다른 항아리에 넣고 절굿공이로 찧고 침전시키길 반복하며 먼지가 들어가지 않도록 항아리의 뚜껑을 꼭 덮었다. 그러면 가운데 사발처럼 둥글고 윤이 나는 부분이 생기는데 이것을 분영이라 했다. 이 분영에 향을 섞어 얼굴뿐 아니라 손과 목 등 드러나는 부분에 발랐다.

오늘 덕이가 쓰는 것은 분영에 영릉향을 섞은 것이다. 분접시 두 개에 미분을 각각 덜어내어 하나엔 연지를 아주 조금 섞어 분홍색으로 만들었다. 자연스러운 혈색이 도는 얼굴을 만들기 위한 것이었다. 분홍색으로 만든 미분은 얼굴에, 흰색 미분은 목과 손에 누에고치 집으로 톡톡 두드리며 발라주었다. 그러자 얼굴은 생기가 도는 분홍빛으로 피부는 고운 흰빛으로 변했다.

분화장이 끝나자 덕이의 얼굴은 적당한 혈색이 돌면서 아이처럼 보송보송하게 변했다.

순이네가 아까부터 물에 담가 두었던 라자대를 꺼냈다. 서역에서 수입한 것으로 눈썹을 그리는 데 사용하는 것이었다. 순이네는 아주 조심스럽게 양쪽 눈썹을 버들잎 모양으로 둥글게 그렸다. 반달 모양으로 부드러운 곡선의 형태인 눈썹을 아미라고 하며 높게 쳐주었다. 순이네는 단번에 양쪽 눈썹을 한 치의 오차도 없이 똑같이 그렸다.

얼굴 화장이 끝난 후 덕이가 경대를 정리했다. 순이네는 속곳과 치마, 저고리를 꺼냈다. 아래 속곳은 속저고리, 다리속곳, 속속곳,

속바지, 대슘치마, 무지기치마였고 위는 가리개용 허리띠와 속적삼, 속저고리였다.

덕이가 순서대로 속곳을 다 입자 순이네가 어제 지은 노란 저고리에 붉은 치마를 덕이 앞에 꺼내놓았다. 최고급 장인에게 맡긴 홍화색 치마는 쉬이 보기 어려울 정도로 곱디고운 붉은 빛을 내고 있었다.

"너무 색이 곱습니다."

저도 모르게 치마를 손으로 조심스럽게 쓸면서 덕이가 감탄사를 내뱉었다.

"조선 최고의 염색장에게 맡긴 것이니 그렇지요."

"이런 색을 내려면 어찌해야 합니까?"

"이 정도 색을 내려면 한 필에 홍화가 열일곱 근은 들어가야 한다 들었습니다."

"그럼 대체 값이……."

순이네가 눈을 부릅뜨며 덕이를 노려보았다. 덕이가 입을 합 다물었다. 그러나 머릿속으로 자신도 모르게 셈을 하게 되는 건 어쩔 수가 없었다. 홍화 한 근 값이 쌀 한 섬과 맞먹는다고 들었으니 홍화 열일곱 근이라면 쌀이 열일곱 섬이다. 덕이는 지금 쌀 열일곱 섬을 들여 색을 입힌 치마를 입고 있는 것이다. 얼마 전까지 쌀밥 한 숟갈도 못 먹었던 제 처지를 떠올리자 씁쓸해졌다.

은은한 꽃 문양이 들어간 화문단의 열세 폭 치마는 풍성하면서도 무게감이 있게 아래로 떨어져 우아했다. 그 위의 노란 저고리는 노론의 양식에 맞추어 지은 것이었다. 저고리의 품은 약간 넉넉하며 깃은 넓은 목판 당코 깃에 고름은 짧고 납작하게 한 치 정도 한 것이 바로 노론들의 저고리 양식이었다.

깃, 곁마기, 고름, 끝동의 색은 치마와 같은 붉은색으로 달아 색상의 대비를 선명하게 했다. 저고리 고름까지 매고 나자 순이네가 미리 준비해둔 노리개를 가져왔다.

이번에 덕이의 차림에 있어 월향이 강조한 것은 정숙함과 단아함 그리고 우아함과 격조 있는 고급스러움이었다. 너무 소박해서도 안 되고 너무 화려해서도 안 되며 묻혀서도 안 되고 튀어서도 안 된다. 그래서 월향은 화려한 꾸밈보다는 기본적인 것에 충실했다. 소재는 최고급으로 쓰되 장식은 최소화할 것, 그것이 덕이 차림의 법칙이었다.

그래서 화려한 삼작노리개 대신 월향이 덕이에게 차도록 한 것은 은장도 노리개였다. 연봉매듭에 끈술의 크기 역시 작게 만들어 화려함보다는 소박함을 추구했다. 은장도에는 절개를 뜻하는 대나무가 새겨져 있었다. 그 옆에 영릉향을 넣은 향낭주머니를 찼다.

영릉향은 월향이 정한 덕이의 향이었다. 저고리와 치마 역시 이미 전날 밤 영릉향으로 훈의를 해놓은 상태였다. 덕이가 지나간 자리마다 은은히 향내가 피어올랐다.

"버선을 신고 계십시오. 아침을 가져오겠습니다."

"네."

"이제 말을 놓으세요. 곧 궁에 들어가야 할 터인데, 그러시면 큰일 납니다요."

"어색해서요."

"그래도 하셔야죠. 뭐라고 하셔야 한다구요?"

"알겠…… 네."

딱딱하고 어색한 대답이었으나 순이네는 잘했다는 듯 고개를 끄덕이며 웃어주었다. 그 미소에 덕이도 겨우 순이네를 따라 웃었다.

"상 가지고 오겠습니다."

순이네가 나간 후 덕이가 석경에 자신을 비춰보았다. 저 같지 않은, 낯설어 보이는 고운 여인이 그 안에 있었다. 이상한 기분이었다. 이 모습으로 이런 대접을 받으며 앞으로 평생을 산다는 게, 덕이는 아직도 쉬이 믿어지지 않았다.

"왜 하필 영릉 향을 쓰셨습니까?"

형수가 호기심이 생겨 묻자 월향이 살풋이 웃었다.

"궁금한 것이냐?"

"제가 궁금한 것보다 궐에 들어가면 물을 것이 염려되어 그럽니다. 사내들을 유혹하는 데 사용되는 영묘향이나 사향도 있는데 왜 하필 영릉향이었는지 의아해하시지 않겠습니까."

"그자는 유혹을 당해 움직이는 사내가 아니다. 스스로 움직이는 사내지. 게다가 삼 년이나 수절을 한 자다. 오히려 사향이나 영묘향은 그자에게 역하게 느껴질 것이다."

"난향이나 매화향도 있지 않습니까."

"그것은 그자에게 벗의 향이지, 여인의 향이 아니지 않겠느냐. 곁에서 흔히 늘 맡는 향을 가지고 있는 여인이 무에 그리 특별하게 느껴지겠느냐."

"영릉향은 어찌 최대관에게 여인의 향이 되는 것입니까?"

"그는 책을 많이 읽고, 생각이 많은 자다. 자신도 모르게 관자놀이를 누르는 습관이 있는 것으로 보아 평소에도 두통을 달고 사는 것 같더구나. 따뜻해 보이는 겉모습과 달리 몸의 기운은 차가운 자다. 그런데 집에서 그의 두통을 위해 사용하는 것은 같은 찬 기운인 감송향이었어. 아마 같은 찬 기운인 감송향을 선호해 그리했을지는 모르나, 찬 데 찬 것이 더해져 큰 효과를 보진 못하고 있을 것이다. 그래서 영릉향을 쓴 것이야. 같은 효능을 가지고 있되 영릉향은 따뜻한 향이다. 최대관은 자신도 모르게 따뜻함을 느끼며 덕이를 따르게 될 게다."

형수가 과연, 하는 표정을 지으며 고개를 끄덕였다.

"역시 어머니십니다. 그러니 이것 역시, 어머니에게 의논해봐야겠군요."

"무엇 말이냐?"

"그 사내를 어찌 꼬여낼지 자세한 계획을 세워야 하지 않겠습니까?"

"생각해둔 것이 있느냐."

"네."

형수는 월향에게 자신이 밤새 생각한 신사임당과 인현왕후 작전을 설명했다. 신사임당이 처녀 적에 잔칫집에 갔다가 얼룩진 치마에 포도를 그리고 시를 쓴 것처럼 덕이를 데리고 잔칫집을 가 덕이를 신사임당과 똑같은 행동을 하게 만드는 것이다.

분명 신사임당을 이상향으로 생각하는 남자들에게 덕이의 행동은 화제가 될 것이라고 형수는 확신했다. 규식이 관심을 보인다면 그때는 인현왕후 수법을 쓸 것이다. 인현왕후 수법은 무조건 두 번 거절한 뒤 세 번째에야 비로소 응해, 사내의 애를 태우는 것으로 폐비 시절 인현왕후가 숙종의 애를 닳게 했던 방법이었다.

제가 생각해도 썩 괜찮은 생각이라 말을 끝낸 뒤 뿌듯한 얼굴로 앉아 있는 형수를 보며 월향이 웃음을 터뜨렸다. 제 나름대로 얼마나 골머리를 써서 나온 것일까 생각하니 아들이 귀엽기까지 했다.

"왜 웃으십니까?"

"둘 다 그리 나쁘지 않다."

"나쁘지 않은 정도입니까? 썩 좋은 게 아니구요?"

"일단 신사임당의 경우 방법은 좋으나 덕이에게 맞는지 모르겠다. 너도 알다시피 덕이는 그림을 그리 잘 그리지 못해. 얼룩이 꼭 그림을 그리기 쉽게 만들어지리라는 보장도 없어. 만약 했다가 아니한만 못하게 되면 그 일을 어쩔 것이냐."

"잔칫집에 기생 몇 명만 계집종으로 위장시켜 들여보낸다면 간단합니다. 미리 얼룩진 치마를 준비해 가서 진짜 얼룩진 치마와 재빨리 바꿔치기 하는 겁니다. 그래서 미리 연습해둔 치마 위에 그림을 그리게 하면 됩니다. 잔칫날까지 미리 얼룩진 치마 위에 수 없이 그림 그리는 연습을 시키면 되지 않겠습니까."

형수의 말에 월향이 그럴듯하다는 얼굴로 고개를 끄덕였다. 곧 월향이 무릎을 쳤다.

“시는 최대관이 짓게 하거라.”

“최대관이요?”

“그래. 그 잔칫집에 최대관이 있을 것 아니냐? 여인이 그림을 그렸으니 시는 사랑에서 짓게 하자, 그리 말을 만들면 될 것이다. 사랑으로 포도가 그려진 치마가 나간 뒤엔 최대관이 시를 짓도록 거기 있는 우리 편 사람에게 부탁하면 될 일 아니겠느냐. 시를 쓴 뒤엔 최대관이 시가 적힌 치마를 가지고 덕이에게 건네주러 오게 해야 한다. 그것이 둘의 첫 만남이 될 것이다. 최대관 역시 포도를 그린 여인이 누구일지 궁금해 하지 않겠느냐. 그때 덕이의 고운 자태를 본다면, 한눈에 반하지 않겠느냐. 괜찮은 시작일 듯하구나.”

형수도 그러면 되겠다며 동의했다. 그러나 그리 썩 좋은 표정은 아니었다. 월향의 의견은 매우 좋았으나 무언가 알 수 없는 느낌에 입안이 시금털털했다.

어느새 시큰둥해진 아들의 눈치를 살핀 월향이 자리에서 일어났다.

“분세수는 하였느냐?”

“네, 어머니가 말씀하신대로 하였습니다.”

“잘했다. 네 옷을 따로 준비해두었으니 갈아입어라.”

“제 옷을요?”

“그래. 너는 덕이의 오래비 자격으로 궐에 함께 가는 것이다. 그러니 좀 더 화려해야 하지 않겠느냐. 덕이는 부부인 마님의 종질녀다.

권력은 보장된 자리이나 재산이 얼마나 있을지는 아무도 모르는 일이지. 아마 좌상은 덕이와 너의 차림새로 그것을 가늠하려 할 것이다. 어서 옷을 입어라. 옷을 입고 나면 바로 가짜 수염을 붙여야 하니 시간이 없어."

"수염까지요?"

"그럼 그러고 갈 참이었더냐? 누가 너를 알아보면 어찌하려고?"

형수가 미간을 찌푸렸다. 그 사이 형수 앞에 최고급 운문단을 사용한 바지와 저고리 그리고 푸른색 도포가 놓여졌다. 그것이 끝이 아니었다. 연이어 월향이 꺼내어놓는 흑립과 관자, 태사혜에 모선까지 이때껏 형수가 단 한 번도 쓰지 않았던 값비싸고 화려한 사치품들이었다. 형수가 줄줄이 나오는 것들을 보고 당황했다.

"굳이 이리해야 할 필요가 있습니까?"

"혼인이 오롯이 최대관의 의지로만 이뤄진다면 이리할 필요가 없겠지. 어차피 너는 최대관과 마주치지 않을 것이니 말이다. 최대관은 오래비 따위엔 관심도 없을 것이야. 그 오래비가 뭘 입고 다니는지 관심을 가질 자는 바로 그 아비인 좌의정 대감이다. 덕이의 가마는 단정해도 네 차림은 화려해야 한다. 아들이 저리하고 다니는 게 화려하다면 대단한 재산을 가진 집안일진데, 그런 집안이 계집을 소박하게 키웠다면 그것을 더 높게 칠 테니 말이다. 첫 번째 며느리를 어이없이 잃은 좌의정은 아들의 두 번째 혼인으로 그 모든 것을 만회하려 할 것이야. 얼마나 꼼꼼하게 따질지 상상이 되지 않느냐! 그저 최대관이 마음에 들어 한다는 이유만으로 좌의정이 아들의 혼인을 허락할 성 싶으냐? 그리고 최대관이 제 아비의 반대를 무릅쓰면서까지 계집을 고집할 위인이더냐?"

월향의 일갈에 형수가 못마땅한 표정으로 입을 꾹 다물었다. 틀린 말은 아니나 속이 뒤틀렸다.

"측간에 잠시 다녀올 터이니 갈아입고 있거라. 옷을 입은 뒤 수염을 붙일 것이다."

문이 닫히는 소리가 들리고 나서야 형수가 마뜩잖은 손길로 제 앞에 놓인 흑립을 집어들었다.

갓끈은 검은색 갑사로 만들었고 장식용으로 길게 늘어뜨린 입영은 대갓끈으로 대나무 사이에 푸른색 옥을 끼운 것이었다. 심지어 기다란 주영은 호박으로 만들어 움직일 때마다 화려하기 그지없었다. 쓰고 있던 흑립을 벗어 휙 던지다시피 바닥에 내려놓은 후 잔뜩 찌푸린 얼굴로 형수가 자리에서 일어나 도포를 벗기 시작했다. 형수의 움직임이 그 어느 때보다 거칠고 투박스러웠다.

삼시세끼 자소자를 갈아넣은 흰 죽이 올라온 지 오늘로 삼 일째였다. 몸을 비백하고 향방하게 하기 위함이라 했으나 덕이의 소견으론 이리 못 먹으면 기운이 없어 절로 창백해질 것 같았다.

물려서 꼴도 보기 싫은데다 잔뜩 긴장한 까닭에 오늘따라 아무리 떠먹어도 도대체 죽이 줄지가 않았다.

"못 먹겠습, 아니, 못 먹겠네."

"그건 다 드셔야 합니다."

숟가락을 내려놓으려는 덕이의 손에 순이네가 다시 숟가락을 쥐어주었다.

"안 들어가네."

"지금 안 드시면 또 언제 드실지 알 수 없습니다. 배에서 꼬르륵 소리라도 나면 어쩌시려고 그러십니까."

그렇겠구나 싶었던지 덕이는 다시 숟가락을 잡았다. 꾸역꾸역 억지로 밀어넣어 죽 한 그릇을 겨우 다 비우고 상을 물리자마자 밖에서 기척이 났다.

"차비 다 했느냐?"

"예, 들어오십시오."

입에 물고 있던 양칫물을 뱉어낸 후 덕이가 자리에서 일어났다.

순이네가 서둘러 방안을 정리한 뒤 문을 열었다. 월향이 들어오고, 뒤이어 형수가 들어왔다. 얌전히 서 있던 덕이가 형수의 얼굴을 보자마자 깜짝 놀라며 얼굴을 뚫어져라 쳐다보았다.

"도련님, 얼굴이 어찌……."

"고개를 숙이고, 고개를 들더라도 시선을 아래로 해서 상대의 얼굴을 똑바로 봐서는 안 된다고 몇 번이나 일렀느냐!"

덕이의 말이 채 끝나기도 전에 월향이 호통을 쳤다. 그러나 그런 소리가 전혀 들리지 않는 듯 덕이는 눈을 동그랗게 뜨고 형수의 코앞에 고개를 바싹 들이밀었다.

순이네가 다급하게 덕이를 제 쪽으로 끌어당겼다.

"아씨!"

"저래서 어찌 세손마마 앞에 선 뵈일 수가 있겠느냐."

월향이 이마를 짚으며 자리에 털썩 앉았다. 무안해진 형수도 헛기침을 하며 어머니의 오른편에 자리했다. 그제야 덕이가 뒤늦게 정신을 차리고 형수 맞은편에 앉았다. 자세는 다소곳하게 앉았으나 여전히 고개를 이리저리 빼며 형수의 얼굴을 살피기 바빴다.

그도 그럴 것이 지금까지 덕이가 봐왔던 형수는 언제나 흰색 도포만을 걸친 아주 단출한 차림이었다. 양반가에서 멋부린다는 사내들이 흔히 한다는 분세수를 해 부러 얼굴을 꾸미지도 않았고 눈썹을 정리하지도 않았다. 단 한 번도 몸에 호박이나 옥 같은 보석을 지닌 적도 없었다.

수염이 잘 나지 않는 집안 내력상 아직 수염이 시커멓게 뒤덮지 않아 동년배보다 조금 더 해사한 데다, 반듯한 외모와 훤칠하게 큰 키 덕에 사모하는 여인들이 종종 있기는 했으나 여태껏 덕이는 형수를 사내답다고 느끼지 않았다. 특히 강대감의 큰아들, 즉 본가의 큰도련님이 기골이 장대한데다 워낙에 화려하게 꾸미고 다니는 통에 그에 비해 형수가 늘 처진다고 생각했었다.

그런데 지금 덕이 눈앞에 있는 형수는 여태껏 덕이가 알던 사람이 아니었다. 고급스러운 연청색 비단과 흰 피부는 무척 잘 어울려 형수의 외모가 한층 더 돋보였다. 거기에 보기 좋게 자리한 수염은 형수를 썩 근사하게 보이게 했다. 윤기가 흐르는 흑립과 그 아래 매달려 움직일 때마다 흔들리는 호박은 장식의 화룡점정이었다. 이리 잘 생기고 사내다운 남자였던가, 덕이는 꼭 딴 사람을 보는 것 같았다.

"아얏!"

"정신 안 차릴 것이냐!"

결국 월향에게 장죽으로 어깨를 얻어맞고 나서야 덕이는 얌전히 고개를 숙였다. 결국 월향이 언성을 높였다.

"대체 이런 계집을 지금 당장 마마께 뵈여야 한다니 환장할 노릇이구나. 이리 철없는 년을 어찌한단 말이냐."

동그란 덕이의 머리꼭지를 보던 형수가 자기도 모르게 웃음을 터뜨렸다. 저를 보고 무슨 귀신 본 듯 눈이 휘둥그레지던 덕이의 표정이 아직까지 눈앞에 생생했다. 그런 표정을 지을 수 있는 건 덕이밖에 없을 것이다. 어떤 양반가의 규수도 그리 생생하게 자신의 감정을 드러내진 않을 터이니 말이다.

월향이 무엇을 걱정하는지 충분히 이해할 수 있었다. 형수 역시, 그것이 걱정스럽기는 마찬가지였다. 그러나 이상한 것은 그런 덕이가 걱정스럽긴 했으나 제 눈에는 하나도 밉지 않았다. 오히려 그녀만의 생명력이 느껴져 더 귀여웠다.

자신을 보고 웃어주는 형수의 미소에 덕이의 양 볼이 발그레해졌다. 발가락 끝이 간질간질하고 손바닥에서 땀이 났다. 그와 눈을 마주칠 수가 없어 덕이가 황급히 고개를 숙였다. 처음 느껴보는 낯선 기분이었다.

"내가 어찌 행동거지 하라 당부했는지 기억은 하고 있는 게냐?"

월향의 물음에 덕이가 황급히 정신을 수습했다. 목을 가다듬은 후 덕이가 나지막한 목소리로 배운 것을 읊기 시작했다.

"용안을 바라봐선 안 된다. 묻지 않는 말에 대답해선 안 된다. 절대로 먼저 말해선 안 된다. 고개를 들라 하셔도 눈을 똑바로 마주봐선 안 된다. 묻는 말에만 간결하게 답해야 한다. 언제나 입가엔 미소를 띠고 있으며 자세는 반듯이 하고 앉아 시선은 한곳으로 고정해야 한다. 하시는 말씀을 주의 깊게 듣되 절대로 그 대화에 끼어들어선 안 된다."

"그리 잘 아는 계집이 행실은 이리한다는 것이냐!"

"하도 놀라워서…… 그리고 도련님은 마마가 아니지 않습니까."

"안에서 새는 바가지 밖에서는 안 샐 줄 아느냐. 그리도 또 또 또! 도련님이 아니래두 왜 그러는 게냐. 뭐라고 해야 한다고 일렀더냐?"

월향의 말에 덕이가 머뭇거렸다. 어제 자기 전에 연습할 때는 하나도 어렵지 않았는데 이상하게 지금은 쉬이 입이 떨어지지가 않았다. 목 뒤로 땀이 배어 나왔다. 입안이 근지럽고 혀가 뻣뻣하게 굳었다.

"왜 대답이 없는 게야?"

월향의 호통에 덕이가 흘끗 제 앞에 앉은 형수의 눈치를 보았다. 크게 심호흡하고는 눈을 질끈 감았다.

"오, 오라…… 오라버니."

"다시."

"오라버니."

눈을 꼭 감은 채 자신을 오라버니라 불러대는 덕이를 보자 형수의 목울대가 크게 움찔했다. 자신도 모르게 마른침을 삼킨 형수가 무엇인가 쑥스럽고 근질거리는 느낌에 고개를 돌리며 딴청을 피웠다. 처음 들어보는 호칭이라 낯선 것이려니 생각하려 애를 썼지만 왜 오라비라는 말을 듣는 순간 가슴께가 간질거렸는지는 모를 노릇이었다.

"명심하여라. 도련님의 도자도 입 밖으로 내선 안 돼."

"네."

다소 긴장이 풀린 덕이가 다소곳하게 대답하며 머리를 조아렸다.

"그래. 그리 얌전히 굴어라. 침착하게. 나와 여러 번 연습했듯이 조신하게. 알겠느냐?"

"명심하겠습니다."

대답하는 품새가 썩 그럴싸해 보였다. 저리만 굴어준다면 궁에 들어가서도 큰 실수 없이 나올 수 있을 것도 같았다.

"어찌 이동하기로 하였느냐?"

"뒷문에 홍낭청 나리가 보낸 사람들이 있을 것입니다. 그들과 함께 궁으로 가면 됩니다."

"그래. 가마도 거기 준비해두었으니 바로 출발하면 되겠구나."

수족 같은 부하들이긴 했으나 홍국영은 그 부하들조차 옥루각으로 보낼 때 속였다. 부부인 마님의 종질이 풍류아라 한양에 오자마자 옥루각으로 간 까닭에 여동생이 그 오라비를 찾으러 옥루각으로 갔다, 그러니 너희들이 그들을 호위해서 궐로 데려오라고 둘러댔다.

이 핑계를 그럴싸하게 만들기 위해 홍국영은 달포 전부터 부부인에게 따로 병사들을 붙여 보호했다. 과잉충정이라고 모두가 비난했으나 홍국영은 눈 하나 깜짝 하지 않았다. 보위에 오르기 전에 세손저하의 주변에 불미스러운 일이 있어서는 안 된다는 게 표면적인 그의 주장이었다. 그 덕분에 오늘 부부인의 종질을 호위해서 궐로 데려오라는 명을 모두가 아무런 의심 없이 받아들일 수 있었던 것이다.

❀

월향이 마련한 가마는 문짝과 외부를 손으로 꼼꼼히 자수를 놓아 장식한 오동나무 자수가마였다. 장옷으로 얼굴을 가린 덕이가 순이네의 부축을 받아 가마 안에 자리를 잡고 앉았다. 형수가 말에 탄 뒤 천천히 움직이기 시작했다.

긴장이 역력한 얼굴로 순이네가 가마에 바싹 붙어 걸었다. 덕이의 가마 뒤로 국영이 보낸 호위병들이 따라왔다.

반 식경쯤 걸었을까, 갑자기 하얗게 질린 순이네가 형수에게 다가갔다.

"큰일났습니다."

"무슨 일인가?"

"아씨가 배가 아프답니다."

"뭐?"

"배가 아파 죽겠답니다. 측간에 가야겠답니다."

형수가 마른침을 꿀꺽 삼켰다.

"못 참겠다던가?"

"도저히 못 참는답니다."

"그럼 일단 그 안에 있는 요강에 하면 될 일 아닌가?"

"안 됩니다. 그럼 잘못하면 몸에 똥냄새가 뱁니다. 절대 안 됩니다."

순이네가 눈을 질끈 감으며 고개를 숙였다. 형수가 뭐라 막 입을 떼려는 찰나, 다급하게 가마 문을 두드리는 소리가 뒤에서 들려왔다. 순이네가 애타는 표정으로 가마를 한 번 본 뒤, 형수의 눈치를 연신 살폈다.

"돌아갈 수 있을까요?"

"기다려보게."

형수가 말을 돌려 뒤에서 따라오는 호위무사에게 다가갔다.

"저기 놓고 온 물건이 있어 그런데 돌아가도 되겠소?"

"옥루각에 말입니까?"

"그렇소. 미안하오."

"무엇입니까. 사람을 보내지요."

"아, 그것이……."

형수가 뒤를 돌아 가마 쪽을 보자 순이네의 얼굴이 사색이 되어가고 있었다. 형수가 눈을 질끈 감은 뒤 호위무사에게 더 가까이 다가갔다.

"사실은, 내 누이가 배탈이 났다오."

형수가 호위무사의 귓가에 작게 속삭였다.

"아, 물이 바뀌어 탈이 나신 모양입니다."

"그런가 보오. 미안하오. 그래서 다시 옥루각에 들러 측간에 좀 다녀왔음 하오."

"그러실 필요 없습니다. 여기서 부부인 마님 댁이 매우 가깝습니다. 그곳에 들렀다 부부인 마님과 함께 궐로 가시면 되지 않겠습니까?"

"아, 그것이……."

형수가 쉬이 대답하지 못하고 머뭇거리자 호위무사가 고개를 갸웃거렸다.

"왜, 무슨 일 있으십니까?"

형수가 난처해하는 사이 순이네가 다시 곁으로 다가왔다.

"정말, 정말 급하다고 하십니다."

순이네의 입술이 바싹 말라 있었다. 형수가 크게 숨을 들이마셨다.

"그, 그럽시다. 그리합시다."

형수가 그러마고 고개를 끄덕이자 호위무사가 뒤에 따라오는 이들에게 손을 저어 명을 내렸다.

"부부인 마님 댁으로 갈 것이다."

"네."

순이네가 놀라 형수를 올려다보았다.

형수가 괜찮다는 듯 눈짓했다.

"당고모님을 뵙고 갈 것이네. 아씨께 그리 말씀드리게나."

이판사판이었다. 조금 더 빨리 제 운을 시험해보는 수밖에는 없었다.

(2권에서 계속)